漫长的觉醒

STILLHOUSE LAKE

静湖

RACHEL CAINE

①

[美] 雷切尔·凯恩 著

陈拔萃 译

台海出版社

北京市版权局著作合同登记号：图字 01-2020-4887

STILLHOUSE LAKE: Text copyright © 2017 Rachel Caine LLC
This edition is made possible under a license arrangement originating with
Amazon Publishing, www.apub.com, in collaboration with The Grayhawk
Agency Ltd.
Simplified Chinese edition © 2023
China Pioneer Publishing Technology Co., Ltd
All rights reserved

图书在版编目（CIP）数据

静湖 .1, 漫长的觉醒 /（美）雷切尔·凯恩著 ; 陈
拔萃译 . -- 北京 : 台海出版社 , 2023.5
书名原文 : STILLHOUSE LAKE
ISBN 978-7-5168-3208-0

Ⅰ . ①静… Ⅱ . ①雷… ②陈… Ⅲ . ①长篇小说—美
国—现代 Ⅳ . ① I712.45

中国版本图书馆 CIP 数据核字 (2022) 第 025308 号

静湖 .1, 漫长的觉醒

著　　者：[美]雷切尔·凯恩		译　　者：陈拔萃	
出 版 人：蔡　旭		责任编辑：俞滟荣	

出版发行 台海出版社
地　　址：北京市东城区景山东街 20 号　邮政编码：100009
电　　话：010-64041652（发行，邮购）
传　　真：010-84045799（总编室）
网　　址：www. taimeng. org. cn/thcbs/default. htm
E － mail：thcbs@126. com

经　　销：全国各地新华书店
印　　刷：大厂回族自治县德诚印务有限公司
本书如有破损、缺页、装订错误，请与本社联系调换

开　　本：620 毫米 ×889 毫米　　　　1/16
字　　数：830 千字　　　　　　　　印　张：53
版　　次：2023 年 5 月第 1 版　　　印　次：2023 年 5 月第 1 次印刷
书　　号：ISBN 978-7-5168-3208-0

定　　价：168. 00 元（全三册）

楔　子

吉娜·罗亚

美国堪萨斯州威奇托市

吉娜从未过问过车库的事。

多年后的深夜，她依然噩梦连连，辗转难眠。**我本该问的，我本该知道的**。但她没有过问，因此她对**那件事**毫不知情。正是**那件事**将她彻底击垮。

一般情况下，吉娜会在下午三点回到家。但那天丈夫打来电话，说工作出了紧急状况，请她代劳去学校接回布拉迪和莉莉。这只是举手之劳，即便去学校一趟回来，她仍有足够的时间干家务和准备晚餐。丈夫的语气十分友好，并对扰乱了她的行程一再表示抱歉。

梅尔绝对是位一等一的好丈夫，也是位风度翩翩的男士。吉娜心里早已想好要弥补丈夫今天的忙碌。她精心准备了丈夫最爱的美酒佳肴——洋葱肝片，配上刚采购回来的上好的黑比诺红葡萄酒。然后便是美好的家庭时光——和孩子们一起窝在沙发上看电影。孩子们可能会吵嚷着想看最近新上映的超级英雄电影，但梅尔总是对所选电影十分谨慎。莉莉一定会坐在吉娜身边，蜷缩在妈妈的怀里；而布拉迪则会侧卧在爸爸的膝盖上，头枕着沙发扶手。孩子们尽情享受着无拘无束的时刻，而这轻松舒适的家庭时光也是梅尔的最爱——仅次于木工活的最爱。吉娜真心希望丈夫千万不要找借口偷溜去车库修修补补。

这便是吉娜一家美好而平常的生活。当然，离完美生活还相去甚远。但世界上没有哪桩婚姻是十全十美的，不是吗？至少吉娜在大部分时间里都心满意足。

她离开家，去学校接回孩子，再回到家，一共才用了一个半小时。当她在路口看到警车的灯标闪烁时，首先冒出来的想法是：**我的天啊！谁家房子着火了吗？**她心有余悸，但随后冒个略微自私的想法：**今晚晚餐要推迟了。这让她有些烦躁。**

街道处于完全封锁的状态。吉娜看到路障后面有三辆警车，警灯闪烁着，附近几处相似的房屋笼罩在血红色和瘀青般蓝色的阴影中。一辆救护车和一辆消防车停在街道的另一端。

"妈妈？"坐在后排七岁的布拉迪唤道，"妈妈，发生了什么事了？那是**我们的家**吗？"他的声音听起来有点儿颤抖，"是**着火了**吗？"

吉娜把车速放慢，像乌龟爬行一般，试图将周遭发生的一切纳入眼中——乱七八糟的草坪、支离破碎的鸢尾花和灌木丛，以及被撞垮而侧倒在排水沟里的邮筒。

那是他们的邮筒、他们的草坪、他们的房子。

在这一片凌乱的屋子尽头，有一辆栗色的运动型多功能车，引擎还在冒着气。车子一头撞进了梅尔的车库前面的砖墙，东倒西歪地倚在一堆瓦砾上，这些瓦砾曾是组成他们坚实房屋的一部分。吉娜一直认为他们的房子是那么坚固，那么可靠，那么**不起眼**，可现在房前掉落的砖块和破碎的薄板岩看起来很是杂乱。原来一切都如此不堪一击。

吉娜正在脑补那辆车越过路障、撞倒邮筒、冲进院子和扎进车库的画面时，她的脚终于踩到了刹车，由此产生的强大惯性，使吉娜感觉自己的脊椎都被震了一下。

"妈妈!"布拉迪几乎是冲着吉娜的耳朵在喊。

吉娜本能地伸出一只手让布拉迪安静下来。十岁的莉莉坐在副驾驶上,她把耳塞拔了出来,身体前倾。当看见自己的家被毁时,她动了动嘴,欲言又止。她的眼睛睁得大大的,里面写满了惊恐。

"对不起,"吉娜说,几乎没有意识到自己在说什么,"出了点儿事,宝贝。莉莉?你还好吗?"

"发生什么事了?"莉莉问。

"你没事吧?"

"我没事!倒是这里出什么事了?"

吉娜没有回答。她将注意力放回到房子上。看着眼前的废墟,吉娜感到莫名的心酸。对她而言,她的家一直是固若金汤的安全港湾,现在却顷刻间成为断壁残垣。曾经的安全感不过是个空壳子。

邻居们纷纷涌上街头,交头接耳,就连极少出门的退休教师米尔森老太太也加入了议论的人群。要知道,米尔森老太太在这个片区里是出了名的流言缔造者,她从不羞于谈论视线范围内所有人的私生活。她穿着一件褪色的家常服,沉重地靠在一个助行器上,旁边站着日托护工。他们看上去全神贯注,兴致勃勃。

一名警察走近吉娜的车。

吉娜迅速摇下车窗,抱歉地笑了笑。"警官,那是我家的房子,就是被车撞了的那栋。请问我能把车停在这里吗?我需要检查一下房子的损坏情况,然后打电话给我丈夫。真是太可怕了。希望那名司机没伤得太重……他是喝醉了吗?这个街角有时很危险。"

吉娜说话时,警察的表情从茫然变得警觉,虽然吉娜完全摸不着头脑,但她预感这不是什么好事。

"这是你的房子?"

"是的。"

"你叫什么名字？"

"罗亚，吉娜·罗亚，警官……"

警察后退一步，并把他的手放在枪托上。"把你的引擎关掉，女士。"他一边说一边向另一个慢跑过来的警察示意，"去找警长来。快去！"

吉娜舔了舔嘴唇，"警官，也许你不明白……"

"女士，**立刻**关掉你的引擎！"这一次命令义正词严，不容半点儿质疑。

吉娜只得把车换到驻车挡，转动钥匙。汽车"轰隆"一声停了下来，她甚至能听见聚集在远处人行道上好奇的旁观者的窃窃私语。

"双手放在方向盘上，不要有其他动作，车上有武器吗？"

"不，当然没有。长官，我的孩子在这里！"

警察紧握手枪，吉娜感到怒不可遏。**简直荒唐可笑。他们肯定搞错了。我可是无辜的！**

"女士，我再问你一遍——你是否携带武器？"

警察尖锐的声音让吉娜的愤怒消失了，取而代之的是惶恐。她竟一时说不出话来。最后她终于出声了，"不！我没有武器。没有。"

"怎么了，妈妈？"布拉迪问道，他的声音因受惊而变得尖锐，"为什么警察对我们这么生气？"

"没事儿，宝贝。一切都会好起来的。"

双手放在方向盘上，双手放在方向盘上……

她渴望拥抱儿子，但她不敢动。她看得出布拉迪都能听出她话语中的怯意，她连自己都骗不了。"就坐在这儿，好吗？不要动。你们两个都**别动**。"

莉莉盯着车外的警察。"妈妈，他会对我们开枪吗？他会吗？"

他们在电视和电影里看到过，一些无辜的人因为在错误的时间，出现在错误的地方，做了错误的举动，说了错误的话，阴差阳错地惨遭枪杀。吉娜脑海中浮现出一个情景——她的孩子们濒临死亡，而她无能为力，就像一束明亮的光，阻止不了尖叫，也驱赶不了黑暗。

"他当然不会朝你开枪了！宝贝，**不要动**！"她转身对警察说，"警官，求求你了，你吓着他们了。我不知道这是怎么回事！"

一个脖子上挂着金色警徽的女人越过路障，经过警察，一直走到吉娜的车窗口。她看上去疲倦不堪，双目黯然无色，但她一眼就弄清了眼前的状况。"罗亚太太？吉娜·罗亚？"

"是的，长官。"

"你是梅尔文·罗亚的妻子？"

梅尔文讨厌别人这样叫自己，所以大家都他叫梅尔，但现在似乎不是谈论这个的时候。吉娜只是点点头作为回应。

"我是萨拉查警长。我想请你下车，并将你的双手保持在我的视线范围内。"

"可我的孩子们……"

"他们可以暂时待在原地。我们会照顾他们的。请下车。"

"天啊，到底出了什么事？那可是我们的房子啊！真是疯了！我们才是受害者！"

恐惧——既为自己，也为孩子们。

吉娜失去了理智，她为自己奇怪的语调而吃惊。她听起来像是精神错乱，如同新闻里那些让她既同情又蔑视的愚蠢的人一样。**即便遇到危险，我的声音也从来没有这样过**。吉娜从未想象过现在这种场景，但当她身处其中，才发现自己的声音和新闻里的人们一模一样。

恐惧就像是一只困在她胸口的飞蛾，不断扑腾着。她甚至无法让自己的呼吸保持平稳。

事态已经完全失控了。

"受害者？你当然是了，"警长打开了吉娜的车门，"下车。"这回没有请字。

那名叫来警长的警察挪动了几步，手依然放在枪上。但是为什么呢？为什么他们对待吉娜像对待罪犯一样？**这只是一场误会。一切都是一场可怕的、愚蠢的误会！**出于本能，吉娜伸手去拿钱包，但萨拉查立刻把钱包拿了起来，递给巡警。"把手放在引擎盖上，罗亚太太。"

"为什么？我不明白发生了什么……"

萨拉查警长没有给吉娜把话说完的机会。她让吉娜转过身来，把她推向汽车。吉娜伸出双手按在滚烫的金属引擎盖上，像在触碰一个火炉，但她不敢移动。吉娜感到茫然不解。这是一场**误会**，一场糟糕的**误会**。警察马上就会道歉，她也会大度地原谅他们的无礼，他们会相视而笑，她会邀请他们进屋喝杯冰茶……或许家里还剩些柠檬饼干，如果没有被梅尔吃完的话。梅尔真的很喜欢吃柠檬饼干。

当萨拉查的手毫不留情地滑过她的**隐私**部位时，吉娜倒吸了一口冷气。她试图反抗，但警长用力把她推回原位。"罗亚太太！别把事情弄得更糟！听我说，你被拘捕了。请保持安静……"

"**我被捕了？**那是**我的房子**！那辆车撞了**我的房子**！"她的儿子和女儿不得不目睹母亲受到这种屈辱，而邻居们也目不转睛。有人把手机拿出来拍照、拍视频，把这赤裸裸的侵权行为传到互联网上，全世界无聊的人都可以肆无忌惮地嘲笑她，就算后来证实是一场误会也无济于事，难道不是吗？互联网总会留下某些痕迹。她一直提醒莉莉这一点。

萨拉查继续说着吉娜一时无法理解的权利，警长把吉娜的手别在她背后时，她没有反抗，她甚至不知道该如何反抗。

手铐的金属触感就像一记冰冷的耳光打在她湿润的皮肤上。吉娜的脑袋里发出一种奇怪的、高亢的"嗡嗡"声。她感觉汗水从脸上和脖子上滚落下来，但她似乎从这一切中抽离出来了。

怎么可能？这怎么可能？我要打电话给梅尔。梅尔会解决这件事，然后我们会捧腹大笑。

吉娜无法理解，自己的正常生活是如何在一两分钟之内变成……这副模样。

布拉迪大喊大叫，试图下车，但警察把他关在车里。莉莉被吓得不敢动弹。吉娜看着他们，强忍住内心的恐惧，用出人意料的平静语气说："布拉迪、莉莉，没事的。别害怕。会没事的。按照他们说的去做。我一切都好。这只是一场误会，知道了吗？一切都会好起来的。"萨拉查的手紧紧抓住吉娜的上臂，让她觉得有点儿痛。吉娜把头转向警长，"求求你，求求你了，不管你认为我做了什么，**我都没做！**请确保我的孩子们平安无事！"

"我会的，"萨拉查出人意料地友好回应，"但你得跟我走一趟，吉娜。"

"真是……你觉得是我干的吗？把这东西开到我们家？我没有！我没有喝醉，如果你认为……"吉娜停了下来，因为她看到一个男人坐在救护车旁的小床上，吸着氧气。一名医务人员正在为他治疗头皮上的伤口，一名警察在附近巡逻。

"是他吗？他是司机吗？他**喝醉**了吗？"

"是的，"萨拉查说，"如果你把酒后驾驶称为事故的话，这完全就是一场事故。他被酒精冲昏了头脑，然后拐错了弯。他说他当时想开回到高速公路上，结果在拐弯处开得太快，车头撞进了你家的车库。"

"但是……"吉娜完全蒙了，她一头雾水，"既然你已经抓了他，为什么还要……"

"你进过你家的车库吗，罗亚太太？"

"我……没有，我丈夫把它变成了一个私人工作室。靠近厨房这边的门后摆了橱柜，他从侧门进去。"

"那你们不开后面的门了？不把车停里面了？"

"对啊，他把汽车开走了，如果要进去就得走侧门。我们还有一个车棚，所以我不需要……到底是怎么回事？"

萨拉查看了吉娜一眼。这已经不是一个愤怒的眼神，而是几乎带有歉意的眼神。"我要给你看点儿东西，然后我需要你给我解释一下，好吗？"她带着吉娜绕过路障，沿着人行道走着。在泥泞的沟渠中，轮胎留下的弯曲倾斜的黑色印迹穿过院子，一直延伸到那辆卡在红砖和瓦砾中的多功能车的尾部。这面被撞倒的墙上一定有梅尔的工具板，她在白色干板墙的灰尘中看到一把弯曲的锯子，有那么一秒钟，吉娜**心想，他看到这些会很难过的，我不知道该怎么告诉他这一切。**梅尔热爱他的车库。这儿是他的圣地。

萨拉查说："我想让你解释一下她。"她指着一个地方。

吉娜抬起头，视线越过多功能车的引擎盖，看到了一个真人大小的裸体娃娃被挂在车库中央的绞车钩上。乍一看，吉娜几乎要嘲笑这种完全有失体统的做法——娃娃被脖子上的金属套索悬挂在钩子上，胳膊和腿都松了，甚至连比例都不完美，像个次品，颜色诡异……怎么会有人把娃娃的脸涂成那样可怕的黑紫色？娃娃被剥去了肌肤，眼睛被涂得猩红，圆滚滚的眼球仿佛要瞪出眼眶了，舌头从肿胀的嘴唇之间伸出来……

就在那一刻，吉娜突然察觉到了一个让人毛骨悚然的事实。

这不是个娃娃！

她失控地尖叫起来。

第一章

格温·普罗克特

四年后

田纳西州 静湖

"开始。"

我深吸一口气，闻到了身上散发着的火药味和汗臭味，然后定好姿势，集中精神，扣动扳机。我努力在后坐力中保持身体平衡。有些人每射一枪都会不由自主地眨眨眼，而我不会。这并不是什么训练有素的成果，而是与生俱来的天赋。这种天赋让我能更好地掌控一切，我对此心怀感激。

这把手枪重而有力，枪口直径为 0.357 英寸，它轰鸣着，给我带来熟悉的震感，但我的注意力并没有放在噪声和扳机上，而是集中在射程末端的纸靶上。即使隔着厚厚的护耳罩，枪声依然持续不断，听起来像是一场来势汹汹、滔滔不绝的狂风暴雨。我完成射击，松开气缸后取出空弹，把枪放好，让枪口朝下，然后摘下护目镜放好。

"搞定。"

在我身后，靶场教练说："请后退一步。"我照做了。他拿起我的武器看了看，点了点头，然后按下开关，让纸靶滑到我们身边，"你的安全意识很好。"靶场噪声很大，我们又都戴着保护听力的耳罩，他得用很大的音量，才能让彼此都听得清。由于每天大部分时间都在大喊大叫，他的声音很嘶哑。

"希望我的准确性也一样。"我大声喊道。虽然我早已知道我的准确性很高，纸靶还没滑到一半我就看到了——所有的空洞都在正中的红环上飞舞。

"命中靶心，"教练说着，竖起大拇指，"这是一张完美的通行证。干得漂亮，普罗克特女士。"

"谢谢你，让一切如此轻松。"我回应道。

他退后一步，给了我一些空间，我关上气缸，把武器安全地放回拉链袋里。"我们会把你的分数送到州政府办公室，你应该马上就能拿到你的枪支携带许可证。"教练是一名留着短发的年轻退役军人，操着一口模糊而温柔的南方口音，没有田纳西州那种尖利轻快的感觉。我猜他应该来自乔治亚州。他是个不错的年轻人，比我想象中的约会对象至少年轻十岁。当然，前提是我有约会的机会。他彬彬有礼，一直称我为普罗克特女士。他和我握手告别。

我咧嘴一笑。"下次见，哈维尔。"鉴于我比他年长，可以对他直呼其名。起初整整一个月，我都称他为埃斯帕扎先生，直到他温文尔雅地纠正我。

"下次……"突然有什么东西吸引了哈维尔的注意力，他瞬间变得警觉起来，注意力投向另一边，吼道，"停火！停火！"

我感觉肾上腺素在我的每一根神经上激荡，我一声不响地打量着眼前的一切，虽然与我无关。渐渐地，所有射击声都消失了，人们放下武器，放松胳膊肘。哈维尔走下射击台，向一个拿着一支半自动手枪的壮汉走去，命令他解除武器并离开。

"我做错了什么？"那人挑衅地问。

我拿起我的包，神经依然紧绷，步伐缓慢地朝门口走去。我意识到这个人没有按哈维尔所说的去做，相反，他心存戒备。这不是个好现象。哈维尔的表情变得僵硬，肢体也跟着僵硬起来。

"解除武器，放在架子上，先生。马上。"

"没必要。我知道我在做什么！我玩射击好几年了！"

"先生，我看到你把上膛的武器转向另一个射击手。你应该知道规矩：枪口必须保持朝下。**现在，解除武器并把它放下**。如果你不听从我的指示，我会把你赶出射击场，并通报警察。明白了吗？"

哈维尔·埃斯帕扎平时总是面带微笑，镇定自若，现在却完全变了个人似的。他的命令像一枚眩晕手榴弹一样在房间里爆炸。违规的枪手摸索着拿出弹匣，把它和武器扔到柜台上。但我注意到，他的枪口还是没有朝下。哈维尔的声音已经变得亲切而柔和了。"先生，我说的是解除你的武器。"

"我做了！"

"后退。"在那个人的注视下，哈维尔伸手去拿枪，并从弹匣中取出最后一枚子弹，放在弹匣旁边的沙发上，"无辜的人们就是这样被意外杀害的。如果你不能学会如何正确地解除武器，最好另找别处；如果你不知道如何服从射击场指导员的命令，那也请另找别处。当你无视安全规则时，你会使这里的每个人都置身于危险之中，明白吗？"

那人的脸涨得又红又肿，攥紧了拳头。哈维尔把枪放回去，把枪口朝下，并将其调换了一个方向。"抛壳口朝上，先生。"他后退一步，与那人对视。哈维尔穿着牛仔裤和蓝色马球衫，那名枪手穿着迷彩衬衫和早已过时的军队旧制服裤子，但哪位是士兵一目了然，"我想你今天的射击到此为止，格茨先生。永远不要在生气的时候射击。"

我从来没见过一个人如此明显地站在勃然大怒和心脏病病发的边缘。格茨的手抽搐着，我可以看出他在想他多快能拿到枪，装上子弹，然后开枪。空气中弥漫着一种沉重而病态的气氛，我的手放在包上慢慢地拉着拉链，同时在脑中盘算着行动步骤——就像那名枪手在做的一样。我速度快。**比他更快**。但哈维尔没有携带武器。

在这个剑拔弩张的时刻，一个原本默不作声的人向前跨出了一步，站在我和愤怒的格茨中间，打破了紧张的气氛。他比哈维尔和红脸的格茨个头儿都要小，长着一头浅金色的头发，以前他头发应该很短，但现在已经可以盖住耳朵了。他很单薄，不是肌肉型男士。我在附近见过他，不过不知道他的名字。

"嘿，先生，我们还是把枪放好吧。"他的口音听起来不像田纳西州出身，更像是来自中西部的某个地方，是一个平易近人、理智克制的声音，"靶场主人只是尽责做好自己的工作，他是对的。如果你在生气的时候射击，后果不堪设想。"

愤怒从格茨身上一点点消失，就好像有人把他身上的插头踢开了一样，太神奇了。他做了几次深呼吸，脸色渐渐恢复正常，然后僵硬地点了点头。"该死的，"他说，"我确实有点儿生气。不会有下次了。"

在我和格茨中间的那个人点点头，回到他的射击窗口，避开每个人好奇的目光。他开始检查自己的手枪——它的摆放方向是正确的，枪口朝下。

"格茨先生，我们到外面谈谈吧！"哈维尔毕恭毕敬地邀请道。

格茨的脸又扭曲起来了，我甚至能看到他太阳穴的脉搏。他开始抗议，然后感觉到其他射击者都在沉默地看着他。他走回射击台，气哄哄地把他的工具箱塞进袋子里。"该死的非法劳工，就是想控制一切。"他边咕哝边朝门走去。

我吸了一口气。当门"砰"地关上时，哈维尔友好地把手搭在我肩上。"那个浑蛋的样子真有趣，他居然在靶场主人面前听了那个白人的话。"我说。现场所有人，除了哈维尔，都是白人。田纳西州不乏有色人种，但来靶场训练的人们大都装备齐全，你很难从他们的打扮中看出他们的种族。

"格茨是个浑蛋，反正我也不想让他进来。"哈维尔说。

"你不应该容忍他那样说你。"当时我甚至想一拳打在那个人脸上。

"他有他的言论自由，"哈维尔平静而轻松地说道，"当然并不意味着可以不顾后果。他会收到一封禁止他再次进入靶场的信，因为他罔顾他人安危的行为。我们不仅有权利而且有义务把做出不安全和攻击性行为的人驱逐出去。"他微微一笑，这是一个冷酷的微笑，"不过如果他以后想在停车场跟我聊聊，行，完全没有问题。"

"他可能会带他的狐朋狗友来。"

"那就太有趣了。"

"那么，刚刚说话的那个人是谁？"我把头向那人一扭，他又戴上了听力保护耳罩。我很好奇，因为他不是射击场里的常客，至少我在这儿的时候没见过他。

"山姆·凯德，"哈维尔耸了耸肩，"他挺好的，是个新人。我有点儿惊讶他会为我出头，大部分人都不会。"

我和他握手。"谢谢你，先生。你把靶场管理得井井有条。"

"我要对每一个来到这里的人负责。注意安全。"他转身面对等候的枪手们，发出了操练中士般的声音，"靶场清理完毕！开始射击！"

子弹的轰鸣声再次响起，我急忙躲开。哈维尔和格茨之间的冲突有些破坏我的好心情，但我把听力保护耳罩放在外面的架子上的时候，仍然非常高兴。**认证通过。**我已经慎重考虑了很久，不确定是否敢把自己的名字列入官方记录。我一直都携带枪支，但这是有风险的，因为我没有许可证。现在我终于觉得在这里安顿得很好，是时候迈出这一步了。

我打开汽车车门的时候，手机"嗡嗡"地响起来。我打开后备厢把装备放进去，几乎摸不着手机。"喂？"

"请问是普罗克特太太吗？"

"普罗克特女士。"我自动更正道，看了一眼来电者是谁，不得不抑制住自己的抱怨声。是学校行政办公室，号码我熟悉得不能再熟悉。

"我很遗憾地通知你，您的女儿亚特兰大……"

"有麻烦了，"我替电话里的女人补充道，"今天一定是星期二。"

我把后备厢下方的嵌板提起来，下面有一个锁盒，大到可以装下枪袋。我把枪袋放进去，"砰"的一声关上锁盒，放下嵌板，再将地毯拉回来把它藏起来。

电话另一端的女人发出了不满的声音。她清清嗓子，并把声音提高了一度，"这一点儿都不好玩，普罗克特女士。校长需要您过来严肃讨论一下。这是三个月以来的第四次事故了，对于兰妮这个年龄的女孩来说，简直不可容忍！"

兰妮十四岁了，这个年龄的孩子的行为很好预测，但我不能这么说。我只能一边问"发生了什么事"，一边走向驾驶室并坐好。我必须得让车门打开一会儿，让令人窒息的热气流出来，都怪我没能把车停在某个有阴凉的车位——射击场停车区域毕竟不大。

"校长更希望亲自与您讨论这件事。您得直接到校长办公室接走您的女儿。她将会被停课**一个星期**。"

"一个星期？她做了什么？"

"就像我说的，校长更喜欢面对面交流。半小时能到吗？"

半小时可不够让我洗个澡并消除靶场的气味，只能直接赴约了。在特殊的情况下，一丁点儿火药味不会造成什么不利影响的，我想。"可以，我这就去。"我平静地把话说完。大多数母亲此时可能会感到惊慌不安，但相比我人生中经历过的巨大灾难，这几乎不值一提。

我一挂断电话就收到了短信。我猜是兰妮，她或许想在我听到不太友好的官方版本之前把自己的想法说出来。但不是。屏幕上闪烁着儿子的名字，**康纳**。内容简洁扼要：兰妮和别人打架了。1。

我用了一秒钟的时间来理解最后一部分，显然，数字1表示"她赢了"。我无法猜出他此刻是满怀骄傲还是歇斯底里——是为姐姐能赢而骄傲，还是为他们可能会再次被赶出学校而歇斯底里。这是一种符合情理的恐惧。在不断拆箱和再次打包的颠簸中，我们难得地享受了一年的平静时光，尽管短暂而脆弱。我不希望它结束。孩子们理应得到食安寝宁的生活。可康纳的情绪已经表现出焦虑的征象，兰妮的过激行为也不是一两次了，我们难以再过上完整的生活。我试过不要自怨自艾，但很难。这一切自然不是**他们**的错。

我迅速回复短信，赶紧掉头。在过去几年里，我出于安全考量经常更换汽车，但这辆车……我是真的喜欢。我匿名在克雷格列表[1]上用现金低价买下了它。湖泊周围树木繁茂，地形陡峭，延绵不断的蓝山丘陵看起来总是雾蒙蒙的，生活在这样的地方，这辆吉普车可是完美的代步工具。它是个战士。看得出来，它经历过一段艰苦岁月。它的变速箱需要修理，方向盘有点儿不稳。但纵使伤痕累累，它都挺过来了，而且还在为我服务。它的象征意义对我更为重要。

我驾车下山，穿过凉爽的松荫，再次沐浴在正午炙热的阳光中。射击场已经落在远处，当我拐到通向山下的道路时，湖面逐渐进入视野。光在蓝绿色的水面上荡漾着。

静湖是一颗隐藏的宝石。它曾是一个奢华高贵的封闭式社区，但随着金融危机的到来，社区的资金出现了缺口，现在大门敞开了。除了蜘蛛和偶尔出现的浣熊，入口处的警卫室空无一人。尽管如此，还是能看出此处过去的富丽堂皇，比如随处可见的宏伟豪华的房子，不过也有不少其他建筑是参照时下流行的小木屋风格建造的。湖面上有

---

[1] 一个大型免费分类广告网站。—— 译者注（若无特殊说明，均为译者查注。）

人在划船，即使是在今天这样的好天气里，湖面也不显得拥挤。当我沿着狭窄的道路疾驰而过时，深色的松树划破长空，我终于又一次感到自己的选择是**正确**的。

在过去几年里，我没找到什么地方能让我觉得有一点儿安全感，当然也没有一个地方让我觉得……像家。但是这个地方——湖、山、松树、半原始的边远地区——让我始终紧绷的神经放松了一些。第一次看到这个地方的时候，我就想：**就是这里了**。我想把过去的一切抛诸脑后，这里让我有了归属感，让我感觉自己重新被接受。或许这就是命中注定。

兰妮，我不想因为你不能学会融入这里而要这么快离开。别这样。

格温·普罗克特是我离开威奇托市后的第四个身份。吉娜·罗亚已经不复存在，我再也不是那个女人了。我现在几乎认不出她来了，那个手无缚鸡之力，只会曲意逢迎，灾难来了只能逆来顺受的弱女子。

到底是谁在不知不觉中帮助和教导了我？

吉娜逝去已久，我从来不曾悼念她。过去的一切离我如此遥远，以至于即便我在街上和她擦肩而过，都无法认出她来。我很庆幸自己从地狱里逃了出来，甚至之前都没有意识到我就生活在地狱里。

我也很庆幸我把孩子们从地狱中解救了出来。他们也重新塑造了自己，即使并非自愿。每次不得不搬家时，我都让他们自己选择名字，尽管我不得不遗憾地否决一些更具创造性的名字。这一次，他们是康纳和亚特兰大（简称兰妮）。我们几乎不会再一时口误使用我们的原名了。**那是我们作为囚徒的名字**，兰妮这样说过。确实如此。虽然我不希望孩子们这样看待他们的童年生活，但他们完全有理由憎恨他们的父亲。他罪有应得，但孩子们是无辜的。当我拖着孩子们从一个城镇搬到另一个城镇、从一所学校转到另一所学校，将时间和距离填补进现在和过去的恐怖生活之间时，我能给他们唯一的自由便是选择自己的名字。这远远不够，甚至不足挂齿。孩子们需要的是无忧无虑的生活，我却无法确保。但我至少能让他们远离敌人的伤害，这也是为人父母最基本和最重要的工作，即使敌人在看不见的地方。

我沿着湖边驾驶，经过通往我的房子的岔路口。这儿不是一个临时的落脚点，已经成为**我们的家**。我已经在此倾注了我的情感。这不是个明智的长久之计，但我身不由己。我厌倦了奔波，厌倦了临时租用的地址、不断更新的化名和残缺不全的谎言。机会恰好来临，曾经有人向我提起过此地，于是在大约一年前，在一场几乎无人问津的破产拍卖中，我低价买下了这所房子。当时，一些穷奢极欲的家庭把这里建成了他们的乡村梦想之旅的目的地，然后又遗弃了这里，任由非法占有者为所欲为，于是这个地方就成了一片废墟。我和孩子们合力打扫、修理，把这所房子变成我们自己的房子。我们用自己喜欢的颜色粉刷墙壁——至少在康纳的房间里用了大胆抢眼的艳色系。随后我想，**这是一个明确的标志，标志着它将成为一个真正的家：不再有米黄色的墙和出租物业千篇一律的地毯。我们在这里住下，在这里停留。**

我们的房子里最好的地方，是一个内置的安全室。由于康纳对它热情洋溢，我们把它叫作"僵尸末日庇护所"，用僵尸战斗装备和写着"禁止僵尸停车""入侵者将被肢解"的标语作为装饰。

我畏缩着，尽量不去想**那件事**。我希望——虽然只是徒劳无功的期待——康纳对死亡和肢解的全部了解只来自他收看的电视和电影。他说他不太记得以前他还叫布拉迪的日子了……至少我问他时，他是这么回答的。那晚之后，他再也没有回过威奇托市的学校，所以校园里的恶霸们没有机会对他大吼大叫。他和兰妮被我的母亲带到了缅因州一个偏远而宁静的地方。母亲把电脑锁在柜子里，极少使用。在那一年半的时间里，孩子们几乎与世隔绝，知道的并不多，他们还被禁止接触杂志和报纸，在母亲的严格控制下，家里唯一的电视也鲜少打开。

尽管如此，我知道孩子们还是用一些方法挖掘出了一些关于他们父亲所做事情的细枝末节。换作我，也会这样做的。

康纳目前对僵尸末日的痴迷，可能是他解决问题的神秘方式。

我真正担心的人是兰妮。她当时的年龄足够让她记住很多事：车祸、逮捕、审判，以及自己的母亲在电话里与朋友、敌人和陌生人进行的那种沉默而匆忙的交谈。她也一定记得那些涌入我妈妈邮箱的泄愤邮件。但我最担心的是她如何看待她的父亲。因为不管别人信不信，他一直是孩子们心中的好父亲，孩子们也全心全意地爱着他。可惜他是一个表里不一的父亲。好父亲只是他的面具，用于隐藏他的魔鬼性格。然而这并不意味着孩子会忘记被梅尔文·罗亚爱着的感觉。我记得他看起来是那么温暖，那么安全。有意无意间，我会记起他关注某事时那种全神贯注的神情。他爱过他们，也爱过我，这感觉依然真实。但不可能是真的。先不考虑他是什么类型的人——我从未分清他的虚情假意和真情实感——当我意识到我错了的时候，顿感一阵恶心。

当我看见另一辆大车在前面一个急转弯上摇晃时，我放慢了车速。那是约翰森一家的越野车。他们是以车为傲的人。越野车的黑色尾灯完美地闪烁着，上面连一层薄薄的灰尘都没有。我向那对老夫妻挥了挥手，他们也向我挥手回敬。

搬到这里的第一个星期，我就特意去拜访了距离最近的邻居。这是和他们打交道的最好机会，他们还能在紧急情况下提供救助资源。但我并没有把约翰森一家包括在内。他们只是……刚好住在那里。

大多数人只是占用了空间。

梅尔的话语时不时浮现在我的脑海中，让我不寒而栗。我讨厌想起他的声音。这不是他在家里说过的话，也不是他对我说过的话，这话出现在我看过的他的审判视频里。当谈起那些被他撕成碎片的女人时，他是那么漫不经心。梅尔像病毒一样感染了我，使我内心深处有股挥之不去、见不得人的邪恶信念。

沿着这条陡峭的道路开车到主道需要整整十四分钟。主道像缎带一样在树林中蜿蜒向前。吉普车驶过一排排越来越矮、越来越稀疏的树木后，来到一个阳光下锈迹斑斑的路牌前，上面赫然写着"诺顿"二字，标志的右上角被几发霰弹枪子弹击中而消失了。很显然，是酒鬼们开的枪。诺顿是个典型的南方小镇，经济状况堪忧，古老的家庭式建筑紧挨着重新规划的古玩店，大型连锁企业如老海军[1]、星巴克和麦当劳等正在慢慢占据主导地位。学校的三座建筑刚好形成一个小三角形，中间是用于运动和艺术的共享空间。

我向一名当班警卫报到。按照这里的惯例，他全副武装，为来访者登记。午餐铃已经响了，随处可以看到年轻学生们在享受午餐、打闹嬉戏、谈笑风生。但兰妮不会在他们中间，康纳也不会。我必须先用对讲机说出我的姓名和来访原因，等秘书催促我进去。一踏进大门，便能闻到里面陈腐的运动鞋和松木胶的气味，自助餐厅里食物的味道也让我感到似曾相识。真有趣，所有的学校闻起来似乎都一样。我像是立刻回到了十三岁。当我走进初中的行政办公室时，发现康纳懒洋洋地坐在一张硬塑料椅子上，盯着他的鞋子。

康纳。

他抬起头来，晒得黝黑的脸上露出了轻松的神情。"这不是她的错，"我还没来得及打招呼，他就说话了，"妈妈，**真的不是。**"他十一岁了，是个认真的孩子，他姐姐十四岁，正值青春年华。他看上去脸色苍白，浑身颤抖，充满担忧，令我十分不安。我发现他又咬手指甲了——他的食指在流血。他声音嘶哑，如鲠在喉，即便眼睛看上去仍十分澄澈。**他需要更多的心理咨询**，但咨询意味着更深入的谈话记录，而记

---

[1] 美国服饰品牌 GAP 旗下品牌之一。

录恐怕会给我们带来许多难以承受的复杂后果，至少现在承受不起。可如果他真的需要，如果能让他倒退回三年前的状态……我愿意铤而走险。即使这意味着我们终会被发现，紧接着就要开始新一轮起名和换地址的循环。

"一切都会好起来的。"我边说边把他搂在怀里。即便这里没有别人，康纳会允许我紧拥着他也很不寻常。我能感觉到，怀里的他因为紧张而身体僵硬，于是我决定让他先离开。"你应该去吃午饭。剩下的交给我吧！"

"我会吃饭的，"他说，"但我不能……"他欲言又止，但我能理解。他的意思是"我不能把姐姐单独留下"。可以肯定的是，我的孩子们团结一致。他们一直如此，即使是在讨价还价和打架的时候。自从**那件事**发生后，他们从未让对方失望过。这就是我对**那件事**的看法——就像一部恐怖电影，是一件无关痛痒、可以抛在脑后的小事。既遥远又虚幻。有时，它也会发挥作用。

"走吧，"我温柔地跟他说，"晚上见。"

康纳走了，依依不舍地回头看了一眼。也许我有为人母亲的偏爱，但我真心认为他是一个英俊的孩子——闪闪发光的琥珀色眼睛，需要修剪的棕色头发，轮廓分明的脸部线条。他在诺顿初中交了一些朋友，让我如释重负。他们像所有十一岁孩子一样，喜欢同样的电子游戏、电影、电视和书籍，即使他们有点儿书呆子气，也是那种积极向上的书呆子气，是那种来自满腔热情和丰富想象力的书呆子气。

而兰妮身上的问题更严重，严重得多。

我深深吸了一口气，呼出去，同时敲了敲安妮·威尔逊校长办公室的门。走进房间时，我看见兰妮坐在靠墙的椅子上。她交叉着手臂，头一直朝下。我清楚，这个姿势代表缄口不言和消极抵抗。

我女儿穿着一条松松垮垮的黑色裤子，上面系着链子和皮带，还有一件褪色的拉莫斯牌衬衫——一定是从我的衣橱里偷来的。她新染的黑色头发随意地披散着，发丝缠绕在脸上。镶满饰钉的手镯和项圈看起来绚丽夺目，和裤子一样都是新的。

"普罗克特女士。"校长示意我坐到办公桌前那张垫着垫子的来客椅上。兰妮则坐在一旁的硬塑料椅子上，一把破旧不堪，很可能已经被几百个打架分子坐过的椅子。"我想你已经能看到问题所在了。我以为亚特兰大会按照规定不穿这类衣服上学。在校学生必须遵守学校的着装规范。相信我，我和你一样不喜欢这些条条框框。"

威尔逊校长是一位中年非裔美国妇女，秀发披肩、身材匀称。她不是什么坏人，也没有对我们进行道德攻击，只是要求我们遵守规章制度。可兰妮呢？好吧。我女儿从来就不善于循规蹈矩。

"哥特风的打扮不代表我就是个暴力的浑蛋，"兰妮咕哝道，"你也知道，那些宣传都是放狗屁。"

"亚特兰大！"威尔逊校长厉声呵斥，"注意言辞！我正在和你妈妈说话。"

兰妮没有抬头，但我可以想象，她一定在那黑头发帘子下面翻白眼。我强颜欢笑道："这不是她今天早上离开时穿的衣服，我很抱歉。"

"嗯，**我**可不觉得有什么好抱歉的，"兰妮说，"他们居然有权规定我该穿什么，不该穿什么！真荒唐！这里是什么地方，天主教学校吗？"

威尔逊校长的表情没有变，说："显然，她的态度也存在问题。"

"你觉得好像我根本不在这里似的！就好像我不是人！"兰妮抬起头说，"我告诉你什么叫**态度**。"

她的脸让我震惊不已，那面如死灰的妆容、厚重的黑色眼线、尸体般深蓝的唇膏，还有头骨造型的耳环，我甚至不知道如何控制我的情绪。有那么一瞬间，我甚至无法呼吸，因为这张脸让我想起了另一个人，那个挂在粗绳套上的女人，头上黏着柔软的头发，双眼肿胀发青，皮肤上遍布伤痕……

放进盒子里。上锁。这东西不能在出现在脑海里。

我知道兰妮是故意而为，我们目光相遇，相互挑衅。她总有一种奇怪的能力，能够找到并挑战我的忍耐底线。这是从她父亲那里遗传来的。我从她眼睛的形状、头部的动作中看到了他的影子。

我不寒而栗。

"而且，"威尔逊校长继续说，"你女儿还打了一次架。"

我没有把目光从我女儿身上移开，"你受伤了吗？"

兰妮给我看她的右拳和粗糙的指关节。哎哟，看着真疼。她蓝色的嘴唇上扬，露出一抹淡淡的微笑，"你应该看看另一个女孩。"

"另一个女孩，"威尔逊校长说，"她的一只眼睛瘀青了。她的父母可是那种立刻找律师的人。"

我们都没有理会校长，我点点头示意兰妮继续往下说。

"妈妈，是她先打了我一巴掌，"兰妮说，"她下手非常重，还推了我一下。她说我在偷看她那愚蠢的男朋友，我可没有——他那么粗鲁！先不管这个，是他在偷看我，又不是我的错。"

我看着威尔逊校长，"另一个女孩呢？她怎么不在这儿？"

"她在半小时前被父母接回家了。戴丽雅·布朗是一名品学兼优的好学生，她发誓说她没有挑起斗殴。她还有人证。"

这些初中生总是说一些朋友想让他们说的话。威尔逊校长当然知道这一点，也知道兰妮是新来的，与周围格格不入。我的女儿习惯了哥特式的生活方式，并将其作为一种心理防御手段——在被伤害之前，先伤害别人。这是她处理童年秘密恐怖的一种奇怪方式。

"不是我挑起的。"兰妮说。

我相信她。我可能是唯一一个相信她的人。

"我讨厌这该死的学校。"

我也讨厌。我把注意力转回到桌子前的那位女士身上，问："所以您要让兰妮停课，而不是另一个女孩，对吗？"

"我真的别无选择。从违反着装规定到打架滋事，再到她对整个事件的态度……"威尔逊停下来，显然是期待我的反驳。

但我只是点点头。"好的。她这周有作业吗？"

当校长知道这位浑身散发着火药味的家长不会大吵大闹时，脸上露出了轻松的表情。"是的，有的。她可以下周再来上课。"

"来吧，兰妮，"我说着站了起来，"我们回家再谈。"

"妈妈，我没有……"

"回家再说。"

兰妮叹了口气，抓起背包，无精打采地走出办公室，染黑的头发遮住了她的脸。她的脸上肯定不是什么喜笑颜开的表情。

"请稍等。在亚特兰大重返校园之前，我需要得到明确的保证，"威尔逊说，"我们对犯规是很不宽容的，当然我正在改变这一点。我知道你是个好家长，希望她能适应这里的校园生活。但我不得不告诉你，这是最后的机会了，普罗克特太太，我很抱歉，真的是最后的机会。"

"请不要那样叫我，"我说，"叫我普罗克特女士就可以了。我想这种传统是从二十世纪七十年代开始的吧。"我起身向她伸出手。她的握手方式更现代。公事公办，仅此而已。这些日子以来，我把公事公办看成一件好事。"我们下周再谈。"

兰妮坐在她弟弟坐过的那把椅子上，上面可能还保留着他的体温。他们是故意的，还是出于本能？他们是不是太依赖彼此了？是我的疑神疑鬼和昼警夕惕让他们变成这样的吗？我吸了一口气，然后呼出来。孩子们已经很不容易了，而我总是对他们过度分析。

"来吧，"我说，"让我们把这事忘了吧，就像孩子们那样。"

兰妮左看右看，"哎，我们真的不需要这样，"她犹豫了一下，低下头看着自己的靴子，"你不生气吗？"

"哦，我在气头上呢。我打算去凯西蛋糕店化悲愤为食欲。你要和我一起吃。不管你喜不喜欢。"

兰妮已经过了对任何事情都充满热情的年龄，即使是翘课去吃奶油蛋糕也不会让她觉得酷了。所以她只是耸耸肩，说："随便吧。只要离开这里。"

"我还想问，你这身衣服是从哪儿来的？"

"什么？"

"别装傻，孩子，别转移话题。"

兰妮翻了翻眼睛。"这只是**普通衣服**。我敢肯定每个喜欢哥特风格的女孩都会穿这种衣服上学。"

"但很少有人想加入玛丽莲·曼森 [1] 的后备乐队。"

"玛丽莲是谁？"

"谢谢你让我觉得自己像个过时的老太婆。这些都是你在网上买的吗？"

"如果是呢？"

"你没有用过我的信用卡吧？你知道这有多危险吗？"

"我又不是白痴。我存钱买了一个预装，就像你教我的那样。我留的地址是波士顿的邮政信箱，然后重新邮寄。两次。"

这可减轻了郁结在我胸口的不安，我点了点头，"好吧。我们边吃边讨论吧！"

但我们没有再讨论什么。凯西家的自制蛋糕香甜浓郁、美味可口，在吃东西的时候生气没有任何意义。这些蛋糕深受周围居民的欢迎。一个带着三个小孩的爸爸正扭头盯着他的手机，孩子们则趁他不注意，

---

[1] 音乐鬼才，作品风格为哥特式工业金属。

把纸杯蛋糕屑扔得到处都是，还在脸上涂上鲜艳的蓝色糖霜；角落里有一个勤奋的年轻女人，手里拿着一台平板电脑，当她扭过身子插电源时，背心下面的肩膀上露出一个色彩鲜艳的文身；一对年长的夫妇像是在享用正式茶点，桌上放着精美的瓷器和一个圆蛋糕塔，中间摆满了小口食物。喝茶是否需要做出一副无聊至极的神情？

吃完饭，兰妮也放松了警惕。在我们小心翼翼地谈论蛋糕、周末、书籍的时候，她那深蓝的口红被擦去了。直到我们开车沿着通往静湖的小路回家时，我才不得不说些破坏气氛的话。

"兰妮——听着。你是个聪明的女孩，你知道如果你再做出这样出格的行为，总会有人拍下你的照片并传播到社交媒体上。我们承受不起后果。"

"妈妈，什么时候我的生活成了**我们**共同的问题了？哦，等等。我想起来了，从**那件事**起。"

我竭尽全力保护我的孩子们，尽量不让他们受到**那件事**牵连，人们把我当作从犯来审判时，母亲也是这样保护着我。我希望兰妮所记得的或知道的东西都是涓涓清泉，而不是曾经淹没我的有毒物质汇成的洪流。母亲被迫要告诉兰妮和康纳——那时还是莉莉和布拉迪——他们的父亲是一个杀人犯，杀了很多年轻女性，因此要被审讯，被关进监狱。她没有告诉他们细节，我也不想让孩子们知道，那已经是过去式了。但我知道，我没法再瞒兰妮很久，而十四岁的她依然太年轻，无法理解梅尔文·罗亚的自甘堕落。

"我们都必须低调行事，"我说，"你懂的，兰妮。这是为了我们的安全。你理解我的意思，不是吗？"

"当然，"她说着，故意把目光移开，"因为他们一直在找我们。那些神秘的陌生人让你惶恐不安。"

"他们不是……"我深吸一口气，再次提醒自己，争论对我们双方都没有好处，"我们遵守规则是有原因的。"

"是**你的**规则和**你的**原因，"她把头靠在吉普车的座位上，好像无聊到无法支撑下去，"你知道，如果我按照哥特风来打扮，没有人会认出我的。他们只看我化的妆，不看脸。"

兰妮非常聪明。

"也许不会被认出来，但在诺顿这儿，你会被开除的。"

"在家上学也是可以的，不是吗？"

这个问题的答案非常简单。我也曾认真考虑过很多次，但申请在家上学需要很长时间，更何况我们还不断搬家。此外，我希望我的孩子们能融入社会，成为正常世界的一部分。他们被迫接受了太多的负能量。

"也许会有商量的余地，"我说，"威尔逊太太不反对留头发。大概可以化淡妆，丢掉配饰，不要把衣服涂成黑色。你仍然独树一帜，只是不太过显眼。"

兰妮立刻兴趣盎然起来，说："那么，我终于能开个照片墙 [1] 账号了吗？我还能有一个真正的手机吗？而不是愚蠢的翻盖机？"

"别得寸进尺。"

"妈妈，你一直说想让我过上正常的生活。**每个人**都有照片墙账号。我是说，就连威尔逊校长的脸书主页上也满是愚蠢的猫咪图片和奇怪的表情包。她还有推特账号！"

"嗯，你不是一个反对既有秩序的叛逆者吗？再接再厉吧。拒绝跟随潮流，做一个与众不同的人。"

毫不夸张地说，她厌恶地看了我一眼，说："所以你想让我成为一个完全的'社会弃儿'，这可真是好极了。有一种匿名**处理**方式，你知道吗？不一定非要写我的真名，我发誓，我保证没人知道我是谁。"

---

[1] 原文为 instagram，一个免费提供在线图片及短视频分享的社交应用。

"不行。因为在你开户两秒钟后，里面就会满是你的自拍照和位置信息。"

在这个信息大爆炸的时代，最困难的就是让孩子们的照片远离互联网。总有一双眼睛在寻找我们，从不闭上，甚至眨也不眨一下。

"天哪，你这个讨厌鬼！"兰妮咕哝着，缩成一团，盯着窗外的湖，"当然了，我们得住在这前不着村，后不着店的破地方，因为你总是疑神疑鬼。除非你打算让我们收拾行李，搬到一个更土里土气的地方。"

我让她发泄出心中的怨气，因为她说的是事实。"你不觉得这里随处都是美景吗？"

兰妮什么也没说。至少她没有漂亮地反败为胜。这些天我步步为营。

我把吉普车开进碎石车道，开回到山坡上的小木屋。还没等我拉下停车闸，兰妮就已经从副驾驶的位置出来了。

"警报设好了！"我在她身后大喊。

"啊！它不总是这样吗？"

兰妮已经进去了，我听到了她快速按下六位数密码的声音。我还没听到警报解除的信号，内门就"砰"的一声关上了。兰妮从来不会按错密码，康纳有时会，因为他在这方面不够仔细，总是心不在焉。有趣的是，这两个人在四年内变换了角色。康纳现在是一个有着丰富内心世界的人，总是在阅读；而兰妮穿上了一层盔甲，骄傲地生活在外面，还常常自找麻烦。

"今天轮到你洗衣服。"我跟在兰妮后面说。

兰妮当然已经"砰"地关上了卧室的门。

我又强调了一次，"我们迟早要谈这个！你知道的！"

门后的沉默代表不同意我的观点。没关系。我从不放弃重要的事情，兰妮比任何人都清楚这一点。我重新设置警报，然后花了点儿时间把东西收拾好。我喜欢秩序井然，这样就不会在紧急情况下浪费时间。

有时我甚至会关灯进行危机演练。

大厅里着火了。逃跑路线是什么？武器在哪里？

我知道这种行为具有强迫性而且不健康，但也非常实用。我在心里默想，假设一个不速之客闯进车库门，我该如何是好。**我会从砧板上抓起刀，冲上前把他挡在门口。然后用刀刺他、捅他、插他，再趁他摇摇晃晃的时候，从他的脚踝处切开肌腱。这样他就会倒下了。**

我在脑海中排练这些的时候，梅尔总会出现在我的脑海中——他看上去和接受审判时一模一样，穿着律师给他买的炭灰色西装，系着蓝色丝绸领带，和他淡蓝色的双眼十分相衬。他看起来像一个穿着体面的普通人，伪装得相当**完美**。我没有去旁听他的庭审，因为我被关起来了。当时每个人都说他**看起来像一个完全无辜的人**。一名摄影师恰好在他转身看向群众和遇难者家属时拍下了一张照片，照片里的他看起来和平时毫无区别，但双眼已经空洞无神。我看到那张照片的时候有种奇怪的感觉，觉得身体里某些冷酷无情、素未谋面的部分正蠢蠢欲动。是的，它或许再也不需要躲躲藏藏了。在我的想象中，梅尔来找我们的时候，脸上的表情就是照片上那样。

模拟演习结束后，我一一检查，确保所有的门都锁上了。康纳有他自己的密码，当他回家时，我会听见按下密码和复位的声音。我能分辨出他是否按错，抑或他又忘了。我一直把用来设置整个系统报警的钥匙卡塞在兜里，它能直接让诺顿警察局里响起报警的铃声。有任何风吹草动，我都会二话不说立刻行动。

我在卧室（同时也是我的办公室）里的电脑前坐了下来。这是一个很小的房间，有一个狭窄的衣橱，里面放着冬天的衣服和用品。房里还摆放着一张破旧而笨重的滚动式办公桌，是我到诺顿的第一天从一家古董店淘来的。抽屉上的日期笔显示的时间是 1902 年。这张古董办公桌甚至比我的车还重，曾经有人把它当作工作台用过。由于体积巨大，我可以很方便地在上面放置电脑、键盘和鼠标，以及一台小型打印机。

我输入密码，点击回车，让搜索引擎开始工作。我刚来静湖地区的时候买下了这台还算新的电脑，它由一名叫阿布萨隆的黑客为黑帽黑客[1]专门定制。在梅尔被审判后的几天、几周甚至几个月里，当我坐在监狱里，忍受着法律制度的百般折磨时，阿布萨隆是在网上对我大发牢骚的施虐者之一，他对我生活的方方面面进行分析，寻找罪证。

然而，在我被无罪释放后，风暴才真正开始。他残忍揭露我生活的每一个细节，并在网上公之于众。他组织一群人肆无忌惮地攻击我、我的朋友和我的邻居。他甚至找到了我最远房的亲戚，对他们人肉搜索。他追着梅尔还活着的两个堂兄弟，把其中一个逼到了自杀。

但当他那群攻击我的同伙转而攻击我的孩子们时，他和他们划清了界限。我收到了他发来的一封不同寻常的邮件。这封发自肺腑的电子邮件谈到了他童年经受的心灵创伤，他遭受过的巨大痛苦，以及他是如何通过对我的伤害来驱除他自己心中的恶魔的。可是被他发动的同伙们这时已经停不下来，这支攻击部队有了自己的生命。他想帮助我，更重要的是，他**可以**帮助我。

那个时候，我们已经在威奇托市走投无路，绝望失落，忐忑不安，又有什么理由不接受他伸出的援助之手呢？这件事成了一个转折点。也就是在那时，在阿布萨隆的帮助下，我重新掌握了自己的生活。

不过，阿布萨隆不是我的朋友。我们不聊天，我怀疑他在某种程度上仍然恨我。但他还是帮助了我。他为我们伪造身份，为我找了个避风港，并尽他所能来控制持续不断的网络骚扰。当我得到一台新电脑时，他会通过他保存在安全云中的备份对其进行镜像，这样我就不会丢失数据。他编写的自定义搜索算法使我能够定位那群丧心病狂的

---

[1] 他们往往利用自身技术，在网络上窃取别人的资源或破解收费软件，以达到获利。

追踪者，并与他们保持距离。当然，我会为他提供的这些服务付费。我们没必要成为朋友。我们很有默契地严格遵守着这一规定。

在等待引擎搜索的过程中，我煮了一杯加了蜂蜜的热茶，闭上眼睛啜饮，准备迎接挑战。每当这个时候，我总是把某些东西放在手可触及的位置：一把上膛的枪，我的手机，一旦出现问题，我随时可以快速拨号给阿布萨隆；最重要的是一个塑料垃圾袋，如果有必要，我可以把一切扔掉。保持时刻警惕很难。就像把我的头伸进了火炉，里面燃烧着由盲目的仇恨和卑鄙的愤怒所引起的怒火，当我后退的时候，我总是被震撼和灼烧。但这是必做的，是我的日常。

我感到紧张之情从我的头上盘旋而下，像一条冰冷的蛇一样，沿着我的脊柱、肩膀蜿蜒而下，沉重地盘绕在我的腹部。当搜索结果出现时，我从来没有做好准备。今天，我和以往一样努力保持冷静，时刻观察。

搜索出来十四页结果。最上面的链接是新出现的：有人在红迪网[1]上开了一个帖子，那些可怕的描述、猜测和自诩正义的号叫又出现了。我咬紧牙关点开链接。

梅尔文的小帮手这些天到哪儿去了？我真想去拜访一下那位伪善的教友。

他们喜欢叫我"教友"，因为我们家曾是威奇托市一个较大的浸信会教堂的虔诚教友，尽管梅尔不怎么出席，我和孩子们却经常会一起去教堂。在这个帖子里，他们把我跟孩子们在教堂的照片和在车库中死去的女人的照片讽刺地拼在了一起。

星期天早上，梅尔总是找借口说他在车库有事要忙。

---

[1] 原文为 Reddit，美国社交新闻网站。

有事要忙。我不得不闭上一会儿眼睛，因为在这个借口里隐藏着一个巨大的笑话——他从来没把那些被他折磨和杀害的女人当成人，而是当成物体。我睁开眼睛，深呼吸，继续点开下一个链接。

希望吉娜和她的孩子们被强暴，然后像块肉一样被切碎再挂起来，这样人们就可以朝他们吐唾沫了。暴君梅尔文不配拥有家庭。

有人还附上别的孩子被枪杀并被扔进沟里的犯罪现场照片。这种残酷无情的、野兽般的虚伪令人目瞪口呆——这个人是在利用别人的恐惧，来证明他对我的恐惧，他毫不关心孩子。**他只在乎如何复仇**。

我匆匆去看其他内容。

你看到他女儿了吗？莉莉？我要一头撞她，撞死她。

把他们活活烧死，然后用尿浇他们。

我有个主意，找个流动户外厕所，让孩子们在粪便中溺死。然后告诉她在哪里可以找到他们。

我们怎么能让她受苦呢？有建议吗？有人看到那婊子了吗？

还有很多，很多……我离开红迪网，登上推特，却发现更多的威胁言论，更多的仇恨话语，更多的尖酸刻薄——短短140个单词，简洁有力。然后是博客网站——那是真正的犯罪留言板，网站则是梅尔罪行的发布地。在留言板和网站上，无辜而年轻的女性的死亡只是随意可见的娱乐新闻，最多是历史信息。那些坐在办公室里的侦探不构成威胁，梅尔的家庭对他们来说只是真实故事的一个注脚，他们不想毁灭我们；而那些对我们的生活更感兴趣的人、对梅尔文·罗亚失踪的家人感兴趣的人……才是更危险的。

他们中有成百上千的人在竞争着设计更新、更可怕的方式来惩罚我和孩子们，**我的孩子们**。这是一场尽显病态的恐怖秀，毫无良知。他们中没有人意识到自己在谈论的是人，是会受到伤害、遭到谋杀的真正的血肉之躯。或者说他们意识到了这一点，但毫不在乎。这些是真真正正的、残暴冷漠的反社会者，是失去了灵魂的行尸走肉。

我将这些账号全部打印出来，突出显示用户名和消息来源，并与我保存在数据库中的名单交叉对比。里面大多数人是老手，他们出于种种原因，紧紧盯着我们的一举一动；也有一些是新手，某些热心的追随者，他们无意中发现了梅尔的罪行，想要替天行道，帮"受害者"复仇，但这些人往往与梅尔的受害者没有任何关系。我很少看到有人提受害者的名字。对这群特别的治安维持会成员来说，受害者的死活从来都不重要，只是让他们最卑鄙的兽性冲动得到发泄的借口。这些网民和梅尔如出一辙，只是可能不会像梅尔那样极端。

也许吧。

这就是为什么我把枪放在身边，它提醒我，如果他们敢伤害我的孩子，他们便会血债血偿。我不允许任何人**再**伤害孩子们。

我在阅读的时候停顿了一下，因为不管 fuckemall2hell **这个账号是**谁，他发现了一份我们粗心大意留下的法庭文书，上面有我们以前的地址。他公开了街道地址，还把这些信息传播给受害者家庭，通知记者，上传印有我们照片的明信片供大家下载，并写上：你见过这些失踪人员吗？

这是这些残暴成性的网民们最近采取的策略——披上一层真诚关怀的外衣。这个追踪者是在利用人类善良的本性来使我们暴露，让侵犯者更容易接近我们。不过，我更担心的是现在住在那个地址的无辜的人们。我给那个地区的警长发了一封匿名邮件，让他知道这个地址被传播出去了，并附上了我真诚的祝福。我真心希望住在那栋房子里的家庭不会被一包包钉在门上的腐肉和动物尸体，一堆堆让人恶心的色情产品打扰，不会被收件箱、邮箱、手机和工作场所里遇到的威胁吓坏。如果那个家庭里有孩子，我祈祷他们不会成为攻击目标。我的孩子们的照片被贴在电线杆上，被送到色情网站。仇恨是没有限度的，像杂草一样野蛮生长。它是道德愤怒和暴民心态的毒云，根本不在乎伤害了谁。这就是事实。

这个网民发现的地址无疑是一个死胡同，并不能帮他找到我们现在的家，或者我们的新名字。在搬离他找到的地址，住进我现在的家之间，我们至少搬了八次家。但这并不能安慰我。我完全是出于生存需要才出此下策，但我不是他们。我没有同样卑鄙下贱的驱动力。我要做的就是活下去，让我的孩子们尽可能安全。

检查完毕后，我甩甩胳膊，喝了那杯早已凉透的茶，站起来在办公室里踱来踱去。我想要把枪握在手里，但这是个糟糕透顶的主意，来自我心里的不安和偏执。我凝视着那把枪宁静的光芒，它给我带来了充分的安全感，尽管我知道那也是个谎言。就像梅尔曾经说过的那样，枪支不能保证任何人的安全。他们只等同于互相竞技。

"妈妈？"

一个声音从门口传来，我回头太快了，心怦怦直跳，很庆幸手上没有枪，因为此时吓到我，可能会让我下意识开枪。康纳站在那里，右手拽着书包。他似乎没有注意到我被吓了一跳，或者已经习惯了。

"兰妮还好吗？"他问道。

我勉强笑了笑，点了点头。"是的，亲爱的，她很好。学校怎么样？"我在想我居然没有听到他进来，没有听到输密码的声音，没有听到重置警报器的声音。我太心无旁骛了，这无疑很危险。我应该更小心谨慎才对。

他没有回答我，对着电脑做手势，"你完成反侦察了吗？"

我大吃一惊，"你从哪里听到的？"但我随即自问自答，"是兰妮吗？"

他耸了耸肩，"你在找追踪者，对吗？"

"对。"

"妈妈，每个人在网上都会发泄怨气。你不应该把它们看得那么严重。忽略它们，它们自然就会消失。"

康纳的话令我震惊。他把互联网描述成一个虚幻的世界，居住者也不是现实的人，甚至把我们都当成了与他人一样的普通人。这只是一个年幼男孩儿自认为安全的假设。换成女性，甚至是兰妮这个年龄的女孩儿，都不会持相同观点。为人父母者也不会。这些话反映出一个年幼的孩子对真正的危险缺乏认识。我突然不可避免地想到，在某种意义上，是我略带病态的行为促使康纳形成了这种世界观。我的保护使他与外隔绝。但我还能怎样？恐吓他吗？那更无济于事。"谢谢你的建议，虽然我没有问你的意见。我做的是对的。"我把打印出的文件分类归档。我一直保存电子记录和纸质记录。依照经验，警察更喜欢用纸质记录，对他们来说，这更像是一种证据，而屏幕上的数据却不是。不这样做，在紧急情况下，我们可能无法及时提交证据。"反侦察巡逻完毕。"我说，关上并锁好文件抽屉，把钥匙揣在兜里，和钥匙卡连在一起，放在我触手可及的位置。我不想让康纳和兰妮看那些文件，永远不想。兰妮有自己的笔记本电脑，但我行使严格的父母控制权。当她试图搜索有关她父亲、谋杀案或任何与之相关的关键词时，系统不仅不会给她结果，反而会给我警报——我已经得到过了。我还不敢冒险给康纳配电脑。

兰妮猛地把门打开，匆匆走过办公室，在下楼的路上避开康纳。她还穿着哥特式的裤子和雷蒙斯[1]的T恤，乌黑的头发在风中飘扬。我猜她是去厨房拿她的标准下午茶：米糕和能量饮料。

康纳盯着她，并不惊讶。"世界上所有的姐姐们，以及我的姐姐，

---

[1] 欧美传奇朋克摇滚乐队。

都打扮得像《圣诞夜惊魂》[1]里的人物那般惊悚，她想让自己看起来不那么漂亮，你知道的。"这是一个正常的同龄孩子不可能具有的惊人见解。我眨了眨眼睛，惊讶地发现在肥大的裤子、蓬乱的头发和尸体般的妆容下，兰妮其实很漂亮。她从骨子里散发出一种魅力，身材也逐渐变得丰满高挑而有曲线美。我当然认为自己的孩子美丽可人，现在其他人也这样认为。只是这种前卫的风格让人们对她敬而远之，也改变着人们对她的评判标准。这既是聪明之举，又令人心碎。

康纳转身朝自己的房间走去。

"康纳！你重置警报了吗？"

"当然。"他一边走一边说，随后关上他的房门，但没有用力。

兰妮拿着她的米糕和能量饮料回到我办公室角落的小椅子上，假装向我敬礼。"大家都到齐了，军士长，"她以任何一个二十五岁以上的人都无法做到的姿势躺下，"我考虑了很久，我想找份工作。"

"不行。"

"我可以帮你一起赚钱。"

"不行。你的工作就是上学。"我得咬紧牙关，别再抱怨我女儿过去喜欢上学而现在不喜欢了。**莉莉·罗亚**过去喜欢上学，也曾参加戏剧班和编程俱乐部，但**兰妮**却不能如此高调行事。她不能有任何出格的行为，甚至不能交朋友，不能告诉别人任何与过去有关的事情。毫无疑问，这让她在学校里度日如年。"你和那个女孩儿打架的事情，"我说，"你知道这不能发生吗？为什么你总是搅进这些事情？"

"我**没有**搅进去。是她先挑起来的。怎么，你是想让我输掉吗？让她把我打得屁滚尿流？我还以为你期望的是我自我防卫呢！"

"我希望你能回避这些纷争。"

––––––––––––

[1] 动画片。

"哦，你当然这么希望。这就是你一直在做的事，不断回避。不对，我是说，一走了之。"

没有什么比青少年的蔑视更让人恼火的了。这是一种让你上气不接下气的心理刺痛，并且会持续很长时间。我尽量不让她发现她击中了我的弱点，但我不相信自己能掩饰住。我拿起茶杯，朝厨房走去，享受着流水冲走残渣的快感。她跟在后面，但没有再出言不逊。从她犹豫的样子我可以看出，她后悔说了那句话，不太确定该如何收回。或者这原本就是她一直想说的。我把茶杯和碟子放进洗碗机时，她说："我在想能不能出去跑个步？"

"可以，但不准一个人跑。"我不假思索地说道，然后意识到这是她给自己找的台阶，一个不是道歉的道歉。我甚至不放心让他们独自乘坐校车，又怎么会让他们独自在湖边跑步冒险呢？"我们一起跑。我先换个衣服。"我出来的时候，兰妮正在舒展身体。她穿着一件红色的运动内衣，没有衬衫，黑色的紧身裤，两边都是滑稽的图案。我一直盯着她，直到她叹了口气，抓起一件 T 恤套在身上。

"没有人穿着 T 恤跑步。"她向我抱怨道。

我说："我想要回那件雷蒙斯的衬衫，它很经典。我敢打赌你连他们的一首歌都说不出来。"

"《**我想要安静**》[1]。"兰妮立刻反驳道。

我没有回话。那件事发生后的半年间，莉莉吃了很多药。她持续失眠，当她终于进入睡眠状态以后，又会突然尖叫醒来，为她的母亲哭泣。而我那时正在坐牢。

"除非你更希望《我们是一个幸福的家庭》[2]？"

---

[1] 雷蒙斯 1978 年发布的摇滚歌曲。

[2] 雷蒙斯 1977 年发布的摇滚歌曲。

我一言未发，因为她选的歌名正好切中痛点。我关掉警报，打开门，让康纳来帮我重置。他从大厅下面的某个地方嘀嘀咕咕地过来，我希望他是在说"好的"。

兰妮在前面快速奔跑，我在砾石路的尽头追上了她，然后我们沿着大路往东慢跑。这是一天中的完美时刻，气候宜人、阳光温暖、微风和畅，湖面碧波荡漾，点缀着零星小船。有些慢跑者从我们身边经过，朝相反的方向跑去。我加快了速度，兰妮轻松地追了过来。邻居们在门廊向我们挥手，左邻右舍和睦相处。我挥手回敬，但这种信任只是表面的。我知道这些看似友好的街坊邻里一旦知道我是谁，我曾嫁给谁，就会像我们的老邻居一样满腹狐疑，和我们保持距离，甚至对我们深恶痛绝。他们有权感到害怕。梅尔文·罗亚带来了一段冗长且黑暗的阴影。

我们沿着湖跑了一半的路程，兰妮气喘吁吁地喊停，靠在一棵摇曳的松树上休息。我还没有上气不接下气，但小腿肌肉发热、臀部疼痛。

"你还好吧？"我问。兰妮恶狠狠地看着我。"那表示还好？"我再次问道。

"当然，"兰妮说，"随便跑跑吧。为什么我们要搞得像奥运会竞技一样激烈？"

"你明知故问。"

兰妮眼睛故意看向别处。"就跟你去年让我去学习近身格斗一样。"

"我还以为你喜欢近身格斗呢。"

她耸了耸肩，还在研究鞋子边的叶子。"我不认为我需要。"

"我也不认为你需要，宝贝。但我们必须面对现实。外面危险重重，我们需要时刻警惕。再说，你已经长大，可以学习这些本领了。"

兰妮挺直腰杆，说："好吧。我想我准备好了。这次可别让我跑崴脚了，我的终结者妈妈。"

我可办不到。当我还是吉娜的时候——是在**那件事**之后——我便开始跑步，一开始汗流浃背、疲惫不堪，后来慢慢习惯了这种高强度锻炼。现在，我可以放肆狂奔，享受跑步过程中微风轻抚脖子的感觉，就像是在为生命而奔跑。虽然既不健康也不安全，但我很清楚，这般拼命是一种自我惩罚，也是我每天释放压力的方法。可我把兰妮忘了，甚至没有意识到把她越甩越远了。直到我转过一个弯，才发现自己独自在松树的阴影下奔跑。我甚至不知道在哪里和她跑散了。我靠在一棵树上做伸展运动，然后在一块随处可见的古老巨石上休息。兰妮从远处走来，行走缓慢，一瘸一拐。我感到一阵内疚。

我到底是一位怎样的母亲，居然让自己的孩子跑得如此累？

第六感突然让我肾上腺素激增，我直起身来，转过头去。

有人在那里。

一个人影站在松树的树荫下。我的神经一直紧绷着，永远不会放松下来。我从巨石上滑下来，做出防备的姿态，面对那个影子，"谁？"

他拘谨地冲我笑了笑，走过来。是个老人，皮肤像一张又黑又干的纸，胡须灰白，一头同样灰白的卷发紧贴着头皮，耳朵也耷拉了下来。他全身倚靠在一根手杖上。"对不起，女士。我不是故意打扰你的，我只是想看看那些船。我一直很喜欢它们的线条。不过我从来没有机会当水手，只是在陆地上工作。"他穿着一件别着军徽的旧夹克，夹克上有炮兵补丁。我想他应该不是参加过第二次世界大战的老兵，而是之后一些战争的老兵。"我叫以西结·克莱蒙特，就住在那边的山上，我来这里好多年了。湖这边的所有人都叫我以西。"

我为自己把他想象成居心叵测的敌人而感到羞愧，于是上前伸出了手。他回握我的手又硬又干，骨瘦如柴。"嗨，以西。我是格温。我们住在那边，约翰森家附近。"

"哦，是的，你们是新来的。很高兴认识你。对不起，我还没有走过那条路，不过这些天我也不怎么走路了。六个月前我摔到臀部，现在还在恢复中。可别跟我一样变老啊，年轻人——那可是苦不堪言。"他转过身来的时候，兰妮跌跌跄跄地停在一两米外，将双手放在大腿上支撑着身体，弯下腰来。"你好，你还好吗？"以西问道。

"很好，"兰妮喘息道，"挺好的。你好。"

我并没有怎么笑。"这是我的女儿，亚特兰大。大家都叫她兰妮。兰妮，这位是克莱蒙特先生。可以叫他'以西'。"

"亚特兰大？我出生在亚特兰大。那是座美丽的城市，是富有生机的文化圣地，我思念它。"克莱蒙特先生向兰妮点了点头，兰妮小心翼翼地看了我一眼，然后也回了个礼。"好吧，我想我还是早点儿回家吧。我得花好一会儿才能爬上那座山。我女儿一直催我卖掉房子，搬到更方便走动的地方，但我舍不得这里的风景。你能明白吗？"

我当然能明白。"你一个人可以吗？"我朝他山上的房子看去，对一个摔过、挂着拐杖的人来说，上山的那段距离可不是一般的长。

"可以的，谢谢关心。我只是年纪稍大，还不至于走不动路。医生也说了，多走走对我有好处。"他笑着说，"经验告诉我，对你有好处的东西永远不会让你感到快乐。"

"老天，这你可说对了，"兰妮赞同，"很高兴见到你，克莱蒙特先生。"

"叫我以西就行，"他边说边往山上走，"你现在可以开跑了！"

"我们会的，"我说，然后对着我的女儿咧嘴一笑，"剩下的路程我们来赛跑吧！"

"**拜托**！我都快死在这里了！"

"兰妮。"

"我选择走路，谢谢。你想跑的话就跑吧！"

"我开个玩笑。"

"噢。"

第二章

快到家的时候，我收到了一条匿名短信。这条短信让我汗毛竖立。我放慢了脚步，走到路边，而兰妮却跑得欢快。我滑动解锁，查看短信，是阿布萨隆发来的。因为信文本中有他特殊的签名——他名字的首字母"A"。你在米苏拉市附近吗？

他从来不问我们的具体位置，我也从没告诉过他。我回复他：为什么这么问？

有人在网上散布消息，但他们似乎搞错了。我在尝试阻止并转移他们的注意力，不然对被误认为是攻击目标的人们不好。阿布萨隆。

阿布萨隆用了完整签名，之后没有再发短信过来。我想他和我一样用的是临时性手机，一个月换一次号，犹如钟表永远在变动，因为只有这样才能让人难以追踪。但他的名字符号始终没变。不过我承担不起那么多临时性手机的费用，所以六个月才换一次号。现在孩子们的手机则已经用了一年，在瞬息万变的世界中，总算有了一点儿"不变"。但一旦有人接近，我就会注销所有的电话号码和邮箱账号。如果我们接到了来自附近区域的相关来电，阿布萨隆就会通知我，我们会收拾东西立刻撤离。这已经成为我们近几年的常态。

糟糕透顶，但我们已经习惯了，也必须习惯。

我如饥似渴地期待收到那封珍贵的、装有枪支携带许可证的邮件。但我不是那种认为需要带上 AR-15[1] 去购物的人。那些人生活在一个反乌托邦的幻想世界中，在那个四面楚歌的世界里，他们自以为是英雄。我能理解他们的想法——在一个充满不确定性的世界里，他们感到无助。然而他们用武器为自己筑造的仍然是一个幻想的世界。而我生活在现实世界里。在这里，我离一群强壮而暴力、有组织且怒气冲冲的人只有一步之遥。我并不需要也不想去宣扬这一事实，我更不想走到那一步，但我的确已经历兵秣马。

为了生存，我必须竭尽全力。

兰妮正在前面疯狂地庆祝着我让给她的胜利。我们停在信箱前，整理当天收到的垃圾信件。兰妮不再一瘸一拐了，她的抽筋得到了缓解，不过我在整理信件时，她仍在左右踱步。我本以为路上只有我们两个人，却突然意识到有人向我们走来，我立刻进入了警觉状态。

是我在射击靶场见过的那个男人——山姆·凯德——那个把格茨事件从谋杀降级为骚乱的男人。我很惊讶会在这里见到他散步。我以前在这里见过他吗？可能远远看到过吧，因为他看起来很眼熟，我肯定见过他出来散步或慢跑，就像其他居民一样。

他继续朝我们的方向走来，双手插在口袋里，戴着耳机。他发现我在看他，便向我挥了挥手，点头示意后，径直从我们身边走过，向环湖路的另一边走去。我一直盯着他，看到他经过了约翰森家的小楼——他们家的小楼比我们家的房屋略高一点儿——接着经过了格雷厄姆警官的公寓，然后消失在我的视线里。

他仅仅是散步？他从哪里来的呢？可能是我的强迫症犯了，总想刨根问底。我准备在警报器中输入密码，然后进屋。然而在我的手指触

---

[1] AR-15 自动步枪，简称 AR-15。

摸到键盘前时，我发现根本不需要密码便可以打开门。

警报没有开启。

我吓得目瞪口呆，僵在门口，挡住了兰妮的路。她想把我推开，我狠狠地看了她一眼，并把手指放在嘴唇上，示意她安静，然后指了指密码器。兰妮因跑步和晒太阳而红润的脸瞬间紧张起来，她退后了一步。我从前门后面的盆栽里拿出备用的车钥匙给她。"走吧！"

在我的教导下，兰妮早已训练有素。她毫不犹豫地转身跑向吉普车。我走进去，锁上了身后的前门。无论屋里有什么，我只希望我的孩子安然无恙。我轻手轻脚地把信件放在旁边的地板上。房子是我亲手布置的，我对它了如指掌。此时，我的脑中出现了无数种可能性。

我离沙发底下的小保险箱仅有四步之遥。我走过去，小心跪下，把拇指按在保险箱的金属键上。随着一声轻响，锁开了。我轻轻把西格绍尔手枪[1]拿出来，这是我最喜爱也最可靠的武器。枪早已上好膛，一触即发。听见有人在房间内，我悄悄穿过厨房和走廊，向房屋更深处走去，同时尽量保持冷静克制，把手指放在扳机上。

我听见了吉普车发动和轮胎与砾石路摩擦发出的声音。**好样的，我的女儿**。如果我五分钟后没有给她报平安，她就会报警，接着开往距离我们近八十公里远的会合点，把埋在那里的钱和新身份证挖出来。在迫不得已的情况下，她需要独自离开。我屏住呼吸，如临大敌，现在只剩我一人面对可能发生在儿子身上的糟糕事。

靠近我的卧室时，我偷瞄了一眼，里面看起来并无异常，就连我离开时随手脱在角落的鞋子也还在原处。兰妮的卧室在我卧室的旁边，两个房间共享浴室。看着她乱七八糟的房间，我一时以为有人洗劫了那里，随后想起早上我离开家去靶场前没来得及收拾她的房间，所以

---

[1] 一款经典的瑞士手枪。

床铺没有叠好，衣服丢得满地都是。

康纳。我的心脏跳到了嗓子眼儿，心急如焚，无法压抑。**上帝，求求你了，不要带走我的孩子，千万不要啊！**

他的房门是关着的，门上挂着"禁止进入，内有僵尸"的标志。我小心翼翼地扭动门柄，才发现门没有锁上。现在两个选择摆在我面前——破门而入，或者悄悄进入。

我选择破门而入。"砰"的一声把门撞开，我用肩抵住墙，手枪迅速地由下往上滑出了圆滑的弧形，一整套动作把康纳吓了个半死。他正戴着耳机躺在床上，音乐开得非常大声，即使从我站着的地方也能听见。我的突然出现和弄出的巨大声响吓得他猛然坐起。他迅速扯掉耳机，看到我手里拿着的枪，大喊大叫起来。

我立马把枪放下，却在他的眼中看到了前所未有的恐惧。这恐惧转瞬即逝，取而代之的是满腔愤怒。

"**我的天啊！**老妈，你在搞什么鬼？"

"对不起。"我说。震惊使血液中的肾上腺素增加，我的脉搏跳得更快了，手也在颤抖。我小心翼翼地把手枪放在他的桌子上，抛壳口朝上，背对我们，这也符合靶场的规则。我本想说："亲爱的，对不起，我以为……"但我没能说出口，只是深吸一口气，瘫倒在沙发上，双手扶额，"哦，我的上帝！在我们离开后，你忘了重置警报了。"

我听见耳机中的音乐在高潮处戛然而止，耳机"轰隆"一声掉在地板上。康纳坐到床边看着我，床发出"嘎吱"的声响，我小心翼翼地抬头看了他一眼。我虽然没有哭出声，但眼睛发涩，强忍泪水。我已经很久没有这样了。

"报警器吗？我忘记打开了？"他叹了口气，身体向前探，"妈妈，你不能再这样神经质了，你可能会杀了我们，你明白吗？我们已经在一个前不着村，后不着店的地方了，这里甚至没有人晚上睡觉锁门！"

他言之有理，我默不作声。我确实反应过激了，而且这已经不是第一次。我居然拿枪指着我的孩子。他的生气和抗拒都无可厚非。只是他没有看过我在网上反侦察时看到的那些帖子，个别网络追踪者尤其擅长使用软件处理图片。他们下载骇人听闻的犯罪现场的照片，然后把我们的脸贴到受害人身上；他们还篡改两个孩子的图像，让我看见我的子女正被难以想象的方式残忍折磨着。最触目惊心的是一个和康纳同龄的被肢解的男孩儿的图片。男孩儿血淋淋地躺在床上，乱作一团的床单早已被鲜血浸透。配文写道：**上帝对凶手的制裁。**

我完全可以理解康纳为什么生气，他觉得受到了不公平的责备，觉得被愚蠢、多余、偏执的规则束缚着。但我无能为力，我必须保护他免受伤害。我也无法向他解释，我不想让他小小年纪就了解这个浮云蔽日、人面兽心的世界。我希望他可以停留在一个美好的世界里。在那个世界里，男孩子可以收集漫画，可以把奇幻海报贴在墙上，可以在万圣节打扮得像僵尸一样。

于是我一言不发。趁自己的腿还有一丝力量，我站起来，拿起手枪走出房间，轻轻地关上了房门。

我儿子在房间内大喊道："可别逼我告诉社会服务机构！"我想他是在开玩笑，或者说，我希望他是在开玩笑。

我把西格绍尔手枪放回保险箱并锁好，然后打电话给女儿叫她回家。我像往常一样重置了警报器，对此我已经习以为常。

打完电话后，我把信件拿到厨房。我口干舌燥，口腔中弥漫着一股血液的金属味。我一边喝水，一边整理各种通告信件、慈善募捐信件、本地商业信件等。突然我停顿了一下，有一封信件与其他信件不同，那是一个马尼拉纸大信封，上面印有我的姓名和地址，还有俄勒冈州柳树溪的邮戳。那是我们上一个邮寄中转站，所以里面无论是什么，都要跋山涉水才能送到我这里。我没有贸然打开，而是从抽屉里拿出一双蓝色的乳胶手套小心戴上，再整齐地撕开信封的顶部，从里面拿出一个商业信封尺寸的信封。

我一眼就认出了寄信地址，然后把信封丢在了橱柜上。这不是刻意而为，而是因为我觉得拿着它像拿着一只活蟑螂。

这封信来自埃尔多拉多的一个监狱，那里正关押着等待执行审判结果的梅尔。这是一场漫长的等待。梅尔的律师告诉我，他的上诉有效期至少为十年，而堪萨斯州已经有二十多年没有执行过死刑了，所以谁也不知道他的判决什么时候会执行。因此，他有足够的时间思前想后，也常常"惦记"我。他还给我写信，但我已经看透了他这套把戏，这就是我没有立刻碰这封信的原因。

我盯着信封发呆，直到听见前门打开，警报发出"哔哔"声才回过神来。兰妮迅速取消了警报器并重置。

我依然一动不动，好像如果我不盯着这封信，它就会攻击我一样。

兰妮把钥匙放回盆栽里，从我身边经过，打开冰箱，拿出一瓶水解渴，然后她说："让我猜一下，丢三落四的康纳又忘了打开警报器了，你有没有开枪打他？"

我依然一言未发，一动不动，但从余光可以知道她正盯着我。她意识到发生了什么，便开始移动自己的身体。在我想到她要做什么之前，她已经顺手拿起了橱柜上的信封。

"不可以！"我想拦住她，但为时已晚。

她涂着黑色指甲油的手指已经打开信封，把里面的信拿了出来。我伸手想抢回来，但她后退了一步，行动敏捷，满脸愤怒。

"他也给我写信了吗？有给康纳的吗？你是不是经常收到这些信？你不是说过他**从来都不写信**的吗？"

我从她的话中听出了责备的意味，像是认为我背叛了她，我讨厌这种感觉。"兰妮，把信给我。求你了。"我尝试着保持严肃冷静的语气，内心却已经害怕得魂飞魄散。

她看着我的手，蓝色手套里全是汗。"天啊，妈妈，他已经进监狱了，你不用再保护这些该死的证据了。"

"求你了，别这样。"

她扔掉撕破了的信封，展开了信。

"别看。"我软弱无力地哀求道。

梅尔显然预谋已久。信封里装着三封信，其中有两封是写给孩子们的，字里行间满是无懈可击的甜言蜜语，完全符合我所嫁的梅尔的典型形象——善良真诚、风趣幽默、体贴入微。可这些信件更能暴露他的虚伪，爱的话语只是他瞒天过海的虚情假意。他没有假装无辜，因为铁证如山。他能做的，是给我和孩子们写信，表达他的爱意和关怀。

三封信的前两封都是如此。

但兰妮已经看到第三封信了。

我看着兰妮，看到了她的幻想烟飞云散的那一瞬间，因为她发现了这字斟句酌背后的冷血无情。我看到她的手在颤抖，犹如地震来临前地震仪发出信号一般。她六神无主，眼中充满恐惧。

我忍无可忍。我从女儿手中夺回那封信，折好放在桌子上，然后抱住被吓成惊弓之鸟一样的她。兰妮好一会儿才缓过神来。她看着我，身体依然如触电般颤抖着。

我对她说："嘘，宝贝，没关系。"我边说边抚摩着她的黑发，仿佛她还是一个怕黑的六岁小孩儿。

她摇摇头，挣脱了我的怀抱，走回房间，锁上了门。

我看着那封折好的信，内心的憎恨如排山倒海般涌来，几乎要把我撕裂成块。

你居然敢！你怎么可以给我的孩子写这样的信！你吃了豹子胆！你个浑蛋！

我没有再看梅尔文·罗亚写给我的第三封信，我知道上面写着什么，我之前看过。那是他撕下面具后写的一封信，谴责我如何让他失望，如何用妖言蛊惑他的孩子，他还威胁我，说如果有机会就会来复仇，来实行他那些预谋已久、残忍粗暴、令人作呕的报复计划。

接下来他笔锋一转，像没有威胁过要杀害我一样，询问孩子们的现状，说他爱他们。他当然爱他们。在他看来，他们只是他的影子，而不是独立存在的个体。如果他现在出现，他会发现孩子们不再是他以前喜欢的塑料娃娃，而是变成了别人，那么孩子们便会成为潜在的受害者，就像我一样。

我把信塞回信封，拿起一支铅笔，在信封上面标上日期，再放回大的投递信封里。完成这一切后，我才松了一口气，好像处理了一颗炸弹。明天我就把整个信封寄回去，在上面标注"查无此地"，联邦快递公司就会按照寄信人的信息，把信退回到堪萨斯州调查局[1]负责梅尔文案件的代理人手中。迄今为止，堪萨斯州调查局一直无法查出梅尔文是如何通过监狱的正常筛选程序而寄出这些信件的，但我仍希望他们能查出来。

兰妮误会我戴手套的原因了。我不是为了不破坏证据，而是和医生一样：避免病毒感染。

这种极具传染性的致命病毒，便是梅尔文·罗亚。

接下来的时间似乎风平浪静，康纳对他卧室里发生的事只字未提，兰妮也一言不发。他们在玩电子游戏，而我和普通母亲一样，准备晚餐，然后我们默默吃饭。

第二天，被停课的兰妮一直把自己锁在房间里。我决定不去干涉，由她在房间里疯狂追剧。康纳去上学了，我担心他一个人走去公共汽

---

[1] 即 Kansas Bureau of Investigation，简称 KBI。

车站，就从窗户里偷偷观察，直到他上车为止。如果我把他送到车站，他肯定会再次对我发火。下午他坐公共汽车回来时，我假装在逛房前的小花园，恰好碰到了他。他背着沉重的包下了车，后面还跟着另外两个男孩，三个人相谈甚欢。一时间我担心他们是恶霸，但他们看上去似乎很友善。这两个陌生男孩都是金发，其中一个和康纳年龄差不多，另一个比他大一两岁。稍大的那个男孩又高又壮，他向康纳友好地咧嘴一笑，挥手告别。

我看着那两个男孩向左边的小道跑去。他们肯定不是约翰森家的孩子，约翰森夫妇是一对老人，他们的孩子已经长大成人，每年不多不少只会来一回。那么，他们肯定是格雷厄姆警官的孩子。格雷厄姆是诺顿警察局的一名在职警员。与我们这种迁居者不同，格雷厄姆家族世代居住在田纳西州。据我所知，在静湖变成富人的游乐场之前，他们家族就在这里拥有房产。我总觉得有必要去拜访他家，介绍一下自己，与那位警官加深了解，并尝试建立联系。毕竟在某些时候，我可能会需要执法部门帮忙。不过我去了几次都没人来开门。这也不足为奇，警察的工作时间都不固定。

康纳经过我身边时，我问："嘿，儿子，今天在学校过得怎么样？"我拍了拍一朵花周围的尘土。

他淡淡地回应道："很好，我明天要交一篇论文。"

"关于什么的呢？"

他把背包调整到一个更舒服的位置，说："关于生物学的，我已经想好了。"

"你写完后需要我看一下吗？"

"不用了。"

他进了屋，我站起来擦擦手掌上的泥土。我当然为他担心，我担心昨天给他（和我自己）带来的恐惧，担心他需要更多的心理咨询。

他变成了一个安静内向的孩子，和兰妮动不动就火冒三丈一样让我忧心忡忡。我不知道他大部分时间里都在想什么。偶尔我会看他一眼，他歪着头的样子让我想起他的父亲。我黯然神伤，甚至觉得从他眼中会看到那个怪物的影子——其实我从未见到过。

我不相信邪恶是会遗传的。我不能相信。

我做了一个比萨作为晚餐，吃完后我和孩子们一起看电影。门铃突然响了，接着是一阵响亮急促的敲门声。我的心一下子提到了嗓子眼儿，猛地从沙发上跳了下来。兰妮准备起身，我赶紧把她推回去，并示意她和康纳到大厅去。

他们四目相对。

敲门声再次响起，声音更大更急迫了。我想到沙发底下保险箱里的手枪，但还是轻轻先拉开窗帘，向外偷看。

是警察。我们的前廊上站着一位穿着制服的警官。往日六神无主的感觉似乎又快要把我吞噬，让我变回之前的吉娜·罗亚，回到威奇托市的老街，双手被铐在背后，看着丈夫的犯罪现场，听着自己的尖叫声。

停下来。

我告诉自己。这句话像哈维尔在靶场下达的停火命令一样，在我的耳边回荡。我解除了警报，打开了门，努力克制自己不去想接下来的事态走向。一个脸色苍白个子高大的警察站在那里，穿着整齐，满脸皱纹，他比我高出不止一个头，肩宽腰粗。他脸上有那副我非常熟悉的谨慎又难以捉摸的表情，我还留意到他佩戴了徽章。尽管内心已经万分惊恐，我仍然微笑着说："警官，请问有什么我能帮到您的？"

"你好，普罗克特女士，对吧？冒昧打扰了。我儿子告诉我，你儿子今天在公共汽车上落下了这个，我想我应该还回来。"他递给我一部银色的翻盖手机。

我一眼就认出来是康纳的，我给孩子们的手机上了色，这样我们就不会拿错对方的手机。我对儿子的粗心大意感到生气，紧接而来的却是深深的恐惧。丢失手机意味着失去了对通信信息的严格控制，尽管他手机里只存有他在这里的朋友，以及我和兰妮的电话号码，但这仍然成了我们的管理漏洞，是由于注意力不集中导致的失误。

我还没来得及开口说一句"谢谢"，格雷厄姆警官又说道："我一直想过来打个招呼。不过，如果现在不方便的话……"他那轮廓分明的脸上有一双清澈的棕色眼睛，还有一抹尴尬的微笑。

"不，不，当然方便，我的意思是说，谢谢您把这个还给我。"

兰妮暂停了电影，走了过来，而我闪到一边让格雷厄姆警官进屋。他进来后，我关上门，有意无意间重设了警报。我对他说："要来点儿点心吗？是格雷厄姆警官，对吧？"

"是的，女士，我叫朗赛尔·格雷厄姆。"他操着一口地道的田纳西口音，听起来就是个土生土长的当地人，"如果有冰红茶，就最好不过了。"

"当然，甜红茶怎么样？"

"这不是一样的吗？"他立刻摘下帽子，不自觉地揉了揉脑袋，揉乱了头发，"听起来太棒了，实不相瞒，我早就又累又渴了。"

我不习惯凭直觉去喜欢一个人，但他似乎在很努力地吸引我，这让我不得不提高警惕。他不遗余力地表现出礼貌和尊重，并把他身材和肌肉的存在感最小化。也许他的工作能力出众：他的音色特别，可能根本不需要动犯罪嫌疑人一根手指，就能把对方治得心服口服。我不相信他的和颜悦色，但我很喜欢他随和爽朗的微笑，这对孩子们来说很重要。我突然想起，应该庆幸是**警察**把手机送回来了，而不是别的什么人。虽然手机有密码保护，但一旦落入神通广大的坏人手里，绝对会对我们造成危害。

"非常感谢您把康纳的手机送回来。"我一边说，一边从冰箱里拿出装有冰红茶的水瓶给格雷厄姆警官倒茶，"我敢保证他之前没有丢过手机，很感谢您的儿子找到手机，又正巧知道这是我儿子的。"

"妈妈，对不起，"康纳在沙发上说，他的声音听起来既压抑又焦虑，"我不是故意弄丢手机的，我甚至都不知道手机丢了。"

我以为大部分的青少年只要离开手机超过半分钟，就会坐立不安。但我的儿子被迫生活在一个与世隔绝的世界里。在这个世界里，手机只能用于最基本的通信。对他们来说，智能手机是不存在的。在我两个孩子中，康纳对科技更感兴趣，他的朋友们会给他发发信息。相比之下，兰妮就……不太合群了。

我对康纳说："没关系。"我是真心实意的，因为这周我已经把他吓得魂不守舍了。没错，他是忘了设置警报器；没错，他是弄丢了他的手机，但这都是日常生活中司空见惯的事情。我需要放松一下紧绷的神经，不能再把每次小疏忽都当成致命的错误，让我们所有人都神经兮兮的。

格雷厄姆警官坐在餐桌前的高脚凳上喝着茶，他看起来心情愉快，朝我友好一笑，扬起眉毛以示赞赏。"真是好茶啊，女士，"他说，"在警车里闷了一天，这可真是沁人心脾的好饮品。"

"您随时都可以来喝茶。您可以叫我格温，我们是邻居，而且您的儿子们也是康纳的朋友，不是吗？"

我说话时瞄了康纳一眼，他的表情凝重，不断摆弄着手机，而我始终心存愧疚。他可能在担心警官离开后，我会大肆咆哮。我也深知自己对孩子们少了些宽厚仁爱，更多的是铁面无情。如今，我们终于在一个环境清幽的地方安顿了下来，不再像猎物一样四处逃窜。恶魔在网上找到的地址和我们目前所处的位置之间有八次仓皇出逃，*八次*。在我对孩子们造成不可挽回的伤害之前，我应该把警报器给卸了。

格雷厄姆好奇地环顾四周，说道："我听说这房子在拍卖后简直一片狼藉，是吗？"

"我的天啊，那可是一团糟。"兰妮回答。这让我大吃一惊，因为她通常不会主动和陌生人攀谈，尤其是穿着警服的人。"他们毁掉了一切，你真该看看洗手间是什么样的，令人作呕。我们必须穿上白色的塑料套装，戴上口罩才敢进去，我甚至吐了好几天。"

"一定是野孩子们在这里搞派对，"格雷厄姆说，"这群人一定是吸食了毒品，成了脱缰野马。说到这里，我必须告诉你们，即使在这荒山野岭，也存在毒品问题，山里时不时有制冰毒活动。但如今主要的毒品是海洛因和氧化苦参碱。你们一定不能掉以轻心，我们现在还没查出幕后主使，"他端起杯子，停在嘴边，"你们收拾房间的时候没有发现毒品吗？"

"我们把发现的所有东西都扔掉了，"我如实告诉他，"我没有打开过任何盒子或箱子，只要能取出来的东西我们都扔掉了，取不出来的被撬开换掉了。回想起来，里面也许真的还藏着些什么。"

"很好，"他说，"那就对了，我在诺顿的工作大部分都和毒品相关，还有抢劫、酒驾等。但谢天谢地，这里的暴力犯罪并不多。普罗克特女士……格温，你来到了一个安全的港湾。"

除了海洛因泛滥，我想。但我没有这么说。"嗯，总而言之，今天很开心见到您这位邻居，我们邻里之间也会越来越融洽，对吧？"

"没错，"他喝完茶，站起身来，从口袋中掏出一张卡片放在桌上，两根手指轻敲了几下，仿佛要把卡片钉在那里似的，"上面有我的电话号码和工作地址，如果你们遇到麻烦，请随时打电话给我。"

在我回答之前，兰妮抢着说："好的。"她两眼发光，正在上下打量格雷厄姆警官。我忍住叹息。她十四岁了，正是会对异性产生好奇的年纪，况且他看起来就像是个模范英雄。"谢谢警官。"

"不用客气，这位……女士。"

"亚特兰大。"兰妮告诉他，然后站起来伸出手，他严肃地和她握手。我以为她永远不会自称亚特兰大，听到几乎被甜红茶呛着。

"很高兴认识你，"格雷厄姆还转过身和康纳握手，"你一定是康纳，我会告诉儿子们，你向他们问好。"

"你好。"他与姐姐截然相反，保持着缄默、警惕，有所保留，手里仍旧握着手机。

格雷厄姆戴上帽子，和我握手。我把他送到门口时，他转过身，像是忘了什么东西。我正准备关闭警报器送他出去，他说："我听说你去了靶场，格温，你把枪放在家里了吗？"

"是的，"我说，"别担心，它们都在枪支保险箱里。"

"我们都知道枪放在了安全的地方。"兰妮转了转眼珠说。

"我敢打赌，你们两个都是好射手。"康纳说。我不喜欢他们姐弟俩这样唇枪舌剑。准确来说，我不会让他们碰我的枪，也不会让他们学习射击，这一直是我们之间的矛盾之一。我在半夜做恐慌演习已经够糟糕了，我不想让上了膛的武器也参与进来。

"我每周四和周六晚上都会在那边，教我的儿子们射击。"格雷厄姆说。这算不上是什么邀请，但我还是点头致谢。之后，他就转身回去。走到门口时，他停下来看着我，若有所思地说："普罗克特女士，我能问你一件事吗？"

"当然。"我跟着他出门，因为觉得他是想私下谈话。

他说："有传言说，这所房子有一个安全室，这是真的吗？"

"是的。"

"那你进去过吗？"

"我们找了个锁匠来开锁，里面什么都没有，只有一些水瓶。"

"我一直以为有人把东西藏在里面，如果真的有什么东西……"他远远地指着餐桌上的名片，"请打电话给我。"

他终于离开了。

我锁上门，输入了密码，然后回到沙发上，一直紧绷的神经终于放松了下来。家里来了位不速之客，这件事始终让我如坐针毡。坐在沙发上也让我想起了和孩子们、和梅尔在沙发上享受彼此陪伴的时光。当然，梅尔始终戴着伪装，我也从未看透他。我认为他也许有些冷酷无情、麻木不仁、脾气暴躁，但毕竟人无完人。而梅尔的真面目与他平时的样子完全不同。或许吧，我可能永远不会知道。

"妈妈，"兰妮说，"康纳有点儿不高兴，你应该来看看。"

"我知道错了，"康纳说，"你不相信吗？"

"安静，"我坐在他们中间，伸手拿过遥控器，然后转身看着我的儿子，"康纳，关于手机的事。"

他准备接受我的训导并道歉。我把手放在他的手上，他汗毛竖起，异常紧张。

"人非圣贤，孰能无过。没关系的，"我看着他的眼睛，开诚布公地说，"我为我最近的过激行为感到抱歉，我要向你们两个道歉。我不该因为警报器而小题大做，也不该让你们在家里都要蹑手蹑脚，生怕犯错以至于被我严厉责备。真的很抱歉，亲爱的。"

这番出乎意料的话让康纳一时语塞。他只能无助地把目光投向兰妮。兰妮向前倾着身子，把前面的黑发拨到耳后。"我们知道你为何总是如此紧张。"她说。康纳听到姐姐为他说话时，似乎松了一口气。她接着说，"妈妈，我看了那封信，你有权变得如此草木皆兵。"

她一定也把信的事告诉了康纳，因为听到这话，他没有发问，也不显得惊讶。我无法抑制自己，激动地握住兰妮的手。我爱这两个孩子。我太爱他们了，这份爱占据了我的内心，把控着我的呼吸，构成了我的快乐源泉。

"我爱你们两个。"我说。

康纳轻轻地挪了挪身子，伸手去拿遥控器。他说："我们都知道，就像你所说的，人非圣贤，孰能无过。"

我忍俊不禁。他按下播放键，我们又回到了电影中，温暖舒服地享受着在一起的时候。我还记得他们小时候，康纳被我抱在怀里，兰妮在我身旁玩耍。我怀念那些甜蜜的日子，但所有的记忆都被梅尔玷污了。那些回忆发生在威奇托市，发生在那个我原以为固若金汤、完美无缺的家里。

在那些家庭时光中，一直缺少梅尔的身影，他总是待在他的车库里，沉迷于他的**项目**中。每隔一段时间，他就会做好一张桌子、一把椅子、一个书架，给孩子们当礼物。但做这些礼物的空隙，就在那距离我们咫尺之间的锁住的车库里，他放任了内心的怪物。我们就在他三米远的地方，沉迷于电影的惊奇之中，或是在玩桌游，大喊大叫。他收拾好，面带微笑地走出车库，所以我**从来不知道其中的玄机**，我甚至没有怀疑过。对他而言，那似乎只是无伤大雅的兴趣爱好。他需要独处时间，我欣然应允。他说他要把车库外面的门锁上，因为里面有贵重的工具。我也从未有过半点儿怀疑。现在我才知道，和梅尔在一起的生活充斥着谎言，别无他物，不论这段经历看上去有多温暖、舒适。

不，我相信现在的生活比以往任何时候都要好，我那两个聪明机灵的孩子和我一起亲手重建家园、重获新生。

怀旧只是普通人的游戏。我们如此不遗余力让自己百炼成钢，绝对不能再倒退为普通人。

我为自己倒了杯苏格兰威士忌，走到门外。

半个小时后，康纳找到我。我喜欢静谧湖泊上的波光粼粼，喜欢洒在湖面上的皎洁月光，喜欢头顶闪烁的繁星。微风轻拂，松林低语。伴着苏格兰威士忌，我沉醉在烟雾与阳光交错的斑驳记忆中。如果可以，我真想就这样结束每一天。

康纳依旧穿着长裤和 T 恤，窝进门廊下的另一把椅子里，静静地坐了一会儿，然后鼓起勇气说道："妈妈，我没有弄丢手机。"

我惊讶地看向他，摇了摇平底酒杯里的苏格兰威士忌，把酒杯放到一旁，"什么意思？"

"我是说，我没有弄丢手机，是有人故意把它拿走了。"

"那你知道是谁吗？"

"知道，"他说，"我认为是凯尔。"

"凯尔……"

"格雷厄姆，"他说，"格雷厄姆警官的儿子，高的那个，他十三岁了。"

"亲爱的，如果它是从你的口袋或者背包里掉出来的，没关系，这是一个意外，我保证不会生气的，懂吗？你不需要指责任何人……"

"妈妈，你没有认真听我说话，"他斩钉截铁地说，"**我没有弄丢！**"

"如果凯尔偷了，他为什么要还给你？"

康纳耸起肩，他脸色苍白，神情紧张，看上去比他的实际年龄成熟不少。"也许他开不了锁，也许被他爸爸发现了，我也不知道。"他犹豫了一下，"或者……也许他得到了他想要的，比如兰妮的手机号码，他问过我关于她的事情。"

这很正常，一个男孩打听一个女孩的事。也许我误会了兰妮对格雷厄姆警官的友善，也许她对他并没有仰慕之情，也许她只是想要了解他的儿子。我觉得**她可以表现得更明显**。但如果真的是凯尔偷了电话呢？

"你可能搞错了，宝贝，"我说，"并不是每件事都是威胁或阴谋，我们会没事的。"从康纳的身体语言，我知道他还想告诉我其他东西，但似乎心事重重，欲言又止。我不愿他有事情瞒着我，"康纳？亲爱的？你还有什么烦心事吗？"

"我……"他咬了咬嘴唇，"没什么，妈妈，没什么大事。"我的儿子看起来忧心忡忡。看来他还是相信了这个我给他创造的充满了阴谋论的世界。"我能不能……离他们远一点儿？凯尔和他弟弟？"

"如果你想的话，当然可以，但是要有礼貌，知道吗？"

他点点头，过了一会儿，我重新拿起我的苏格兰威士忌，而他盯着湖面出神。"反正我也不需要朋友。"

想不到小小年纪的他居然说出这样的话，或者说他这么想就够令人惊讶的了。我想告诉他应该广交朋友，告诉他在这个国泰民安的世界里，他会安然无恙、无忧无虑、悠然自得。但我不能这么告诉他，这不是事实。也许对其他人来说是这样，可对我们来说绝对不是。

我把苏格兰威士忌一饮而尽，回到屋里。我设好警报器，等康纳一上床，就把所有枪拿到厨房的桌子上，准备好清洁工具箱，确保万事俱备。就像提前演练一样，清洁武器使我放松，感觉像是在重置所有事情。

我要居安思危，未雨绸缪。

兰妮停学期间都戴着耳机做作业和看书。不过她和我一起跑了两次步，完全是她自愿的，虽然跑完后她发誓再也不跑了。

星期六我们会打电话给我的妈妈，这是一项家庭惯例。我们三个人围着我的一次性手机。手机有一个内置的应用程序，可以生成一个匿名的 IP 电话号码，这样即使有人翻查我妈妈的通话记录，也无法通过号码知道我们在哪里。

我害怕周六的到来，但我知道这个惯例对孩子们很重要。

"喂？"

妈妈平和的声音让我想到，她已经不再年轻。我总是想起她在我还年幼、她还年轻时的样子——游泳和划船使她的皮肤呈小麦色，她的身材健美而苗条。她搬离了缅因州，现在生活在罗德岛的纽波特。在我受审之前，她不得不搬家，之后又不得已搬了两次，最终才躲开那帮暴徒的视线。纽波特依然保留着新英格兰那种半封闭的管理方式，十分符合她的需求。

"嗨，妈妈，"我感到千斤重担压在胸口，"你还好吗？"

"我很好，亲爱的。"她从来不提及我的名字。六十五岁的她不得不学着字斟句酌、小心翼翼地和自己的孩子交谈，"听到你的声音我很开心。亲爱的，你还好吗？"她从不问也不知道我们在哪里。

"嗯嗯，我们很好，"我告诉她，"我爱你，妈妈。"

"亲爱的，我也爱你。"

我问她在纽波特的生活，她假装满腔热情地说着餐馆里的美味佳肴，周围如诗如画的风光以及各种愉快的购物经历，她还谈起了做剪贴簿的爱好，虽然我不知道她的剪贴簿有什么关于我的内容。里面有提到我那恶魔般的前任丈夫的文章？我的审判？我的无罪宣判？或者她没把这些剪贴进去，仅仅留下了我婚礼的照片和孩子们的照片，没有一点儿我们真实生活的痕迹。

我想知道霍比罗比公司[1]可以销售什么装饰品来修饰剪贴簿里连环杀手的页面。

兰妮俯身对着手机高声大叫："嗨，外婆！"当母亲回答时，我可以感觉到那遥远的声音发生了变化，变得温情脉脉、充满爱意、心意相通。这种交流跨越了一代人，至少跨越了我。兰妮很爱外婆，康纳也是。他们还记得**那件事**后那段暗无天日的日子，当时我受到牵连进了监狱，给他们留下生命中唯一的一缕希望之光的人，正是我的母亲。她如天使般从天而降，拯救他们于水深火热之中，并把他们拉回正轨。在那段时间，为了保护他们，她变得英勇善战，用恶言厉色把记者、好事者和报复者拒之门外。

---

[1] 美国最大的工艺品进口零售商之一。

而对这一切，我无以为报。

我只顾着回想往事，差点儿就错过了她的问题。

"孩子们，你们现在在学校里学什么呢？"

这原本来听起来很安全，但康纳开口时，我突然想起他有一门课是田纳西历史，因此迅速打断了他，"他们的课程一切顺利。"

我母亲叹了口气，我能听出其中的恼火。她讨厌这样，讨厌……**含糊不清**。"那你呢？亲爱的，你最近有什么新爱好吗？"

"没有。"

这就是我们的谈话内容。我们从来都不是那种亲密无间的母女，从我还是个孩子起就是这样。我知道她爱我，我也爱她，但这不是我在别人、别的家庭看到的那种依恋。我们之间有种恰到好处的距离，就像是碰巧交集在一起的陌生人一样，难以言状。即便如此，对于她的帮助，我还是无以为报。在检方控告我有罪时，她根本没有想过要抚养我的孩子将近一年。检方称我是梅尔的帮凶，而对我的指控只是基于一位邻居的证词。那位向来喜欢闲言碎语、对我们怀恨在心，为博眼球不择手段的邻居声称，有一天晚上看见我帮梅尔把受害者从车上抬到车库里。我从来没有也不会这么做，对此我一无所知。而当我知道根本没有人——包括我的母亲——相信这一点时，我恼羞成怒、惊恐万分。也许从她带着满脸的嫌恶和恐惧问我的那一刻起，我们之间的裂痕就出现了。"**亲爱的，你做了吗？是他逼你这么做的吗？**"她没有一口咬定我说谎了，也没有否认我有实施暴行的能力。她只想找出原因。也许是因为她始终没有和我建立亲密无间的关系，我对她也没有依附感；也许她更容易相信最坏的假设，因为她从未真正了解过我。

我永远不会这样对我的孩子，我会全心全意地相信他们，保护他们，因为他们是无辜的。我的母亲却总是责备我，她曾告诉我："**是你自己想嫁给那个男人。**"

恶魔们孜孜不倦地追捕我，因为他们认为我有罪，他们觉得我是一个邪恶、掠夺成性的杀手。但现在我逃脱了法律的制裁，他们就成了制裁者。在某种程度上，我能理解他们。

梅尔的浪漫举止使我神魂颠倒，他带我享用美食，送我玫瑰，用各种甜言蜜语的情书展开猛烈攻势。我曾经爱过他，至少我是这么认为的。他的求婚告白感人浪漫，我们的婚礼如童话般完美。几个月后，我就怀上了莉莉。当时我觉得自己是世界上最幸运的女人，有个在外努力赚钱、在家时刻关爱子女的好丈夫。但渐渐地，他的嗜好变得明显了。一开始，他只占用了车库里的一张工作台。渐渐地，工具与日俱增，占据了越来越多的空间，直到车库里连一辆车都放不下，更别提那儿原本能容纳两辆了。后来，他搭了一个车棚来放车，把整个车库占为己有。我不喜欢这样，尤其是在冬天。但梅尔拆了车库的门，建了一堵后墙，还加了一扇门，并把门锁死。他的解释是，他的工具价格不菲。

我从未发现任何奇怪的事，除了有一次——应该是倒数第二个受害者濒临死亡时——但他的解释是，有一只浣熊从阁楼跑进了车库，在角落撞死了，气味需要一段时间才能消散。他当时还用了很多的漂白剂和清洁剂维持整洁。我对他说的每一个字都深信不疑。有什么理由不相信呢？如今我觉得我还是早该知道的。正因为如此，我能够理解那些恶魔们的愤怒。

我的母亲说着话，听起来像是对我说的。我回过神，问道："对不起，你说什么？"

"我说，你决定让孩子们上游泳课了吗？我担心你，考虑到……你的问题。"

我的母亲喜欢水——无论是湖泊、池塘，还是海洋，她算是半条美人鱼，因此对她而言，梅尔把受害者扔进水里特别骇人听闻。当然，对我来说这也很毛骨悚然，甚至一想到将脚趾伸入湖中，我的胃就不舒服，尽管我很喜欢在远处看到的湖面风光。然而甚至在泛舟于平静的湖面上时，我都难以控制地想起前夫的受害者：她们被系上重物，沉于水底。一个寂静、腐烂的花园，缓缓地在水中摇曳。有时，就连自来水的"滴答"声都让我觉得恶心。

"孩子们对游泳不是很感兴趣，"我告诉母亲，丝毫没有因为她提起这个话题而流露出惊慌，"不过我们经常跑步。"

"是呀，就那条路……"兰妮不假思索地说。

我赶紧伸出手按下静音键。她马上就意识到自己的口误，因为她刚想说的是绕着静湖的路……尽管这样的湖千千万万，仍然是个找到我们的线索。我们无法承受任何一点儿失误。

"对不起。"

我取消了静音。

"我的意思是说，我们经常在户外跑步，"兰妮说，"感觉真好。"她很难做到不提供任何细节——温度、树木、湖泊等——但她只能隐瞒。对母亲而言，知道得越少越好。这就是生活，多么可悲。

在这以前，我也难以想象如果没有我，他们的生活将会怎样。我在监狱里就像在炼狱一样，时刻为孩子们担忧。从他们总是很高兴地问候外婆来看，外婆家是他们生活中某种安宁的化身——一个可以逃离可怕现实的世外桃源。至少我希望这是真的。

我希望我的孩子们不善说谎，因为谎话连篇是梅尔文·罗亚的一个标志性特征。

妈妈继续讲述着纽波特和即将到来的夏天，而我们却无法告诉她我们这里的天气。她也知道这一点，所以谈话大多是单向的。我必须确保她没有在电话谈话中得到任何蛛丝马迹，这样她才不会因为我惹上麻烦。她真心诚意爱我的孩子，他们也同样爱她。

我要挂断电话时，孩子们失望的表情跃然脸上。兰妮说："我希望我们能用视频通话 [1] 或其他方法，这样我们就能看到她的脸了。"

康纳立马皱起眉看着她说："你知道我们不能这么做，他们会找到我们，我在电视上看到过这样的桥段。"

"警匪片都是假的，笨蛋，"兰妮反驳说，"你还真以为《犯罪现场调查》[2] 是一部真实的纪录片吗？"

"好了，你们两个，"我说，"我也希望我们能看到她，但现在这样也很好，不是吗？"

"是的，"康纳说，"也不错。"

兰妮一言不发。

第二天，我的反侦察工作没有什么新发现。话说回来，我已经习惯于网络暴徒们的日常恐怖轰炸，如果真的出现新花样，我也不确定自己能否察觉。我在以自由职业者的身份做一些编辑和网页设计的工作。前门响起急促的敲门声时，我正在专注地编写一段难度特别高的代码。我吓了一跳，这声音让我想起了格雷厄姆警官，于是我放下工作跑去开门。

果不其然，是他。

在初次见面后，我希望他没有误会我那晚的热情招待，或者说，没有把它视作任何机会。我不需要浪漫，我已经受够了梅尔的完美诱惑，受够了他那宛如模范丈夫的精彩表演，我不再相信那些把戏了，我也不允许自己对任何关系降低防备，即便是结交普通朋友。我一边想着这个问题，一边解除警报系统，把门打开。

格雷厄姆和昨天有些不同——他的表情很严肃。而且，他不是一个人来的。

---

[1] 原文为 Skype，一个网络视频语音沟通软件。
[2] 美国 CBS 电视台播出的系列美剧。

"女士。"站在他身后的男人率先开口。这是一名非裔美国人，中等身材，体格如足球运动员般健壮，一头短发棱角分明，眼皮沉重，身上的西装破旧却很合身，搭配着不太协调的艳红色领带，"我是普雷斯特警长，我想和你谈谈。"他不是在征求我的同意。

我呆在原地，不自觉地回头看了看。康纳和兰妮都在房间里没有出来。我走出去，随手把门关上。

"警长您好，当然可以，谈什么呢？"

感谢上帝，我无须担心孩子们的安全，他们正在安全的地方。我知道普雷斯特警长的到来肯定和别的事情有关。我在想他是不是找到了把格温·普罗克特和吉娜·罗亚联系起来的线索。但愿不是。

"我们能坐下聊吗？"我指了指门廊上的椅子，没有邀请警长进屋。

我们坐了下来，格雷厄姆警官则在远处徘徊，注视着湖面。我顺着他的眼光望去，心里"咯噔"了一下。

往常湖面上的游船不见了，取而代之的是两艘印有蓝白两色警方标志的船停在平静的湖中央，船顶闪烁着红光。我看见一个背着水中呼吸器的潜水员潜入水中，紧接着是第二个。

"今天清晨我们在湖中发现了一具尸体，"普雷斯特警长说，"请问你昨晚在外面看到或听到过些什么吗？有什么异常吗？"

我急忙整理我的思绪。**是意外？是划船事故？还是晚上有人喝醉失足了**……"对不起，没有什么异常。"

"昨天晚上你有没有听到什么声音？例如船只的引擎声？"

"可能有吧，但这并不稀奇，"我一边说一边努力回想，"对了，昨晚九点左右我听到过一些声音，"那时天色已晚，"有些人会在晚上出去看星星，或者夜钓。"

"你有没有往外看看？湖边或湖里有人吗？"他看起来疲惫不堪，但他的倦容后面锋芒毕露，让我无法逃避，只好如实回答他的问题。

"没有，不好意思，我昨晚在电脑前工作到很晚，而且我的窗户是朝上开的，不是朝下。我也没有出门。"

他点点头，在本子上做了一些笔记。他带有一种镇静的自信，那种让你在他身旁容易松懈的自信。我知道这很危险。我曾被骗过，低估了警察的能力，也为此吃了苦头。

"女士，昨晚家里还有其他人吗？"

"我的孩子们。"我回答。他抬起头，眼睛在阳光下闪着深琥珀色，无法看透。在疲惫不堪、劳累过度的外表下，他其实像手术刀一样锋利。

"我可以和他们谈谈吗？"

"我保证他们什么都不知道……"

"麻烦了。"

我的拒绝似乎值得怀疑，但我此刻心急如焚。我不知道兰妮和康纳如果遭到问询会做何反应。在对梅尔和我的审判过程中，他们已经接受了数不胜数的谈话。即使威奇托市警方慎之又慎，还是难免给他们留下了心灵创伤，我不希望有人再来揭开伤疤。我努力保持语气平静，说："我不想让他们接受询问，警长，除非你认为必不可少。"

"女士，我的确是这样认为的。"

"就为了一个意外溺亡事件？"

他琥珀色的双眼紧紧盯着我，在阳光下闪闪发光。我感觉要被他看穿了。"不，女士，"他说，"我没有说过这是意外或溺亡。"

我不知道这是什么意思，但我能感觉到脚下的地面像裂开了一样，我如自由落体般快速下坠。我没想到噩运才刚刚开始。

我低声说："我去叫他们。"

第三章

　　警长首先询问康纳，他很绅士，没有为难孩子。我瞥见他手上戴着的婚戒闪闪发光，内心松了一口气。幸好他不像从前堪萨斯州的警察。康纳和兰妮对警察满心恐惧不是全无理由：梅尔被逮捕时，警察的气势汹汹让他们心生骇意。当然，这些全都因梅尔十恶不赦的罪行而起。尽管那些警察也懂得孩子是无辜的，不应该在孩子面前表露愤怒，还是不可避免地怒形于色。

　　康纳忐忑不安，但还是简单明确地回答了警长的问题。他和我一样——除了昨晚九点左右，可能是一艘船发动引擎的声音之外，他也没有听到什么其他的声音。他同样没有对那声音多加注意，因为那很寻常。除此之外并没有任何异常事件的迹象。

　　兰妮则低头朝下，一言不发，回答问题时也只是点头或者摇头。警长对此有点儿不知所措，只能回头寻求我的帮助。看见她这样，我把手放在兰妮的肩上，说："亲爱的，不怕，没事的，他不会伤害我们。你只需要告诉他你知道的，可以吗？"当然，我只是做做样子而已，因为我确信兰妮一无所知，像我和康纳一样。

　　没想到兰妮抬头看向我，脸上充满疑惑，黑色的刘海儿遮住了她的眼睛，她说："昨晚我看见了一艘船。"

我瞬间惊呆了，忍不住微微颤抖。天气温暖宜人，鸟儿欢声笑语。**不，这绝不可以发生**。我的女儿不可以当目击证人。脚底的无尽深渊让我心生骇意，我仿佛看见兰妮在证人席上做证，照相机的闪光灯此起彼伏，报纸头版头条赫然出现：

连环杀人犯女儿成为谋杀案证人

我们将永无翻身之日。

"是什么样的船？"普雷斯特警长问道，"多大？什么颜色？"

"不是很大，是一艘小渔船，就像……"兰妮想了想，然后指着不远处的码头里一艘摇晃的小船，说，"就像那艘那么大，白色的，从我房间的窗户可以看见它。"

"如果再看见那艘船，你还能认出来吗？"

普雷斯特话刚说完，兰妮摇了摇头，说："不能，认不出来。那只是一艘普通的船而已，我没仔细看，"而后耸了耸肩，"真的就跟这里所有的船一样。"

普雷斯特看起来有些失望，但依然面不改色，"所以，你看到了那艘船，是吗？很好，让我们回想一下，是什么吸引你往窗外看呢？"

兰妮想了一会儿，说："应该是溅水声。"

兰妮的回答让我和普雷斯特同时打起十二分精神。我口干舌燥。普雷斯特则向前倾了倾，"是什么样的溅水声？"

"很大的溅水声，声响很大，所以我听到了。可能是因为我的房间面对着湖。你看，我的房间就在那个角落。那时我开着窗。船熄火后，我听到了溅水声。我猜可能是有人落水或者跳进水里了，因为人们有时会去那里裸泳。"

"然后你就朝外看了？"

"是的，但我只看到那艘船停靠在湖中央。我猜里面可能有人，因为几分钟后船重新发动了。但我没看到，"兰妮深吸了一口气，"难道有人在倾倒尸体？"

普雷斯特没有回答，他在笔记本上快速地记着，说："你看到船发动后往哪儿开了吗？"

"没有，我关窗了，外面的风太大了。我把窗帘拉上后就回去看书了。"

"好吧，那你还记得那艘船熄灭引擎到发动引擎用了多长时间吗？"

"不知道。我塞上耳机听着歌睡着了，一晚上都塞着耳机，今天早上起床的时候耳朵还有点儿痛呢！"

天呐。我艰难地咽下口水。我盯着普雷斯特，希望他能说些宽慰的话，像"没事，孩子，可能是你听错了"等，但他没有。他既没肯定也没否定兰妮的证词，只是按了一下笔，把它和笔记本一起放回口袋，而后起身，"感谢你的配合，亚特兰大。这对我们很有帮助，普罗克特女士。"

我没有说话，只是点点头，和兰妮一样。我们看着他走到停在我们车道上那满是灰尘的黑色小轿车旁，和格雷厄姆碰头。他们在说些什么，但我听不清，而他们站的位置也刚好让我们看不见他们的脸。我坐下来，搂着兰妮，这次她没有扭过身子或掉头离开。

我把手放在她的肩膀上，轻抚着安慰她。她叹了口气，说："我是不是做错了，妈妈。我不应该那样说的，我应该说什么都没看见。我想过说谎，我真的想过说谎。"

我想兰妮的证词应该是真的，但还不足以推动案件的调查。她无法辨认出那艘船，也没有看见任何人，不过普雷斯特肯定会对我们做更详尽的背景调查。我只能祈祷阿布萨隆帮我们弄的新身份不会被查出来，可谁能保证呢？我只知道，任何寻根问底和信息泄露都会招致麻烦。

我们要离开这里，在什么都还没发生之前就离开。我在心里盘算着。我能想象到需要打包多少东西。我们需要打包的东西越来越多。我不能要求孩子们再次放弃他们喜爱的东西，所以很多东西都需要带走。这就意味着吉普车可能装不下，需要容量更大的车，比如货车。我可以买一辆，但是手头的现金有限。我们不能用信用卡，平时只用一张储蓄卡维持这种伪造出来的岁月静好。一旦接到调查通知，我们就无法马上离开，更何况是悄无声息地离开——至少需要一天的时间来安排。一想到这些，我整个人都焦躁不安。我从没考虑到现在这种最坏的情况。如何做才能安全快速地离开这个家，离开这个地方呢？或许对于大多数人来说，延迟一天也无关紧要，可对于我们来说，存亡就在一线之间。

吉普车太小了，我们无法立即离开这里。一想到这个，我便懊悔万分：我对这个地方产生的好感让我产生了惰性，还想在这里安居乐业，现在想马上逃命也来不及了。该死！

回过神来，我才发现兰妮一直在注视着我。在观察了我经历脑内风暴的整个过程后，她依然一言不发。直到格雷厄姆警官和普雷斯特警长上车扬尘而去，她才压低声音，小心翼翼地问我："我们需要打包离开这里了，是吗？我们这次能带走什么行李？"

她压抑的声音提醒着我给他们带来的伤害。她已经屈服于可怕而残忍的现实：永远无法拥有朋友、家人，甚至情有独钟的物品。她还在美好的年华，就已经被迫意识到这一点了。而我，我不能让她一而再，再而三地经历这些事情。

这一次，我们不能再一走了之；这一次，我选择相信阿布萨隆伪造的身份；这一次，我决定孤注一掷，赌上我们的正常生活，就为了拯救我的孩子们残破受伤的灵魂。

即使我不喜欢这种两难境地，也还是必须要做出决定。

"不，亲爱的，"我告诉她，"我们不走。"

无论前面是刀山火海，我都告诉自己，我们不会再一走了之。

接下来几天里，我刻意回避一切社交。生活一片平静，简直再好不过了。和往常一样，我和兰妮绕湖跑步，步伐轻快，鲜有交谈。我不再拜访邻居，也不再在开心的日子里烘焙饼干——那是吉娜才会做的事，愿上帝保佑她的灵魂。

兰妮返校了。头几天，我一直紧张地等着电话响起，庆幸的是学校没有打来电话，后面几天也没有。警察也没有再来问询。慢慢地，我不再那么紧张焦虑了。

直到星期三，我收到了阿布萨隆的一条信息，上面有他专用的签名标志，信息里只有一个网址。我在电脑上输入了这个网址，网站页面上是一篇来自诺克斯维尔地区[1]的报道，离我们这里很远，内容却是关于静湖区域的。

静湖社区谋杀案震惊居民

我突然口干舌燥，只好闭了闭眼。再睁开时，眼前出现了乱序的标题字母。我定睛一看，这篇报道不仅标题混乱，还没有记者署名，肯定是从网上抄袭的。我滚动鼠标往下滑，网页上闪动着各种广告和信息：天气、加热垫、高跟鞋。终于，我看到了这篇并不长的报道正文。

当田纳西州诺顿镇的居民听到静湖出现了一具尸体的消息时，没有人预料到这是一起谋杀案。"我们一开始以为这只是一起划船事故，"当地麦当劳餐厅经理马特·莱德说，"或许是有人在游泳

---

[1] 地名，美国田纳西州东部城市。

的时候，不小心腿抽筋溺水而亡。我的意思是，这种意外时有发生。谋杀案的话，我觉得有点儿难以置信。这个小镇向来和谐。"

"和谐"一词很好地描述了诺顿镇，正是这片区域的典型特征。这是一个安静的小镇，正慢慢地适应着现代社会的发展。这里有旧式的泰姆苏达宫殿式建筑，也有名为"时空"的网吧和咖啡馆。在这里，既有人怀古伤今，也有人为了更便利的城镇生活努力打拼。然而，诺顿镇虽然表面看起来非常和谐，细看却能发现许多乡郊地区的共同问题：毒品泛滥。据当地执法部门的最新统计，诺顿地区毒品泛滥，贩毒现象非常严重。"我们会尽最大努力，防止这一问题扩大，"警察局局长奥维尔·斯坦普斯说，"以前，最严峻的问题是冰毒制造，但现在又有了氧化苦参碱和海洛因等难题。这些毒品的踪迹很难追查，因此问题难以得到解决。"

斯坦普斯局长认为，毒品或许是这名身份未明女子的死因。该女子的尸体于上周日早晨在静湖湖面被警方发现。该女子是白种人，红色短发，年龄在18至20岁；身体上有一小块手术伤疤，是切除胆囊留下的；左边肩胛骨有一块大的彩色蝴蝶文身。在诺顿警方的新闻发布会上，他们仍未明确该女子的身份，不过警察局内部称受害者很可能是当地人。

警方没对外公布死者死因，但他们已经将此案件定性为谋杀案，并查询了居住在湖边社区的居民，试图找出受害者或凶手的身份。这个社区曾经十分富裕，现在却走向了穷途末路——就像大多数州一样，在经济衰退时每况愈下。警方认为，凶手在杀害受害者后，试图将受害者尸体沉入湖底。"然而似乎失败了，"斯坦普斯局长说，"凶手把尸体绑在一块混凝土块上。船发动的时候，螺旋桨可能割断了绳索，尸体就浮上来了。"

据当地居民透露，在2005年以前，静湖地区是一片宁静的居住胜地。2005 年左右，一家开发公司曾想将这里改造为高端区域，成为面向中上层和上层阶级家庭建造的湖畔第二居所。然而这项改造计划并没有完全成功，静湖现在已经面向大众开放。许多富豪飞往更高端、更私密的海外胜地，只在这里留下了一些退休人员，本地居民和待拍卖出售的空房。虽然居民都知道这个地区是平和的，但新入住者——即租房者和购房者——的频繁进出，还是让一些人感到不安。

"我相信会有目击证人，"斯坦普斯局长说，"会有人提供证据的。"

结案前，平静的静湖湖面的夜晚，将会是一如既往的……黑暗。

我向后靠在椅子上，仿佛这样就可以从文章所写的事件中逃离出来。这是关于我们、关于静湖的报道，让我震惊的地方和阿布萨隆的关注点相同：受害者沉入湖底的方式，对受害者的年龄以及样貌的描述，都在我脑中敲响了警钟，唤起了内心深处的记忆。而我却不敢仔细回想，而且也很奇怪：这位年轻女子就像是被梅尔绑架、强奸、折磨、肢解，然后埋葬在他的水下花园里一样。

绑在混凝土块上。

我试图冷静下来，不再胡思乱想。这只是巧合，只是巧合。将尸体抛弃在水里并不是什么特别的杀人手法，大多数杀人犯都会选择用这个手法，让尸体不那么早被发现。混凝土块也没什么特别的，虽然我记得在梅尔的审判中提到过这一点。

但关于受害者的样貌描述……

不，不会的。年轻脆弱的女性向来是许多连环杀手的首选目标，并不是什么特定类别。而且也没有什么证据可以表明这是一起连环杀人案。或许这只是一起死因可疑、尸体处理匆忙的普通案件而已。犯罪的应该是一名毫无准备的初犯，或许他根本就没有打算要杀害她。这篇报道多少提及了毒品，表明这的确是诺顿地区存在的一个问题，格雷厄姆警官也这么说。因此这次谋杀或许与毒品有关。

总之和我们无关，和梅尔文·罗亚的罪行无关。

但这显然是一起在我家门前的谋杀，就像以前一样。

从方方面面来说，这都是一个可怕的征兆。我担心康纳和兰妮的人身安全，也害怕我们一家人会再次遭遇痛苦，再次被社会标上"罗亚一家"的标签。虽然我已经决定留下来，坚持到底。可看到这篇报道后，我又动摇了。那群网络暴徒肯定会注意到这一报道，然后他们会一点点地分析情况，寻找证据，拍摄照片。当然，我不能阻止他人拍照。但我很可能会出现在公园、停车场或学校，出现在他人照片的背景中。即便不是我，兰妮或康纳也可能会被拍到。这样他们就会再次陷入险境中。

我给阿布萨隆回信息：为什么给我发这个？

很相似，不是吗？

我没有告诉阿布萨隆我们住在哪里，不过我想他可能知道了。我用他为我伪造的这个身份提交申请，购买了这幢房子。因此他可以轻而易举地找到我们。我们逃离上一个地方的时候，他还在信息中为我列举了一些可以逃生的目的地。虽然我依然相信他不知道或者不关心我们要逃去哪儿。他从未背叛我们，相反，他总是为我们提供帮助。但这并不意味着我完全信任他。

我回复：并不相似，只是有些奇怪，继续留意？就这样吧。

阿布萨隆没有再回复。我静静地坐着，盯着电脑屏幕上的文字。我希望自己对那可怜死去的、身份未明的女子抱有一丝同情，但她只是一个抽象的存在，甚至只是一个待解决的问题。我能想到的，只有她的死会给我的孩子们带去痛苦。

留下来的决定看来是错的。永远不要停止寻求生存的道路是我多年来养成的一种纯粹的求生本能。我并非要改变留下来的决定，但这篇报道，和我前夫的罪行如此相似……我坐立不安，耿耿于怀。

我不能临时起意，再次要求孩子们离开这里。但我需要制订计划，以不变应万变。我没能给孩子们提供一个稳定的成长环境，我为这一点感到自责……但我更需要确保的是他们的人身安全。

而这篇报道令我内心惶恐，不再感到安全，可并不意味着我们一定需要逃离这里。

这只提醒了我必须有备无患。于是，我赶紧在谷歌上查询诺顿哪里可以买到货车。幸运的是，在几公里外就有人出售大型货车。同时，我还要提前准备打包行李的包裹。虽然我们手里有可真空压缩的塑料袋，但还需要到当地的沃尔玛买更多的袋子。我本应尽量避免出入大型商场，因为有可能会被监控摄像头拍到，只是诺顿附近没有多少可以购物的商店。否则就要开车去诺克斯维尔买东西了。

我看了一下表，意识到没有时间在这里做无用的"一级警备"了。我戴上一顶没有标签的大礼帽和墨镜，确保着装没有任何辨识度，尽最大可能伪装自己。

而后，当我从保险柜里取出现金时，听见了车道上传来邮局送货车的喇叭声，邮递员往邮箱塞满了东西。我出门拿信件，脑袋里依旧在不断梳理着危机面前的应对措施。卖房子肯定来不及了，只能搬走后再卖。我很可能要在没有提前预警和解释的情况下通知康纳和兰妮退学。除了这些，我们没有更多要断联的关系。一直以来，我们不断搬迁，不对任何事物倾注过多的感情，已经是一种自然而然的习惯了。

我一度以为，这里就是能打破我们这个恶性循环的地方了。或许是的，但还是不能放松警惕。一走了之，从来都是个绝处逢生的选择。

第一步是要买一辆货车。

在那堆杂乱的通知和垃圾信件中，我看到一封来自田纳西州的官方信件。我赶紧撕开信件，是枪支携带许可证。

我立刻把它塞进钱包，把剩下的垃圾邮件扔进了垃圾桶，然后回去从保险柜中取出枪和枪套。把枪拿在手上这种感觉真好，隔着枪套，可以感觉到沉甸甸的重量——并且今天和平时格外不同，因为我是合法持证持枪。我驾轻就熟地从枪套中拔出枪来，它们就像我的老朋友一样忠实可靠。

我多穿了一件薄的夹克，用来遮挡枪支，然后开着吉普车去购买货车。从诺顿开往其他乡村要走一段很长的距离，需要比较长的时间，虽然我已经在纸质地图上标出了每一次的转弯方向，但看着路线还是有点儿晕。这就是不使用智能手机导航的坏处：只能依靠地图和标记。我想，恐怖电影选取树林作为拍摄场景是不无道理的，树林有一种原始的力量，让人沉思。置身其中，会感到自己的渺小和脆弱，而在树林里茁壮成长的人，心理无疑十分强大。

出售货车的地点有一座小而结实、土气十足的木屋，看起来像二十世纪五十年代建造的。我惊讶地发现，木屋外的邮箱上标着"埃斯帕扎"。这里没有多少户西班牙裔居民，这儿一定是哈维尔·埃斯帕扎的家。看到这个名字后，我内心安定了不少，同时又感到莫名的内疚。我当然不会欺骗他，但我无法想象他知道我的真实身份后会对我产生的失望和愤怒。如果所有事都被公之于众，他一定会猜测我购买货车的意图，怀疑我是要用他卖给我的货车逃跑，他这么想的理由绝不仅仅是我嫁给过连环杀人犯那么简单，我还在他的教导下拿到了持枪许可证。我不想破坏自己在哈维尔心中的良好形象，但为了孩子们的未来和安全，我必须这样做。

我下车走到门口，一条棕黑色皮毛的鬃毛犬朝我吠了一声，音量和枪响声有得一拼。这条罗威纳犬前爪攀在栅栏顶上，整个身体拉伸得跟我一样高，看起来像是想在十秒钟内将我吞下。我小心翼翼，不敢再向前一步，不敢做出任何威胁性的动作，甚至不敢看着它，生怕它会认为我是一个入侵者。

犬吠声惊动了哈维尔，他从屋里走了出来。只见他穿着一件破旧朴素的灰色T恤衫，下身是同样破旧的牛仔裤和一双笨重的靴子。在林区，到处是响尾蛇和废弃金属片，这身打扮可以恰到好处地保护双脚。哈维尔用红色的洗碗布擦了擦手，看到我时，他笑着吹了一声口哨。罗威纳犬听见口哨就从栅栏上下来，躺在门廊旁，兴奋地喘着粗气。

"嘿，普罗克特女士，"哈维尔说着过来开门，"喜欢我的防卫系统吗？"

"非常棒。"我边说边小心地打量着那条罗威纳犬，它现在看起来非常友善。"很抱歉打扰您，请问您是否有一辆货车待售呢……"

"哦，哦，是的！说实话，我差点儿忘了这件事了。那辆货车以前是我姐姐的，去年她参军出海，就把它丢给我了。车在车库里，来，带你去看看。"

他带我走向小屋的另一边，屋旁是砍柴的地方，斧头还嵌在树桩里，旁边是个老旧风化的外屋。我好奇地看向那边，他笑着说："那个啊，已经几十年没用过了。我用混凝土修补那些破洞，铺上地板，现在用来存放工具。你也知道，我喜欢保留这些老旧的东西。"

是的，他就是这样一个人。他的车库看起来就是一个像外屋一样老旧的谷仓，我想这就是这间木屋的本色吧。马棚也被拆了，用来存放一辆又长又大的货车。这是一辆老式的货车，车漆变白，车身泛着哑光，而不是锃亮的颜色，但车轮完好无损，这对我十分重要。地上有一些蜘蛛网。"妈的，"哈维尔拿起扫帚把结得厚厚的蜘蛛网扯开，"抱歉，我有一段时间没有打扫了。但没关系，车里没有这些东西。"

虽然货车和在网上看到的有点儿不相符，但我并不介意。哈维尔从墙上的钩子上取下钥匙，打开车门，发动引擎，车子几乎马上就启动了。发动机听起来还不错，声音平稳，状态良好。哈维尔让我爬上车，坐在驾驶座上，我立刻喜欢上了这车的设备：里程表位于屏幕中部，仪表读数都清晰可见。哈维尔打开发动机机罩让我看，我检查了软管是否有破裂的迹象。

"这辆车太棒了！"我边说边把手伸进口袋，"用我的吉普车和一千美元现金成交如何？"

他眨了眨眼。他知道我在我的吉普车上花费了多少钱，最初还是他帮助我在车后面安装了放枪的保险箱。"不行，你是认真的吗？"

"再认真不过了。"

"我并没有冒犯的意思，但是……为什么呢？没错，这是一笔完美的交易。但你住在湖边，那里的地形，吉普车才是最好的选择吧。"

哈维尔并不傻，所以我得做些解释。他知道他可以从这笔交易中获得过于丰厚的收益，我却没有必要用一辆完好且适合当地地形的吉普车换一辆笨重的大货车……尤其是在静湖地区。

"说实话，我从不去越野，"我告诉他，"而且我正在考虑搬家，如果决定要搬走的话，吉普车的空间太小了，装不下那么多行李，不如货车来得实在。"

"搬家？"他重复道，"天哪，我可不知道你打算搬家。"

我耸了耸肩，看着货车，尽可能不流露出真实的情绪，说："嗯，是的。你永远无法预料明天会发生什么。所以，你怎么想的呢？要看一下我的吉普车吗？"

哈维尔把扫帚扔到一旁，说："我知道那辆吉普车，不用看了。普罗克特女士，我相信你。那一千美元留给我姐姐，我留着吉普车。她会同意的。"

我拿出钱包，数了一千美元。这比我预期的交易金额要少，我松了口气。这样一来，在制造新身份和搬去其他地方的时候，我们还能有多余的钱。

哈维尔接过现金，我们签了交易协议。我还需要去变更吉普车的所有权，不过现在可以先把车开走。哈维尔给我写了一张收据，我坐在小餐桌旁也给他写了一张。他肩上还挂着洗碗布，我注意到它和放在水槽上面架子上的红白格子毛巾是同款。房间里干净有序，零星摆放着几件浅褐色和深棕色的装饰品，双水槽里还有泡沫，我想我到的时候他应该是在洗碗。这地方看起来十分完美，就像哈维尔本人一样沉静安稳、条理分明。

"非常感谢您一直以来对我的照顾。"我诚恳地说。从认识到现在，他都对我关照有加，我也对此心怀感恩。在我的生活里，我从未为自己活过。我先是父母的女儿，然后是梅尔的妻子，接着是莉莉和布拉迪的妈妈，最后——对许多人来说——还是一个逃脱了法律制裁的怪物。这些角色都不是我自己，从来不是。我竭尽全力才拥有了现在的生活，直到现在我才感觉到是在为自己而活，我因此倍加珍惜。我喜欢格温·普罗克特这个身份，不管她是真是假，她都是一个完整而坚强的人，值得我的信赖。

"我也要谢谢你，格温。我喜欢那辆吉普车。"哈维尔说。这是他第一次叫我格温。在他看来，现在我们是平等的，我很喜欢这种平等。我伸出手和他握手，他比平时握得更紧一些，然后说，"你是不是遇到什么困难了？如果是的话，你可以告诉我。"

"不，哈维尔，我并不是在寻找一位骑士来拯救我。"

"我知道。我只是想让你知道，你随时可以找我帮忙，如果你需要的话，"他清了清嗓子，"例如，有人不想让别人知道他们要离开小镇去哪里，不想让人知道他们是什么时候离开的，或者不想让别人知道他们是开车离开的，我都可以帮忙。"

我小心翼翼地看着他说："即使我是通缉犯，你也愿意帮忙吗？"

"什么，你犯罪了？你要畏罪潜逃吗？"他的语气变得有点儿尖锐，听起来很困扰。

是的，没错。我心里的罪恶感模糊不清，也并不属实。我并不是在逃离法律，只是在逃离那些不合法的东西。"听我解释，有人可能会在我离开的时候试图找到我，"我说，"你做你该做的事情就可以了。我不会要求你去做违背你道德原则的事，哈维尔。我发誓，而且我向你保证，我没有做任何触犯法律的事。"

他深思熟虑后，点了点头。最后他终于意识到他还拿着洗碗布，我喜欢他转向水槽时那懊恼的笑容。水槽里面堆着某样东西，我希望不是他堆的，因为看起来很突兀，像是一块血肉块，不应该在这个干净的厨房里出现。我缓慢呼吸，双手平放在桌子上。

"你通过了应有的检查才拿到你的枪支携带许可证明，"他说，"因此在我看来，你并没有违法。所以，你离开的时候，我会告诉别人我不知道你去哪里了，也不知道你什么时候离开的，更不会告诉他们关于货车的事。我不问也不说，你清楚了吗？"

"清楚。"

"我认识能派上用场的朋友，你需要了解吗？"

我点了点头，没有告诉他我已经搬离、逃跑、躲避了多久。我之所以没有告诉他这些事情，并不是因为不信任他；相反，哈维尔是绝对值得信任的。但除了这些之外，我不能告诉他任何其他事情——任何关于梅尔、关于我自己的事情。我不想让他对我失望。

"会没事的，"我勉强地笑了笑，"我和孩子们已经习惯了。"

"啊？"哈维尔坐下来，眼神变得更加深邃，"是遭受虐待？"

哈维尔没有问是谁，是我还是我的孩子，抑或是我们所有人。他只是这么问问而已，我缓缓点头。在某种程度上，这也是事实。在日常生活中，梅尔没有虐待过我，没有打我，亦没有辱骂我。他只是用各种手段控制我，而我逆来顺受，认为那是婚姻生活的正常部分。梅尔一直掌控着家里的财务。我可以用钱，也可以用信用卡，但他记下每笔开支，总是不厌其烦地查看收据，询问我购物的情况。那时，我以为他只是事无巨细。而现在，我觉得那是一种细致入微的操控方式。他这种做法让我在生活上对他完全依赖，不敢肆意妄为。

只有一部分是非常不正常的，那是一段私密的地狱生活，在接受警方讯问的时候，我被迫反复回想。那算是虐待吗？应该是吧，但对于已婚人士来说，性虐待与正常夫妻生活的界限似乎总是模糊不清。

梅尔喜欢玩一种被他称为"呼吸游戏"的把戏。他喜欢把绳子缠在我的脖子上，让我呼吸困难。他用了一种柔软的衬垫，不会留下任何痕迹。毫无疑问，他是这方面的专家。我非常讨厌这种游戏，经常求他停下。我也断然拒绝过一次，就是那一次，我看到他眼里闪过了一丝……黑暗。从那之后，我再也不敢拒绝他。他从来没有把我绑得喘不过气，或者晕眩，但其实也差得不远了。我一遍遍忍受着，完全不知道他在和我做爱时，一边将我绑住，一边想象着把车库里的女人吊起来、放下去的残忍画面。这或许也不算是虐待，但我毫不怀疑他当时就是那样想的。现在回忆起来，一想到他利用我一遍遍地上演他的谋杀……真是让我后背发凉，恶心作呕。

"我们不想被人发现，"我说，"不说这些了，好吗？"

哈维尔点了点头，我能看出来这不是他第一次遇到这种事情。身为一名靶场教练，他肯定见过许多受了惊吓的女性，为了自卫来学习射击，并以此寻求心灵上的安定。他也知道，枪不能保护人，除非人在精神、情感以及思想上得到了庇护。枪在最后或许确实能让侵害彻底了结，可在那之前起不了什么作用。

"我只是想说，如果你还没有准备好文件的话，我认识一些人可以帮忙，"他说，"你可以信任他们，他们经常帮助受害者展开新生。"

我很感激哈维尔，但是我不需要，我也不相信他们。我想要的只是货车和收据，然后我就可以自己行动。货车是离开这里的第一步。我很难过我们必须要准备离开，同时也知道必须未雨绸缪。一旦准备好货车，一切就尽在掌控中了。可能的话，我想在那些人找到我们的住址之前就远走高飞，我们会提前收到警报，也有万无一失的逃生路线。等我们到了诺克斯维尔，我可以变卖货车换取现金，用另一个身份买其他东西，逃离追踪。

这也是我自我安慰的逃生方法。

我准备站起来时，手机响了。好吧，是振动。通常我都是调成静音模式，因为看过很多电影，里面的受害者总是忘了把手机调成静音，然后将自己暴露给杀人犯。我拿起手机。来电显示是兰妮。意料中的事终于来了，毕竟兰妮在学校表现得糟糕透顶。换个角度想想，或许这也是好事——这样我们就可以更快地离开这里了。无论下一站去往何方，我都打算让他们以后在家中接受教育。

我一接通电话，就听到兰妮那紧张而颤抖的声音——"康纳不见了，妈妈。"

开始几秒钟，我没能反应过来。我不敢去想那些令我胆战心惊的可能，那些令我毛骨悚然的结果。我的呼吸开始变得沉重，胸口闷得喘不过气来，只能强迫自己冷静下来，说："怎么回事，怎么会找不到他呢？他在教室上课！"

"他逃课了，"兰妮说，"妈妈，他从来不逃课的，他会去哪里？"

"你怎么发现的，现在你在哪里？"

"我去给他送午饭，他这个笨蛋，又把午饭落在了公交车上了。可是他班主任说他不在学校，今天都没有来上课。妈妈，我们该怎么办？康纳他是不是……"兰妮开始恐慌，呼吸加快，声音颤抖着，"我现在在家，我赶回来看他是不是在家，但他也不在……"

"兰妮，亲爱的。冷静，警铃响了吗？"

"什么？我……这和警铃有什么关系？布拉迪不在家！"

兰妮已经好几年没有把康纳叫作布拉迪了。听到她说这个名字，我整个人都懵了。我试图冷静，告诉她："兰妮，如果警铃没有响的话，现在马上去重置开启，然后坐下。深呼吸，用鼻子深吸一口气，再从嘴巴慢慢呼出来。我马上就到。"

"快回来！"兰妮嚷嚷，"妈妈快点儿，我需要你！"

她从来没有对我说过这样的话，我感到有把刀深深刺进我的身体，割掉了一些柔软、脆弱而重要的东西。

我挂了电话，哈维尔已经站起来看着我。"需要帮忙吗？"他问。我快速点头。"开吉普车吧，"他说，"那样更快。"

哈维尔像在战场上开车一样——快速出击，上下颠簸。我不介意由他来开车，因为我不能确定自己现在的状态能否驾驶。他一路飞驰，我紧紧地抓住扶手，这些颠簸与我长期以来的紧张和害怕相比，根本是小巫见大巫。我满脑子都是康纳的脸，网上那群暴徒合成的他躺在床上流血而亡的图片依旧震慑着我。兰妮没在家里找到他，他不在家，他还能去哪里呢？

一路上我都陷在这个问题里，直到哈维尔在我家门前刹住车时才平静下来。这时的我就像在靶场准备射击时一样冷静克制。我跳下车跑向门口，刚打开门解除警报，兰妮就扑到我的怀里。

我抱着兰妮，闻着她草莓味的洗发水和洗衣皂的香味，想着如何才能保护她不受到任何人、任何事情的伤害。

哈维尔紧跟着走了进来，兰妮喘息着挣脱我的怀抱，后退一步，戒备森严。我不怪她，因为她不认识哈维尔。对她来说，哈维尔只是一个出现在她家门口的陌生人。

"兰妮，这是哈维尔·埃斯帕扎，"我告诉她，"哈维尔是射击场的教练，他是妈妈的朋友。"

听到我这样说后，她稍稍挑了下黑色的眉毛，表示惊讶。她知道我从来不轻易相信别人，但现在没有时间细究这一点。"我找遍了整间房子，"她说，"康纳不在家，妈妈，我找不到他回来过的痕迹。"

"好的，深呼吸。"我安慰她，尽管我想尖叫。我走到厨房，找到钉在墙上的康纳的老师的电话号码，以及他朋友家的地址和联系方式，逐个打电话。一声声铃声，一次次回答，一遍遍否定，我的焦虑分秒递增。我放下电话，整个人惊慌失措、六神无主。

我抬头看着兰妮，她的眼睛又大又黑。"妈妈，"她说，"是爸爸吗？是……"

"不可能。"我不假思索地否定了她的想法。我的余光注意到哈维尔在朝这边看，他之前就猜测我是在逃避某人，现在正好证实了这一点。但梅尔现在在监狱里，他永远不会出来，除非是在棺材里被抬出来。我更担心的是其他人：愤怒的民众，网络上的暴徒，被梅尔折磨杀害的女性的亲戚朋友……但他们是怎么找到我们的呢？我又想到了几天前看到的照片：康纳满身是血，遭到虐待，肢体残破。

如果他们抓到了康纳，我想，他们绝对会借此来挑衅我。这是我现在唯一能想到的让自己保持理智的事情。

"你不是应该和康纳一起下车去上课的吗？兰妮，"我问，她畏缩着，躲避着我的目光。"兰妮？"

"我……我有事情要做，"她为自己辩解，"他下车先走了。这又不是什么大事……"她说完就反应过来自己说了什么，意识到事态的严重，"抱歉，我应该和他一起去上课的。我和他一起下了车。他就是一个浑蛋，我大声吼他，叫他去上课。然后我过马路去了便利店。我知道我不应该那样做的。"

下了公交车后，康纳需要穿过学校门口和中央教学楼之间的三角形草坪。相比绑架，他更可能是遇到校园欺凌了，可那个时候很多父母都会守在门口。我依然想不出他到底做了什么，去了哪里。兰妮突然转身，像是有新发现。

"妈妈？或许……"她舔了舔嘴唇，"或许康纳只是一个人去了一个地方。"

我凝视着她，"你说什么？"

"我……"她看向别处，似乎很不舒服，我甚至想摇晃她，让她清醒，但我阻止了自己，"有时他会一个人走，他喜欢独自一个人。你知道，或许他在那些地方。"

哈维尔说："事态严重，你应该报警。"

他说得当然没错。但我们已经引起过警方的注意了。如果康纳独自溜走的话……这个想法突然让我不寒而栗——他的父亲就喜欢单独行动。"兰妮，"我说，"你现在想想，康纳会一个人去哪里？什么地方？诺顿？还是这附近？"

她摇摇头，胆战心惊，显然还在为早上没有尽到姐姐的责任、丢下弟弟独自一人感到内疚。"我不知道，妈妈。如果说附近的话，我只知道他喜欢到树林里去。"

很明显，这点儿信息量远远不够。

哈维尔轻声说："如果你需要的话，我可以开车四处转转，看能否找到他。"

"太好了，"我哽咽着，"麻烦你了，我来报警。"

毋庸置疑，报警是不得已而为之的下下策——那太危险，就和兰妮成为湖中抛尸案的潜在目击证人一样。我们最需要的莫过于低调行事，而不是引起关注。但我现在浪费的每一秒钟都有可能让康纳受到伤害，或是遭人掳走，那才是真正的危险。

哈维尔朝门口走去，我则拨打电话报警。

这时，突然有人敲门，我们都惊呆了。哈维尔转过头看向我，我点了点头，于是他打开门。这时警报器应该发出警铃，却没有任何声响，一定是我刚刚过于慌张而忘了重置。康纳站在门阶上，鼻子上血迹斑斑，旁边是我不认识的人。

"康纳！"我越过哈维尔，冲过去抱住他。康纳发出嘟嚷声抗议我的拥抱，他的血蹭在我的衬衫上，但我不在乎。我松开他，单膝蹲在他面前查看他的伤口，"发生了什么？"

"可能是打架吧！"把康纳送回来的那个男人开口说。他是个中等身材的男人，留着一头不比哈维尔长多少的浅金色头发，长着一张开朗有趣的脸，眼睛紧盯着我说，"你好，我叫山姆·凯德。我住在山脊那边。"这时我才想起来，我见过他两次：第一次是在靶场，他阻止格茨的胡作非为；第二次是在我们家下面那条路上，那时他戴着耳塞，静静地朝我们挥了挥手。

他向我伸出手，我没有理会他。我把康纳领进屋，兰妮抓住他的胳膊，拉着他检查他那残留着血渍的鼻子有没有清理干净。哈维尔在一旁安静地站着，交叉着双臂。这一无声的存在让我感到很安心。

"你和我儿子去做了什么？"我直截了当地问凯德。

凯德咽了咽口水，但是没有躲闪。"我在码头那边看到他，然后送他回来，就这样。"

我盯着他，不知道能不能相信他，但毕竟是他把康纳送回家来的，而且康纳看起来一点儿都不害怕。"我记得你，我们在靶场见过，是吧？"我仍旧犀利地发问。

"是的。"他回答。我的语气让他微微红了脸，但是他没太介怀，"我在山丘上租了一间小屋，就是东边的那间，大概六个月前搬来的吧。"

"那你怎么认识我儿子的？"

"我刚刚说了，我不认识，"他说，"我看见他坐在码头上，伤口在流血。我帮他把伤口清理干净，然后就带他回来了。就是这么简单。我希望他没事。"他语气坚定，听起来想尽快结束这段谈话。

"他到底是怎么受伤的？"

凯德叹了口气，向上仰了一下头，好像在告诉自己要忍耐。"听着，女士，我想表示我的友好。可我还觉得是你殴打了他，不是吗？"

听到这里，我震惊了。"不，怎么可能，当然不是！"

当然，他这样认为也是合情合理。假设我看到一个小孩独自一人，流着鼻血，我也会猜测是不是家暴。我给这件事加入了太多的个人情感，本末倒置了。

"抱歉，我应该对你说声谢谢的，凯德先生，而不是像刚才那样质问你。请进来喝杯冰茶，好吗？"冰茶在南方代表着热情好客，也代表冰释前嫌，"康纳和你说过发生了什么事情吗？为什么会这样？"

"他只是说了和学校的学生有关。"凯德回答。他并没有进来，而是站在门口，朝屋内看了看。也许是旁边沉默不语的哈维尔吓到他了吧，我不太清楚。于是我倒了杯茶端到门口给他。他接过杯子，但似乎并不知道冰茶代表了什么。他啜饮一口冰茶后，我立即判断出他不是南方人——他很不适应这茶的甜度，但他没有表露出来。"很抱歉，我还不知道您的名字……"

"我叫格温·普罗克特，"我回答，"康纳是我的儿子，刚刚那位是我的女儿，亚特兰大。"

哈维尔咳了咳，说："格温，我想我该走了。我要走路去靶场，然后骑自行车回家。你可以随时把吉普车开过来换货车。"他把钥匙放在咖啡桌上，朝山姆·凯德点了点头，"凯德先生。"

"埃斯帕扎先生。"凯德也打了个招呼。

我不能让一位陌生人端着杯子站在家门口，也不可能把兰妮和康纳单独留在家里，所以只能让哈维尔先走。临走前，我拉住哈维尔，看着他，"哈维尔，谢谢你。真的很感谢。"

"很高兴能帮到你。"他回答。他越过凯德，向车道走去，然后又慢慢向山脊上的靶场方向跑去。前海军战士，我想起，这段距离对于他只是一次毫无难度的快速短途跑训练。

我回过神来看向凯德，他正出神地望着哈维尔，表情复杂、难以捉摸。"我们坐在外面吧？"我提议说。

凯德想了想，然后放松地坐在门廊的椅子边缘，方便随时站起来离开。他又啜了一口茶，比只是端着茶杯欣赏要礼貌多了。

"好吧，"我说，"我很抱歉，让我们把刚才的不快忘了吧。我很抱歉指责你——所有事，对你来说是不公平的。我刚刚吓得魂都没了，谢谢你照顾康纳，真的很感激。"

"不难想象，"凯德说，"没错，如果他们没有吓坏父母的本事的话，就不是孩子了，是吧？"

"是的。"我说。普通孩子的确也是这样，但康纳和兰妮，他们的经历让他们与众不同，"我不知道他为什么没有给我打电话，他应该给我打电话的。"

"我想……"凯德停了一下，似乎在思考如何表达才更妥当，"我想他只是不好意思吧，不想让妈妈知道他输了。"

我试着挤出一个无可奈何的笑容，"男孩子们都这样吗？"

他耸了耸肩表示肯定，"哈维尔是海军，或许你可以让他教康纳几招。"

我对他表示感谢，但我打心底认为他也不赖。凯德很结实，并不瘦小，我想或许他也曾被人挑衅过。他虽然看起来普普通通，却有种由内而外散发出来的震慑旁人的魄力。这与哈维尔不同：人们从外表上就能感觉到哈维尔曾经是名军人，他的震慑力是从外向内的。

我这样想着，突然问道："你是一名陆军？"

他看了我一眼，吓了一跳。"不，不是。很久以前曾经是空军，那都是几百年前的事了，"他说，"当时我在阿富汗服役。你为什么会认为我是陆军？"

"你刚才说'海军'这个词的时候语气稍微重了一点儿。"我说。

"好吧，都是部队之间的竞争害的。"他笑了笑，并放松了戒备，让我又对他增加了几分好感，"无论如何，让康纳学两招是十分必要的。虽然在理想世界里他不一定能用上，不过，校园欺凌毕竟比死亡和交税更常见。"

"我会考虑的。"我说。我能感觉到他身体放松了警惕，他喝了一大口茶。"你说你搬来这里才六个月，是吗？那并不长。"

"我正在写书，"他说，"放心，我不会向你介绍书里那些冗长的故事情节。我只是正在考虑换工作，又觉得这里安详宁静，是调整状态的最佳场所。"

"那写完书后你打算做些什么？"

他耸了耸肩说："做些有趣的事情吧，也可能去很远的地方走走，房子的租期快到了，我又不太喜欢过于安逸，我喜欢体验生活。"

如果可以的话，我愿意付出一切来换取安稳的生活，避免那些所谓的体验。但是我没有告诉他。我们俩安静而尴尬地坐了一会儿，他把茶喝完后便站了起来，像是挣脱了某种束缚。

我和凯德握了握手，他的手掌很粗糙，似乎平常干了很多苦力活。

"再次感谢你把康纳送回来。"我说。他点了点头，眼睛看向别处，然后后退了一步，看着房子外面。"怎么了？"我问道。

"哦，没什么。我只是在想……你应该在下雨前把屋顶修补一下，不然到时候漏雨可就糟糕了。"

我没有考虑过屋顶的问题，但凯德说得没错。以前有一年春天，风暴吹走了一大片屋顶，沥青满屋乱飘。"该死的，你认识会修屋顶的师傅吗？"我问得言不由衷，因为内心还在想着应该什么时候撤离。

但凯德很认真地回答了我的问题："这里好像没有修补匠，不过我以前做过类似的工作。如果你需要的话，我可以便宜一点儿帮你。"

"我会考虑的，"我告诉他，"很抱歉，但是现在我要去看看我的儿子，谢谢你……你真是个好人。"

听到我这样说，他似乎不是很高兴。"好的，"他说，"抱歉。"他来回走了走，好像还想说些什么，但只是瞥了我一眼，说："如果有需要的话，随时找我。"然后他头也不回地走了。

我在后面看见他双手插在兜里，低着头耷拉着肩膀。我拿起杯子，走回屋内。关门的时候，我又看到凯德在山上不远的地方，回头往这边看。我静静地朝他挥了挥手，他也朝我挥了挥手。然后我关上了门。

洗完杯子以后，我敲了敲康纳的房门。过了很长时间才听到他说"进来"。他趴在床上，手拿游戏遥控器放在胸前，全神贯注地盯着床对面的游戏屏幕。他在玩某种赛车游戏，我没有打断他，而是蹲在他的床边，小心不遮挡到他的视线，一直等到他的游戏赛车坠毁。他暂停了游戏，我从前面伸手捋了捋他背后的头发。

我仔细观察——本以为会有明显的瘀青，但还好他眼睛附近什么也没有，不然就意味着眼睛里的毛细血管爆裂了；他左边的脸上有些伤，肯定是一个右利手打的；手掌上也有粗糙的擦伤，他肯定在哪里摔跤了，蓝色牛仔裤的膝盖处磨损得很厉害，血迹斑斑。

"疼吗？"我问他。他摇了摇头，保持沉默。"好吧，抱歉，我必须确认一下。"我俯下身，摸了摸他的鼻子，推了推，移了移，并没有什么不妥，我想应该没有骨折，但还是得预约医生，过几天再仔细检查一下。

"妈妈，够了！"康纳推开我的手，拿起他的游戏遥控器，但没有重启游戏，只是无聊地摆弄它。

"是谁干的？"我问他。

他耸了耸肩，显然不是不知道，只是不想告诉我。他没有说话，也没有重新开始玩游戏。我知道，如果他不想说话，就会把游戏声音调到最大声，他只是像往常一样回避问题。

"如果你遇到什么麻烦了，你一定会告诉我的，是吗？"我问他。听到我的问题，他沉默了很久。

"不，我不会说，"他回答，"如果我说了，你会马上打包行李，带我们离开这里，是吗？"

这句话像刀一样刺伤了我的心，因为他说的都是真的。虽然哈维尔把吉普车留下来了，我还是会用它去换回那辆货车。一旦我把那辆大货车开回来，就证实了康纳的想法。糟糕的是，现在他会认为这一切都是因他而起——因为他遭遇了校园暴力，所以我们需要撤离。我希望兰妮不要对他多加责备，因为搬家也会残忍地剥夺一个少女喜爱的所有东西。她想留下来，我非常清楚，即使她没有说出来。

"就算我决定再次搬家，也绝对不是因为你或者你姐姐做了什么，"我告诉康纳，"而是因为那样对我们来说是最恰当、最安全的选择。明白吗？孩子。了解了吗？"

"知道了，"他说，"还有，妈妈，不要叫我孩子，我不是孩子了。"

"抱歉，男子汉。"

"这不是我第一次被打，也一定不会是最后一次，更不会是什么世界末日。"他继续摆弄游戏遥控器。过了几秒钟，他把遥控器放在一旁，用手撑着头看着我说，"爸爸的信里，提到了我和姐姐吗？"

兰妮肯定告诉了他一些事情，但没有告诉他所有实情，她肯定不会告诉他她在那封言辞龌龊的信里都看到了什么。

我谨慎地选择措辞。"提到了几句。"

"那为什么你从来都不告诉我们？"

"因为那样对你们不公平，我不能只让你们看到他假装是好爸爸的一面。"

"他就是一个好爸爸，他没有装模作样。"

康纳很冷静地说，这话像铁块一样插进了我的心脏，让我心痛不已。站在他的立场，毫无疑问他是正确的——他的爸爸爱他，这就是他的所见所闻所想。在他看来，他的爸爸是个好父亲，他不知道他的爸爸是个怪物。在"好父亲"和"怪物"之间，没有任何明确的界限，我们也没有反应的时间。那天早上，他的爸爸还和他相拥告别；而到了那天晚上，他的爸爸就成了一个杀人犯。他不能为此忧伤，表达思念，甚至再也不能爱他的爸爸，再也不能。

我想哭，但我没有。我说："你可以爱并想念和爸爸相处的那段美好时光，但他除了是你的爸爸，他还是……他还是……总之你不该去爱他的另一个身份。"

"好吧，"他重新开始玩他的游戏，不往我这边看，"我希望他死了。"听到他这样说，我同样心如刀割。我不知道他是不是因为我而这样说，他一定知道我希望他的爸爸死了。

我在一旁等着，但他似乎没有再停止游戏的打算。混合着音响吵闹的声音，我问："你确定不告诉我是谁打了你吗？为什么？"

"校园暴力，没有理由。老天，你别管了，老妈，我很好。"

"你想让哈维尔教你两招吗？或者……"我差点儿就把凯德先生说出来了。我才刚认识那个人，还不知道康纳对他的想法，甚至也不确定自己对他的想法。

"我又不用出演什么关于青少年的电影，这些招式在现实生活中毫无用处。等到我能学以致用的时候，我早离开学校了。"

"当然，但你不想在毕业典礼上演一出大快人心的复仇吗？"我说，

"在学校礼堂，你打赢了那些曾经欺负你的人，全场为你欢呼，不想吗？"

他暂停了游戏，说："更有可能的，是满身是血的我被送进医院，然后我们都被指控恶意袭击。这才是电影里面从不呈现出来的现实。"

听到他这样说，我一时语塞，只好没话找话，说："康纳……今天你是怎么碰到凯德先生的？"

"好吧，老妈，你是不是想我告诉你，他用小狗引诱我，把我带到一辆货车里，然后想强奸我？"

"康纳！"

"我不傻！"他目光锋利，像刀子一样刺痛了我。我正想说话，但他把目光转向游戏屏幕，在屏幕上，车变换了车道，加速、飞跃、转弯。他边玩边说，"我被揍了，走回家，坐在码头上。他过来问我还好吗。不要把什么都和连环杀人犯爸爸那些奇怪的事情联系在一起，好吗？凯德先生人很好！世界上不是所有人都是坏人。"

"我没有……"我为他所说的话和话里隐藏的怒气感到震惊。直到现在，我才意识到康纳有多迁怒于我。当然，这可以理解，为什么他不能生气呢？因为我，他才被迫过上现在这狼狈不堪的生活。

这也说明了一个更严重的问题：我确实对每一个人疑心过重，而且对男性的疑心比对女性更重。我之所以这样，完全是出于自我保护。可现在我才意识到，在康纳看来，这是不可理喻的。他有理由这么认为。如果我对所有人，尤其是所有男人都疑神疑鬼，那么最终我也会这样对他吗？毕竟他是他父亲的儿子。我心如刀绞，强忍着泪水。"我去给你拿冰袋敷一下鼻子吧。"我边说边往外走。

走到厨房，我看见了忙前忙后的兰妮。她正在做三个人的午饭——意大利面配鸡肉酱，这是她最喜欢的搭配。她是一个好厨师，如果能更灵活地搭配口味就再好不过了。我走过去打开冰箱，这时她递给我一个已经准备好的冰袋。"给，"她翻了翻眼，"我可不想打扰妈妈和儿子的谈话。"

"谢谢，亲爱的，"我认真地说，"看起来很好吃。"

"当然，你马上就可以吃到了。"她兴高采烈地说，并继续搅拌她的肉酱。我给康纳送去冰袋，他已经全神贯注地投入在游戏里了，我把冰袋放在旁边，希望他在冰块融化前记得拿去敷鼻子。

"兰妮，"我回到厨房，边摆桌子边说，"你下午应该回学校，我会给你的老师打电话说明原因。"

"什么？不，我要留在家里。"

"可是你下午不是有英语测试吗？"

"你觉得我为什么想要留在家里？"

"兰妮。"

"好，妈妈，我知道了，"她故意用很大的力气关上炉灶，然后把平底锅"砰"的一声放在餐桌的隔热垫上，"吃吧。"

我知道过多的争论在此刻毫无用处。"去叫你弟弟吧。"

至少她做这些的时候毫无怨言。午餐很棒，我们饱餐了一顿。康纳也很喜欢，他满意地笑了，而后畏缩了一下，摸了摸肿胀的鼻子。随后我给兰妮的老师打了电话，并和康纳一道开车把兰妮送回学校。这时，我又想起了那辆还在哈维尔家的货车。

我甚至想到，在这个时间点上仓皇出逃，可能反而会引起警方的关注，并最终让我们真实的身份水落石出。或许我们没必要那么快逃离这里，或许是我过度紧张了，就像不久前用枪指着我的儿子那样。

我非常清楚，这种焦躁是我内心难以压抑的控制欲的一部分。我也知道这强烈的欲望势必会伤害到我的孩子。

对康纳来说，他在孩子那种单纯的爱意与成人间复杂的仇恨不断挣扎，无处可逃；而兰妮，小小年纪便桀骜不驯，随时准备揭竿而起，却还总是行事草率。

我需要为他们着想，设身处地想想他们的需要。我站在走廊上，擦去脸上的泪水。我知道他们现在需要的，是我的坚定立场和渡过难关的信心，而不是又一次绝望地坐上红眼航班，不负责任地逃往另一个城镇，适应新的身份。对他们来说，童年已经被烧成了灰烬，逃跑更是延续了这把熊熊大火。

警方一直都有保护证人的措施，但讽刺的是，从来没有任何保护我们这类人的措施。从来没有。

偏偏尸体是在湖里被发现的，这让我十分困扰。因为这样一来，公众很容易就会注意到我们，而且这起谋杀案和我前夫做过的那些事竟如此相似。尽管我一再告诉自己，这一弃尸手法并不少见。我做过调查，强迫自己全方位了解梅尔文·罗亚，尝试着把那个杀人凶手和我曾经认识并深爱的男人重合在一起。

我仿佛又听到梅尔小声地说："**最聪明的人是永远不会被发现的，要不是那个愚蠢至极的醉酒司机，我也不会被发现。我们还能像以前一样生活。**"听起来确实如此。

但是，我今天的下场都是你造成的。

千真万确。梅尔因一项谋杀罪被判入狱，但最终是我的指证揭露了他隐藏得最深、最邪恶的一面。那时，警察把家里所有东西都搜了个遍，没有放过任何一件物品。而警方和我都不知道的是，梅尔以我去世已久的哥哥的名义开了个储物柜。他被逮捕后，用来支付那个储物柜费用的预存资金被扣完了，我接到了储存机构打来的电话，知道了储物柜的存在。很讽刺——他在账单上写的是家里的电话。那则语音留言引导我找到了梅尔的储物柜。打开柜门后，我发现里面是一件件叠好的，让人眼花缭乱的衣物、钱包和鞋子。一个个小的塑料箱子上整齐地贴着受害者的名字，箱子里装着她们的钱包、袋子和背包。

还有一本日记。

那个皮革封面的活页日记本有三环活页扣，里面是写得密密麻麻的条形纸张——都是他那整洁而棱角分明的字迹，还有打印出来的照片。每个受害者都有专门的记录。我只看了一眼，就把那本笔记本丢到了地上，急忙报了警，我无法接受我瞥见的一切。

有了这些证据，对梅尔的指控在最开始的绑架、使用酷刑、故意谋杀的基础上又增加了多条。工作人员看到柜子里的东西时尖叫到嘶哑——至少报纸上是这样报道的。然后，我又回到监狱里等待对自己的审判。由于怀恨在心，梅尔没有为我开脱。更糟的是，有一位不顾一切想出风头的邻居声称她看到我协助搬运类似尸体一样的东西。好在律师帮我澄清了事实，并替我做了无罪辩护，我才最终被无罪释放。

他还会再杀人。梅尔的声音在我耳边回旋，我告诉自己不能听，不能听。**你以为他们看不见你吗？不会调查吗？不会找到你的照片吗？才没有结束呢，吉娜，通过照片找到你的门前可是轻而易举的事情。**

我知道那不是真正的梅尔在说话，但此话有理。我们在这里待得越久，风险就越大，普雷斯特警长调查我们的可能性就越大。对我们现在不算安定的生活来说，这是一根正在慢慢燃烧的导火索。

但转念一想，如果现在离开，康纳会深深自责，变得更加自我保护，更加愤怒，情况也会更加糟糕。他才刚开始放松下来，觉得自己拥有了某些东西。如果全盘拿走的话，对他来说过于残忍。

不过，准备好货车也不是什么坏事。

我深吸一口气，给哈维尔打了电话。我告诉他，我会抽空去他那儿换货车，现在还不着急。他说没问题。

看起来我已经做到了未雨绸缪，但我经历过的风风雨雨告诉我，还远远不够。

第四章

　　生活经验让我对所有人都疑神疑鬼。我整晚守在电脑前，尽可能搜索关于山姆 · 凯德的一切信息——他曾经是一名在阿富汗服役的空军老兵，没有性侵记录，没有其他犯罪记录，甚至还保持着良好的信用等级。我又查了一个家族系谱网站，一般来说，如果某些人名出现在族谱上，就可以查到他们的家族史，但我没找到凯德家族。

　　凯德注册了好几个社交媒体账号，甚至还包括一个无聊的约会网站，虽然资料已经好几年没更新了，我怀疑他很长时间都没用过了。他的推送都是时事评论和支持军队建设的发言，但大多与政治无关。也实在神奇，他似乎对任何事都不是特别热衷。

　　我在努力寻找他的污点，然而一无所获。

　　我本可以联系阿布萨隆，请他深入挖掘。但我已经在监视梅尔和其他追踪者上很依赖他了，如果滥用我们之间素未谋面的脆弱关系，我便会失去他这个重要的消息来源。也就是说，让阿布萨隆调查邻居纯属浪费时间。**或许吧**。除非我有更好的理由怀疑凯德，而不仅仅是我神经过敏。我可以暂时对他置之不理，只要他不招惹我，我也会离他远远的。

　　但我跨出前门时，还是隐隐觉得不安——我突然发现可以从这儿看见凯德家的前廊。当然，我之前就注意到了，只是我们刚搬进来的时候，那所房子是空的。之前我绕湖慢跑时，也发现屋子里空无一人。两栋房子的视线相对，虽然他的房子很普通，隐藏在路边的树林里，但从我的角度一览无余，我可以透过红色窗帘看到屋里的亮光。

看来山姆·凯德和我一样，都是夜猫子。

我一言不发地坐着，听着猫头鹰的叫声和树木的沙沙声，湖水波光涟漪，倒映着破碎的月光，真是美不胜收。

天色已晚，我喝下最后一口酒后就去睡觉了。

我带康纳去找了医生，拍了 X 光片。他有几处瘀痕，庆幸的是没有骨折。兰妮也和我们一起，虽然全程保持沉默，对我和任何一位回头注视她的人怒目而视。我再次询问康纳是否愿意说出是谁打了他，他依然缄口不言。既然如此，便只能顺其自然，当他想说的时候自然会说。我在考虑让他们多学一些自我防卫的本领，恰好哈维尔就在当地体育馆教授相关课程，于是我想顺路带他们去体验一下，但他们俩都一言不发。

一天就这样过去了。

我们在当地的小餐馆吃了饭，每天新鲜出炉的酥皮馅饼总让人垂涎三尺。我们离开的时候，正好碰到哈维尔·埃斯帕扎走了进来，在不远处坐下点餐。他看见我，点头示意，我也点头回敬。

"嘿，孩子们，我去跟埃斯帕扎先生聊几句。"

兰妮瞥了我一眼。康纳皱了皱眉，说："别给我报什么名。"

我向他承诺不会，然后离开座位。我走过去时，服务员刚好给哈维尔送来咖啡，他看见我，示意我在对面的椅子坐下。

"嘿，"他边说边呷了一口咖啡，"怎么样？孩子们还好吗？"

"康纳很好，"我告诉他，"再次谢谢你及时相助。"

"不客气。好在他并不需要我的帮助。"

"介意我问你个问题吗?"

他看了我一眼,耸了耸肩说:"说吧。等等,先等一下。"服务员又端来一碗汤和一碟椰汁酥饼。"可以了,说吧。"等服务员走到听不见我们说话的地方,重新干活时,他说。

虽然我并不在乎,但还是很感谢这一点。"你知道凯德先生吗?山姆·凯德?"

"山姆?当然知道。作为一个黏在椅子上的人,他还不错。"

"黏在椅子上?"

"相比'飞行员',我更喜欢这个说法。我的意思是,他们大多时候总是坐着工作,"哈维尔咧嘴一笑,表示没有恶意,"凯德是个好人。怎么了?他让你烦了?"

"没有,不是这样的。我只是……很好奇他和康纳一起出现的原因。我想确定一些事情……"

哈维尔认真听着,沉思了一会儿。他漫不经心地用勺子舀着汤,汤落到碗中溅了起来。等他想出了如何回答,才喝了一大口。接着,他像是打定主意似的对我说:"我认识的所有人都喜欢他,"他说,"我不是说他不可能是坏人,但我的直觉告诉我,他没有问题。怎么,你想让我调查一下他?"

"如果可以的话。"

"好吧。当个靶场主人有个好处——差不多认识镇上所有人。"

凯德先生说过镇上只有他是新来的吗?他来这儿并没有多长时间,还打算房子的租约到期后就离开。回想一下,这似乎让人不安,仿佛刚好在麻烦到来之前搬到这里。或者,我只是又一次毫无根据地疑神疑鬼了。我为什么要在意呢?我完全可以轻而易举地避开他,我以前设法不跟凯德碰面,以后也可以躲着他走。

"他提出要帮忙修补我的房顶。"我跟哈维尔这样说。

"对，他很擅长做那种事，"他说，"他刚搬过来时就帮我修了屋顶，价格非常实惠。我记得他以前是跟着他爸爸做建筑的。他修得可比我在镇上找的那些人都强多了，这儿的人没一个能把木瓦板钉直，也不会修屋顶。"

我想听的并不是对凯德人品的担保，但我确实听到了。我内心有个声音告诉我：**是的，我们的房顶需要修理。**

"谢谢。"我跟哈维尔说。他挥了挥勺子让我不要客气。

"我们这些外人要互相照顾。"他对我说。我觉得他是认为我和他都是外人。当然，我们不是一类人，但至少想起来是些许安慰。

我让他继续吃馅饼，然后回到自己的位置上。巧克力酥皮饼已经上桌了，兰妮和康纳开始刮掉我盘子里那个饼边上的碎屑，还希望我不会注意到。他们明显已经吃完了他们自己盘子里的。

"可别碰我的饼。"我让我的表情和眼神一致严厉地向他们表示。

兰妮舔了舔叉子，说："真遗憾。"

如果是过去，我会说这是"死罪"。我在想他们是否注意到我现在已经不用这个词了。

吃完馅饼，我们回到了静湖。

那天下午，我走了一小段路上山，来到山姆·凯德干净整洁的乡村小屋门前，敲了敲门。那是下午三点，似乎是个找人的好时机。我在小屋逮到了他。他看到我似乎很惊讶，但仍然努力地保持彬彬有礼。他没有刮胡子，下巴上金黄色的胡楂儿在灯下泛着光。他身穿轻质牛仔衬衫和旧牛仔裤，脚蹬着鞋底像华夫饼一样厚的靴子。我看到他从屋里冲我招手，然后转身走回后边的厨房。

"抱歉，"他说，"可以关一下门吗？我要翻一下薄饼。"

"煎薄饼？"我重复道，"真的吗？这会儿？"

"煎薄饼的火候要刚刚好，不要太早，也不要太晚。如果你不相信我的话，你可以转身走了，因为我们永远不会成为朋友。"

说来真是古怪，我把身后的门关上时，发现自己开怀一笑。但我马上意识到自己正与一个几乎不认识的男人共处一室，笑容又立刻消失了——门关上以后，任何事情都有可能发生，任何事情。

我快速看了看四周。房子很小，家具不多，只有一张长椅，一张扶手椅，以及角落里的一张小木桌，上面放着一台电脑。电脑盖是打开的，正放到一张波浪式北极光的屏保。我注意到凯德家没有电视，但有一套挺不错的黑胶唱片立体音响和相当多的唱片。要把这些唱片运过来肯定很麻烦。有一面墙上有一个塞满书的书架。这可不像我那种没什么可珍惜的生活方式，我真切感受到他是在过日子，平凡独立，真实而鲜活。

薄饼闻起来很香。我跟着他走进小小的厨房，看着他从平底锅里翻起一块薄饼，然后炫技一般在空中翻转，动作灵巧熟练，让人印象深刻，我想他一定练了很久。

他把锅放回煤气炉上，亲切友好地微笑着说："怎样，你喜欢蓝莓薄饼吗？"

"当然。"我是真的喜欢，而不是因为他的微笑才这么说。我已经对他的笑容免疫了，"上次你说帮我修房子的事，还算数吗？"

"当然算数。我喜欢用双手工作，而你的屋顶需要换掉，我们可以谈个好价钱。"

"如果你想用那个蓝莓薄饼来谈价的话，也许没有用，我今天已经吃过馅饼了。"

"碰碰运气吧。"他看着在火上的薄饼，烤好后把它放到已经做好的一摞三个薄饼上，然后递给我一个盘子。

"不，不用了，那些是你做来自己吃的。"

"我会再做的，吃吧。当我做好下一批时它们已经凉了。"

我加了放在桌子上的黄油和糖浆。他说有咖啡，我就从保温壶里倒了一杯。咖啡的味道很浓，所以我又加了一勺糖进去搅拌。薄饼吃到一半竟然还有些温热，又香又脆，还有从蓝莓中迸发的酸甜味。

他拉开椅子坐在对面，给自己倒了一杯咖啡。"好吃吗？"他问。

我吞下嘴里的饼，说："你在哪儿学的？太好吃了。"

他耸了耸肩说："我妈妈教我的。我是家里最大的孩子，她又需要帮助。"他说这话时，脸上闪过一丝表情，但他立马低头看向薄饼，我不知那是惆怅，还是思念，抑或别的什么。那表情稍纵即逝，而他胃口大开吃起薄饼。

用双手工作、喜欢烹饪、看起来得体……我在想他为什么独自一人住在湖边。当然，不是每个人都遵循爱情—婚姻—孩子这样的人生道路。我不后悔生育了孩子，我只后悔自己缔结了那场诞生了两个孩子的婚姻。然而，我比大多数人都更理解孤单独立的生活。

以及他人会如何严厉苛刻地评价这种生活。

大部分时间我们都在沉默地吃着，气氛友好融洽，虽然中间他问了我关于屋顶的预算，并提出在房子后面添置一张甲板——那是我的幻想中过上无忧无虑的生活后想要添加的东西。这是冒险的一步，因为意味着不仅是简单的修修补补，更是生活质量的提高，甚至听起来像是真的要安居乐业了。在修葺屋顶的价格上，我们轻松地讨价还价，但我还是刻意回避了添置甲板的问题。

许下承诺从来不是我的强项，似乎也不是山姆·凯德的。当我问他大概还会在这里待上多长时间时，他说："不确定。我的租约十一月到期，但也可能会继续租下去。我挺喜欢这个地方的，跟着感觉走呗。"

我不知道他说的"这个地方"包不包括我。我审视着他，想弄清楚他是不是在跟我调情。似乎没有，他只是在进行正常的人际交往，而不是一个男人在闻香识女人。很好，我也不是在寻找男女关系，何况我也无法接受萍水相逢的艺术家。

我在他之前吃完了薄饼，没问过他，就把黏黏的盘子、叉子和杯子放到水槽里，清洗干净后，放到排水板上。这里没有自动洗碗机。他没有说话，直到我伸手去拿已经冷却的平底锅和磨损的碗。

"你别管了，"他说，"我来弄吧，不过还是谢谢。"

我照做了。我边在柠檬黄的洗碗布上擦干手，边转过身看向他。他看上去神情放松，专注地吃着薄饼，并且就快要吃完了。

我说："山姆，你在这里做什么？"

他停下动作，薄饼停在半空几秒钟，糖浆从咬了一口的薄饼上滴落下来。然后他从容不迫地把薄饼送进口中，咀嚼之后吞下，喝了一大口咖啡。接着，他把叉子放下，推回椅子，与我四目交接。他看起来态度很诚恳，还稍微有点儿愤愤不平。

"在写书。我想，这个问题应该由我来问，你在这里做什么？"他问道，"假设我认为你没有那么多秘密，普罗克特女士。也许我不应该掺和你的事，毕竟我只是为了钱而在你的屋顶上爬上爬下。你知道，你的邻居都不了解你。经常在湖边转悠的克莱蒙特老先生说，你这人喜怒无常、冷若冰霜。我认同他的话，哪怕现在你表现得像个正常客人，坐在我家吃着薄饼，和我体面交谈。"

我觉得他的回答歪曲事实、颠倒是非，让我不由地警惕起来。不久前我还出言冒犯，希望找到山姆·凯德不是他自称的那种人的证据。可相反，他现在成功把矛头指向我，让我处于下风，而我……心悦诚服。说来神奇，我很欣赏他这一点。

我甚至快被逗笑了，说："哦，好吧，我冷漠无情。至于我为什么在这儿，我想这不关你的事，凯德先生。"

"那我们就各自尊重隐私吧，普罗克特女士，"他用叉子刮掉碟子上的一些糖浆，又把它吮掉，然后把碟子拿去水槽，"借过。"

我走到一边。他快速清洗碗筷，拿起面糊碗、平底锅和刮刀。我静静听着洗碗水的流动声音，直到等他把水龙头关上，把东西放在排水板上，然后拿起擦碗布把它们擦干。接着我说："你说得对。那么我明天再和你商量屋顶的事。早上九点可以吗？"

他的表情泰然自若，即便笑的时候肌肉也没有太多动作，让人捉摸不透。"当然可以，那明天早上九点见，"他说，"每天我干完活之后结算现金？"

"可以。"

我点点头。他没打算和我握手，所以我也没主动伸手，只是转身离开。我走下他房子的楼梯，在弯曲的下山路上停下，慢慢吸进湖上浓厚的空气。天气闷热潮湿，热浪缓慢地席卷了田纳西州。当我呼气时，还能闻到薄饼的味道。

他真的是个超棒的厨师。

孩子们还有一周就放假了，可期末考试的压力也随之而来。康纳压力比较大，兰妮则十分轻松。早上八点，我送孩子们上车，然后煮上咖啡，拿出一盒从商店买的糕点，味道当然不能和山姆的薄饼相提并论。九点的时候，山姆准时来到门前，我让他进来，并拿出咖啡和糕点招待他。我们商定了修葺屋顶的所有事项。他预支了现金去买工具，然后回到他的小房子。十五分钟后，我看到他驾驶着一辆老旧而坚固的皮卡货车从我门前经过，车身主要漆成灰色，中间有小块褪色的绿色补丁。

他走后，我又开始在网上做起反侦察的工作，暂时没有新的发现。我数了数，新消息的数量正在逐步减少。我用软件制作了一张出现频率的图表，记录了我和孩子们在网上的热度，我欣喜地发现，关于梅尔文暴行的热度已经被其他的色欲杀手、狂欢杀手、狂热分子、圣战分子等超过了。一些跟踪者似乎已经对我们失去兴趣了。我很讨厌用"重获新生"这个短语，但这个词再合适不过了——他们终于不再纠缠了。也许，有一天我们能真正重获新生。我看到一丝隐约的希望，一丝焕然一新的希望。

在我打印并归档新的网络暴徒名单时，山姆回来了，我只好先停下打印，这种事总是让我很困扰，但我别无选择。我把办公室的门锁上，然后出去见他。

他已经把梯子靠在了屋顶上，确保不会在草地上滑动。他拿出一堆沥青纸和木瓦，把工具带系在腰上，上面悬挂着钉锤和一袋钉子。他还戴了一顶破旧的卡车司机帽遮阳，并用鲜艳的大手帕挡住颈部。

"给你，"我递给他一个带锁扣的铝制水瓶，"是冰水。需要我帮忙吗？"

"不需要，"他抬头望着上面，"我在天黑前应该能弄完这一边。大约一点的时候我要休息一下。"

"我会准备午餐，"我说，"嗯……我给你留一份？"

"听起来不错。"他把水瓶扣在带子上，用绳子绑住第一批材料，再放在肩上，就像背起一个大背包。我扶住梯子，他身轻如燕，爬上去时仿佛背的只是一堆羽毛。我后退一步，看他是不是已经在上面站稳了——他站稳了，看起来屋顶上那一块补丁几乎没对他造成困扰。

在梯子上的山姆朝我挥挥手，我也挥手回应。然后我转身回屋，这时一辆巡逻警车开过，轮胎碾在砾石上。我看见开车的是格雷厄姆警官，于是举起手打了个招呼，他向我点头致意，然后加速抄近路开往远处的约翰森家。我想起他某天晚上似乎半邀请我去参加射击练习，但我又想到也许他其实是想和他的孩子们在一起，而我并不想带我的孩子们去。我暗暗决定带一罐饼干或者一些让我看上去更正常的东西去顺路拜访他家，而不能表现出兴趣。

到午饭时，我已经完成了两个客户交付的工作，并发帖寻找新的工作。有一个客户在我做好意面和肉丸的时候就给我付了款。山姆从梯子上下来。我们一起在一张小餐桌上吃饭。另一个客户则是在这天快结束的时候付了款，也让人开心。不过我还要追好几位其他客户的款项。习惯了山姆在屋顶工作的声音之后，我听见这声音就感到格外安心。因此，当外面重复响起尖锐的警报声，以及猛敲密码让警报停下的按键声时，我倍感意外。

"我们到家了！"兰妮在楼下客厅喊，"可别举枪！"

"太过分了。"康纳对她说，然后我听见了一声痛呼，似乎是兰妮用手肘撞了他一下。

"闭嘴，杰尼龟。你这个蠢蛋，你没有事情做吗？"

我离开办公室，下来迎接他们。康纳一言不发地从我身边挤过去，黑着脸，并用力摔上房间的门。我在兰妮回房间的路上截住她，她耸耸肩说："敏感过头。干吗？我错了吗？"

"杰尼龟？"

"这是口袋妖怪的角色，很可爱的。"

"我知道是口袋妖怪，"我跟她说，"你为什么这样叫他？"

"因为他让我想到这个壳硬腹软的妖怪。"这根本不算回答，她耸耸肩，眼珠直转，"他只是生气罢了，因为他考砸了……"

"我得了B！"康纳隔着门大喊。兰妮挑起一边眉毛，形成了尖锐的弧度。我在想她是不是在镜子前练过这副表情。

"听见了吗？他得了B。很明显他考砸了。"

"够了。"我严厉地说，像为了强调这两个字，屋顶的木头上也发出了两声敲击声。兰妮尖叫起来，我意识到凯德正在房子上面干活，而康纳和兰妮进来的时候还没有和他碰过面。

"没事的。"我说。康纳推开门，眼睛直瞪，茫然失措。"是凯德先生，他正在屋顶上换木瓦。"

兰妮深吸一口气，摇了摇头，推开我回到自己的房间。而康纳眨了眨眼，突然换了一副**兴趣盎然**的表情，"真酷。我可以去帮他吗？"

我想了想，万一我的儿子在屋顶边缘绊倒，然后摔下梯子……但我马上比较了一下这种担心和我在他身上看到的渴望。他需要一个成年男性在身边，展示一些我不能提供的东西。可他的父亲除了给他痛苦、噩梦和恐惧外，还能带来什么呢？这是明智之举吗？或许不是，但是正确之举。我咽下所有的担忧，勉强挤出一个微笑，"可以，去吧！"

我无法撒谎。接下来的几个小时我都在外面，把山姆和康纳兴冲冲扔下的垃圾清理干净，盯着我的儿子有没有过于自信，失去平衡，或意外受伤。

事实证明我多虑了。他身手灵活、平衡稳定，跟着凯德了解屋顶的结构和重建的方法，享受他生命中的美好时光。看到康纳脸上浮现出发自内心的，全心沉浸在真正的愉悦中，我的内心稍微平静了一些。**我想，他一定会记住这个幸福时刻的。这将成为他记忆中的重要部分，为他的美好未来铺平道路。**

但我讨厌的是，我不是直接和他分享喜悦的人。我的儿子从来不会用这种崇拜的眼神看着我，以后也不会。我们之间是母子连心的爱意，但这份爱是复杂无章、难以言喻的——鉴于我们的经历，又怎么可能不复杂呢？至少，他跟山姆·凯德在一起时很放松，对此我感激不尽。我埋头打扫卫生，干完一大堆家务活后出了一身汗，身体也得到了锻炼。

我们围着桌子一起吃了晚饭，虽然山姆一开始坚称自己不适合加入我们，但后来还是改变了主意。兰妮占着厨房，严厉地要求他回家收拾干净再来吃饭。山姆明显被这位穿着花朵图案的围裙、脾气暴躁的孩子的命令给逗乐了。他只得回家洗了个澡。回来的时候，他的头发还有点儿湿，紧贴着脖子，但他穿着干净的衬衫和牛仔裤，并换了一双平底帆布鞋。

兰妮已经做好了意式千层面，我们四个都很饿，埋头猛吃。食物很好吃，味道一层层地迸发，除了从商店买的面团味道一般之外——兰妮也承认——其他都很完美。康纳一直喋喋不休地说着他今天学到的东西——不是在学校学到的，而是如何一锤把钉子钉直，如何嵌入木板，如何在斜面上保持平衡。虽然兰妮依然转着眼珠，但我能看出来她很为康纳高兴。

"所以康纳做得还不错？"我在儿子停下时问。嘴里塞满了面的山姆点了点头，又嚼了嚼面，然后吞下去。

"康纳很有天赋，"他说，"今天好样的，小伙子，"他伸出手和康纳击掌，"下次我们做另一边。除非刮风下雨，不然我们再有几天就能完成了。"

康纳看起来有点儿失落。"但是……妈妈，那窗户和门上的木头怎么办呢？就让它们在上边腐烂吗？"

"他说得对，"我说，"有些木头已经腐烂了。我们或许需要换掉那些坏掉的装饰。"

"好的。三天就可以了，"山姆又叉起一大口面，卷起了丝状的芝士，"不过如果你想要换后面的甲板，就需要整整一周。"

"没错！妈妈，拜托？我们可以弄那个甲板吗？"康纳真挚的表情如潮水一般席卷而来，冲掉了我内心最后一丝不安。我仍然会去和哈维尔交易货车，但如果说我在寻找一个留下的原因，答案就是这个——儿子期待的目光。我一直担心他性格内向，过于孤僻，容易生闷气。这是**那件事**以来我第一次看到他如此开朗活泼，如果仅仅为了"种种假设"就无情打断他的成长，是极端残忍、大错特错的。

"可以，没问题。"我答应他。康纳高举双臂，做出胜利的姿势。"山姆，你介意每天等康纳放学回家再开始工作吗？"

山姆耸耸肩说："我不介意，只是如果我们每天只做半天，大概要一个月才能完工。"

"那没问题，"康纳赶紧说，"我只需再上一周的学。放假后我们就可以每天工作啦！"

山姆扬了扬眉毛，咧嘴一笑。我也扬扬眉毛，吃了口面。

"当然了，"山姆说，"我们只能在你妈妈在家时开工。"

山姆并不愚笨，他完全知道我对孩子有多敏感和谨慎，他也知道单身汉闯入一个家庭很可能被怀疑会带来种种不良后果。我在他的脸上读到了小心谨慎，无论我定了什么规矩，他都会欣然遵守。

必须承认，在这点上我对他赞赏有加。

晚餐非常愉快。孩子们开心地清理垃圾时，我和山姆提着啤酒去了门廊。这天的热气终于被湖上的凉风吹散了，虽然我还是很不习惯这里潮湿的天气。啤酒清凉爽口，传递着秋天的气息，即使我们还没进入盛夏。橙黄色的落日余晖逐渐淡去，几艘船从湖面掠过——一艘四人划艇，一艘豪华舱式游艇，还有两艘小船，都向沙滩驶去。

山姆说："你调查了我的背景？"

这让我措手不及。我顿了顿，把送到嘴边的啤酒放了下来，看了他一眼，说："为什么这样问？"

"你看起来就像是会做背景调查的那种人。"

我笑了，此话不假，于是我也只好实话实说："是的。"

"我的信用等级怎么样？"

"很好。"

"那就好。我自己应该经常去查一查。"

"你不生气吗？"

他喝了口酒，压根儿没看我，注意力似乎都放在了水面的船上。"不，"他想了想，"只是，可能有点儿失望吧。我以为自己是个值得信赖的人。"

"我只能告诉你，我们之前信错了人。"我在内心不由自主地比较梅尔文和山姆。如果是刚刚认识的梅尔和我一起坐在这儿，他的反应会截然不同。他会异常生气，感觉受到冒犯，指责我对他的不信任。他会掩饰他的愤怒，但我能感觉到他的态度僵硬。

山姆没有这样，他只是实话实说。"很合理，"他说，"我是你雇用的工人。你有权调查我，特别是我会待在你家，在你孩子的身边。老实说，你这样做很聪明。"

"那你调查过我吗？"我问。

这让他十分惊讶。他往后坐了坐，瞅了我一眼，耸耸肩说："我问过周围邻居，"他说，"我是说，问了些'她会给钱吗'这样的问题。如果你指的是我有没有在谷歌上查过你，那没有。如果女人对男人这样做，我认为是一种预防措施；但如果男人对女人这样做，那就像……"

"那就像是跟踪狂，"我替他说完，"没错。那别人都是怎么评价我的？"

"就像我说过的：冷若冰霜，"他笑着说，"和我想的一样。"

我举起啤酒，和他碰杯，然后我们静静地喝酒。划艇在远处的码头靠岸了，小船也到了港口，豪华游艇是最后一个到达的。远处的船上传来笑声，打破了湖面的静谧。船上亮着灯光，飘来一段微茫的音乐。借着亮光，可以看出远处一共有四个人，其中三个正在跳舞，船长把船开到湖另一边的私人码头：有钱又无聊的生活。

"我想他们在喝香槟？"山姆说。

"唐·培里侬香槟王[1]配鱼子酱。"

"奢侈。我还是喜欢我的熏鲑鱼吐司，在结束一天的辛勤工作时来上一口。"

"可不能过度放纵，"我表示同意，故意操着一口漂亮的北英格兰口音——我从妈妈那里学到了这一口漂亮的口音，"醉于香槟再正常不过了。"

"这个，我可不确定。因为我从未喝过好的香槟，我只在某场婚礼上喝过一杯廉价的，"他举杯，"仅为个人观点。"

"哈哈，那是。"

"你的儿子非常优秀，你知道。"

"我知道。"我对着降临的夜幕——而不是对他——笑着说。

喝完啤酒，我拾起空杯，把今天的工资付给山姆，然后看着他抄近路上山回家。我看见他的灯光从窗子里透出来，经过窗帘变成了红色。

我回到家里把杯子收拾放好，发现厨房干净整洁、安静无声。孩子们都如往常一样，各自回了房。

真是一个美好安静的夜晚。在我锁门并重设警报时，我想的却是这样的岁月静好大概持续不了多久。

但美好的日子陆续到来。第二天，也就是星期六，一切进展顺利，没有比这更让我惊喜的了。我的反侦察工作发现的威胁越来越少，警察没有来访，而工作邀约越来越多。星期天也是如此。星期一，孩子们照常去上学。将近下午4点时，康纳和山姆·凯德爬上屋顶，开始他们的修葺工作。兰妮抱怨声音震耳欲聋，但戴上耳机便恢复正常。

这样的好日子持续了整整一周。学校开始放假了，孩子们很高兴。山姆顺理成章地成为常客，他和我们一起吃早餐，然后带康纳上去修

---

[1] 一种顶级香槟。

屋顶。工程完成以后，他们就开始更换窗边和门边烂掉的木头装饰。我回到办公室工作，继续各种网上侦察，享受这种身边有人可以信任的感觉。

到了星期天，房子就换上了新衣，尽管还有很多清洁工作等着我去善后，但我并未因此沮丧，恰恰相反：虽然气喘吁吁，浑身都是油漆，我却比之前快乐。兰妮、康纳和凯德也同样全身邋遢和疲惫不堪，可我们一起切切实实地完成了一件大工程，这种感觉很棒。

就在那一天，我发现自己对山姆完全卸下了防备。他笑容开朗、无拘无束，我突然回想起梅尔第一次对我笑的时候。我意识到，在那些时候，梅尔从来没有满面春风、笑容爽朗，他扮演的是一位好丈夫、好父亲。这是他的一个策略：**不能打破人设**。但山姆和孩子们说话时，我看到了不同：山姆真情流露，他会犯错误，也会纠正错误；会说说蠢话，也会说说聪明话。

梅尔从来没有那么真实自然。我从来没有对比过，因此无法看到不同。在我的成长中，父亲总是缺席的，他总是义正词严，我们这些孩子不过是家里的摆设，他根本不会听我们说话。我突然意识到，梅尔找到我时，一定是在我身上看到了某种需求想要得到满足。他一定研究透了我当时的心理状态。但他的面具也有过突然滑落的时候，我清楚记得那些情景。有一次，因为他错过了布拉迪的三岁生日宴会，我对他十分生气。没想到他却转向我，脸上突然变得暴虐凶恶，以至于让我后退蜷缩在冰箱旁，不能动弹。他没有打我，但他抓住我，双手捧起我的脸，怒目圆睁地瞪着我。我至今还感觉得到那种令人窒息的恐惧。

即使梅尔的伪装十全十美，那终究不是他的本心。他的平静让人感到紧张和不自然，他的感情也是如此。我想，回到车库以后他才显露出自己的本性。他活着，就是为了关上那扇门、那把锁。

可观察山姆到现在，我没有发现任何类似的迹象。我只看到一个真实存在的血肉之躯。

这样的感觉让我黯然神伤。在我整整九年的婚姻里，我居然对枕边人知之甚少。那是我的婚姻，不是我们的，因为对于梅尔文·罗亚来说，那根本谈不上是什么婚姻。我只是个工具，就像他车库里的锯子、锤子和刀子。我是他的伪装。

想清楚这恐怖的事实，也算有些许的慰藉。我从不让自己对那段婚姻胡思乱想，但看见山姆，看见孩子们围着他时的那种欢欣愉悦后，我才意识到，在我曾经的婚姻中，一切都是错误虚假的。

当然，我没有告诉山姆这些。这绝对是个糟糕的话题，我得对真正的身份守口如瓶。但孩子们都喜欢他，这件事本身就富有深意。两个孩子都很聪明，我也明白，建立一个安全的港湾让他们长大，成为更好的自己，是至关重要的。虽然待在这儿可能险象环生，却是必要的。如果有需要，我仍然会选择举家外逃。现在还没到那一步。

到目前为止，一切都很安稳，比以前要安稳。

六月中旬，康纳和山姆的工程使房子看起来妙不可言。山姆教我儿子建筑基础，他们打算抬高屋后的地面，倒上水泥，重新布置。兰妮在外围转来转去，提各种建议，后来她也加入进去，专注地看着山姆像建筑师一样起草蓝图。

这是个长期项目，没有人想要赶工，我就更不想了。作为自由职业者，我最近的工作源源不断，甚至到了要推掉一些的地步。因此我有资本挑肥拣瘦，提高收费，而我的名声也逐渐打响。毋庸置疑，情况正在好转。

实际上我不需要依靠在网上接活的收入生活，当然，是不用完全依靠。梅尔做的唯一一件"好事"，便是在他的储物柜里——那珍藏着让人毛骨悚然的日记和战利品的储物柜里，储存了为逃跑准备的东西。

那是一大袋现金。数目接近 20 万，他告诉我那是继承父母遗产和共同基金的收入，在储物柜里放了好些年了，只等他拿出来使用。然而他没有机会使用了，他突然被逮捕，再也没有重获自由的机会。

我当然把储物柜里的所有物品上交给了警察，但在那之前，我取出那袋钱放进了汽车的后备厢，然后开车去了远处的城镇，在一个公路旁的邮件中心用即兴想出的假名开了一个邮箱，再把装满现金的行李袋拿到远离城镇的联合包裹速递服务公司 [1]，通过邮递服务寄到这个新邮箱。当时我惊慌失措，既担心自己被捕，又担心有人会把钱偷走，还不能因此寻求帮助。

幸运的是，包裹如约而至。我在网上追查了邮寄路线，还另外付钱让邮件中心帮我妥善保管。幸好我多留了这个心眼，因为就在两天后，我再次被捕入狱。

大约一年后我被无罪释放时，包裹依然安然无恙，尽管上面已经布满灰尘。不得不说，这是个不可思议的奇迹。

在我们搬进静湖这房子前，我花了大概这笔钱的一半来保证我们的安全，寻找避难所和购买假身份。这所房子在拍卖时标价特别便宜，我花了两万元买下它，又花了另外一万元装修。但我还有储蓄，加上现在还可以通过工作赚钱，因此在花销上不用那么紧张。我想象得到，如果梅尔得知他处心积虑积攒的财富都没了，一定会气急败坏，而这让我非常、非常开心。一想到能用这笔钱过上全新的生活，我倍感安慰。

山姆提出帮我整理乱糟糟的花园，我就带他去了，并且付给他购买所需物品的费用，让他前去购买。我们花了几个小时商量方案，选出特定的葡萄品种并播种下去；我们还亲手修建石头围栏和漫步小道；我们甚至还在花园里安置了一个小池塘，在里面放了一条小金鱼，它

---

[1] 原文为 United Parcel Services，简称 UPS。

在阳光下熠熠生辉。

不知不觉中，我全盘信任起了山姆·凯德。不是指某个特定时刻，或是他说的某句话、做的某件事，而是他说过的所有话、做过的所有事，我都毫无保留地相信。他是我身边最冷静、最真挚的人。每次看见他笑，看着他跟我的孩子说话、跟我说话，都让我意识到之前的选择是多么无可救药，我与梅尔文·罗亚在一起的生活是多么沉闷无趣。所有那些美满，不过是停留在表面而已。

如同一潭死水。

我意识到这点的时候，已经过了两周时间。我的花园像一个新的，和在园林杂志上看到的一样精致。兰妮看起来也很高兴，她的狂躁有所缓和。令人想不到的是，有一天她告诉我，她交了一个朋友。起初她们只是在网上聊天，直到有一天，她极不情愿地问我，能不能开车带她去电影院见戴丽雅·布朗，一个她在学校认识的女孩儿。

我对这种态度的转变半信半疑。而当我见到戴丽雅·布朗时，便觉得她看起来是个好女孩儿。她长得很高，戴着牙套——她的男朋友就因为牙套甩了她。但我相信，她身上会有好事发生的。

我和康纳坐在电影院的后面，兰妮和戴丽雅一起坐。看完电影我们一起回家吃饭，戴丽雅和兰妮都非常放松随意。

到了夏天，兰妮和戴丽雅成了要好的朋友，常常一起看电影。戴丽雅跟着兰妮涂了黑指甲油，画上了明显的眼影；而兰妮受戴丽雅的影响，戴上了花朵图案的围巾。

七月中旬的时候，两个女孩儿形影不离，还又交到了两个新朋友。我自然十分警惕，其中一个男孩打扮得很有哥特风格，还打了鼻洞，而另一个男孩却打扮得中规中矩，尽管风格不同，不过他们看起来很搭。说来有趣，对我的女儿也是一件好事。

康纳看起来同样焕然一新。他和一起玩《龙与地下城》游戏的伙伴志同道合，成了好朋友。甚至前所未有地，他告诉了我自己以后想从业的方向。

我的儿子想成为一名建筑师。他告诉我这些以后，我发现自己眼里噙着泪珠。我最渴望的莫过于他能追求自己的梦想，不用过躲躲藏藏的生活，现在，愿望成真了。是山姆·凯德赋予了他我不能提供的梦想，对此我感激不尽。

第二天晚上，山姆和我一起拿着酒坐在门廊上，我告诉他康纳的梦想，他静静地听着。长时间的沉默后，他转向我。这是个多云的夜晚，积聚着暴风雨的强大能量，我们就在田纳西飓风的袭击范围内，但暂时没有得到任何警报。

山姆说："你很少提到康纳的爸爸。"

事实上我从未提到过。我既不能说，也不会说。所以我回答："没什么可说的。康纳需要生活中的偶像，那就是你，山姆。"

在黑暗中我无法看清他的脸庞，我也不知道是否吓到了他，还是令他感到愉悦，或者两者都有。我们之间这种张力紧绷的状态已经持续数周，除了传递工具或啤酒时偶尔触碰到指尖，我们没有任何的肢体接触。我不知道我是否还能对一个男人产生浪漫情愫，似乎也有什么东西阻碍了他向前一步。这也许是段糟糕的关系，是段不能称为爱情的感情。我既不知道，也不会问。

"很高兴我帮得上忙。"他说。他的声音听起来十分奇怪，但我不清楚原因。"他是个好孩子，格温。"

"我知道。"

"兰妮也是好孩子，你是一个……"他沉默了几秒钟，听起来像是突然喝了一大口啤酒，"你是个称职的好母亲。"

雷声在远处闷响，山后似乎打了闪电，虽然我们没有看到，雨水很快就要倾盆而下。此刻，空气闷热得不同寻常，我想给自己扇风。

"可我很累，"我跟他说，"你是对的。我们没有聊过他们的爸爸。但他……糟糕透顶。"

我想多说几句，但我脑中的万千思绪让我哑口无言——就在这天早上，我收到了梅尔的另一封信。信中，梅尔又在扮演模范父亲的角色，基本全是闲聊、回忆与孩子相处的点滴、询问关于孩子们的问题，让我紧张不安。在看到山姆怎样对待我的孩子后，我发现了天壤之别。我保存的所有照片中，梅尔都表现得像个好父亲——露脸微笑、姿势优美，但都是表面功夫。我知道，无论过去还是现在，他的所有亲昵，都只是真实情感下的阴影。

我坐在山姆身旁想着关于梅尔的事情，这让我想抚摩山姆，感受他的手指在我手中的温存。与其说这是吸引，不如说是一道护身符，一道我要用来驱走梅尔的灵魂、停止想起他的护身符。我终于意识到，我已经走到了要告诉山姆关于梅尔、关于我自己的真相的边缘。关于我自己的真相，如果我要倾诉，山姆会是我的首选对象。

我吃惊地发现，自己正在注视山姆，看着他一边喝着啤酒，一边望着湖面。远处突如其来的闪电照亮了他的脸，这个奇怪的瞬间，他看起来似曾相识，不像山姆，而像其他人。

一个我放不下的人。

"怎么了？"他转头迎上了我的目光，我觉得自己的脸部滚烫。奇怪的是，我局促不安。我没有脸红，但也无法想象与一位日渐熟络的男人坐在自己家的门廊上，为什么会突然觉得尴尬。

"格温？"

我摇头，转过脸去。但我很清楚他已经注意到了我的表情。感觉像是有一盏探照灯照在我的脸上，既温暖，又无所遁形。好在浓厚的云层让今夜格外黑暗。我留意到手中啤酒杯冰冷的温度，凝结而成的冷冰冰的水珠从我的手背上滑落了下来。

我想吻他，我想他回应我。

我浑身一震，这是一种真切而可怕的震撼。我已经很久、很久没有过怦然心动的感觉了。我曾以为以后再也不会出现这种感觉了，因为我已经被梅尔文地狱般的罪行燃烧殆尽，因为他背叛了我心底所有的信任。但此时此刻，我居然动了心，浑身发抖，想要山姆·凯德把唇轻落在我的唇上。我知道他也有一样的感觉，暧昧一触即发。

他一定也被这种油然而生的浪漫情愫吓到了，和我一样情难自控。他一饮而尽剩下的啤酒，说道："我要在暴风雨来之前回去了。"他的声音听起来异常低沉，黯然阴郁。我没有说话，因为我说不出话来。我实在想不到应该说什么。我只是点点头。他站起来，经过我身边走向楼梯。

他走下两级楼梯后，我终于按捺住内心的激动，控制好声音，鼓起勇气叫道："山姆。"

他停下来。我又听见雷声在闷闷作响，闪电又一次划破了夜空，像刀刃一样清晰可辨。

我转了转手中的瓶子，说："明天还来吗？"

他几乎转过身来，"你还想我来吗？"

"当然。"我回答。

他点点头，然后走了，走得飞快。我房子门前安装的安全信号灯感应到他，亮了起来。我看着他走向大门，走去路边，等灯熄灭时，他离家只有一半的路程了。五分钟后，雨开始落下，起初淅淅沥沥，轻敲着屋顶，随后像厚厚的雨帘，打湿了门廊的边缘。我希望山姆在雨点倾盆而下之前就到家了，也希望这场暴风骤雨不会冲毁花园。

我安静地坐着，听着大雨滂沱，喝完了剩下的一点儿啤酒。

我暗暗想，麻烦了。

自从我不再是吉娜·罗亚之后，还是第一次感到如此脆弱无助。

我们送走了夏天最后的闷热潮湿。随着时间推移，不知不觉之间，山姆和我都放下了防备，卸下了盔甲。我们在轻轻擦过对方的手时不再会退缩，我们开怀大笑，这种感觉实实在在、真切动人。

我终于觉得，我是个完整的人了。

我不会自欺欺人说，山姆修好了我身体内部坏掉的部分，我想他也不会这样自欺欺人。我们都伤痕累累——我一开始就看出来了。也许只有受过伤的人才能坦诚相对、接受彼此的所作所为。

我越来越少想起梅尔了。

到了九月份，天气变凉。学校开学了，康纳和兰妮看起来十分期待。不管欺负康纳的是谁（他从来没告诉过我），不可否认的是，他交到了越来越多的朋友。他们每周四晚上碰面，一直玩游戏到深夜。我为他们在玩游戏过程中展现的热情、激情和快乐而感到欣慰。兰妮假装觉得他们很烦，其实她没有。她开始从图书馆借奇幻类的书看，读完后还把这些书借给康纳。她不再叫康纳"杰尼龟"，因为她的朋友说这名字实际上很酷。

九月末的某个深夜，山姆和我依偎着坐在客厅里看一部老电影，孩子们早就睡了。我手里拿着一杯葡萄酒，倚靠在他身上汲取温暖，享受甜蜜的喜悦，宁静的平和。我没有想到梅尔，脑袋在放空。酒缓解了我持续的警惕和焦虑，也模糊了我的恐惧。

"嘿，"山姆的声音在我耳边轻轻响起，他的呼吸似在挑逗，"你还醒着吗？"

"很清醒。"我边说边倒了另一杯酒。他从我手中把酒拿过去喝光。我叫道，"嘿！"

"抱歉，"山姆说，"我现在需要一点儿勇气。因为我要问你件事。"

我僵住了。我不能呼吸，不能吞咽，也不能逃跑。我只是坐着，等着面具被掀开。

他说:"我能吻你吗,格温?"

我的大脑一片空白,像冰川上的雪地,冰冷、光滑又空寂。我被内心这寂静的降临之快,和几秒钟前那恐惧的消失之速吓到了。随后我感到温暖。这种温暖在瞬间发生,似乎就在那里,随时等候着。

我说:"如果你不吻,我才会介意。"

一开始只是试探,直到我们都有了自信和耐心。他的唇柔软却有力,我忍不住想起梅尔总是干巴巴的吻,他从没有所谓深入的举动。山姆的吻很认真,是波尔多黑樱桃浓郁的香味。这个吻让我意识到,自己对生命的了解甚少,与梅尔文·罗亚的婚姻中的损失甚多,在他的身上浪费的时间甚长。

山姆停了下来,他退后,重重地呼吸,没有说话。我靠着他,他用双臂环抱着我,我没有感到拘束,反而感到被重视,被保护。

"山姆……"

他在我耳边轻喃:"嘘。"

我没有再说话。我觉得他可能和我一样担心。看完电影后,我送他出去。在楼梯下他再次吻了我,像在承诺即将到来的美好未来。

第二天,我接到一封重邮过来的信件,我的心怦怦直跳,但不像之前那般焦虑。我仍然会采取一切预防措施:我小心翼翼拆开信封,戴上蓝色的橡胶手套,用器具展开纸,让它平铺在桌子上。

这封信是梅尔那一系列信件中的第二类信,可以说是在我预料之中。梅尔的语气平平淡淡,就像戴上了一层面具。他谈起读过的书(他总是读很多书,一般是晦涩难懂的哲学和科学);他哀叹可怜的人;他抱怨咖啡厅难吃的食物。他说他很幸运,有朋友给他在监狱小卖部的账户上打了钱,所以他可以买些东西,让监狱生活过得更加舒适。他还谈到了他的律师。但之后,我意识到他的信中有一些不同的新信息,让我感到隐约的不安。读到信的末尾时,我看到了,它是尾巴上的一根刺，深深刺中了我。

　　你知道吗？亲爱的，我最后悔的是，我们始终没有真正去那栋我们常提起的湖边别墅。那里听起来就像是天堂，不是吗？你在月光下坐在门廊上，看着夜色中的湖泊，这景象仿佛就在我眼前。这样的想象给我带来了内心的平静。我希望除了我，你不要与其他人分享这样美好的夜晚。

　　我想起了坐在门廊的那些夜晚。我喝着啤酒，在夕阳下看着湖面上的涟漪。"这样的想象给我带来了内心的平静，"他说，"我希望除了我，你不要与其他人分享这样美好的夜晚。"

　　他肯定看到了我们的照片，看到了我和山姆一起坐在门廊上。

　　说明他知道我们在哪里。

　　"妈妈？"

　　我一惊，手里的两把勺子掉下来压住信。抬起头，我看见康纳正站在厨房料理台的另一边看着我。在他身后站着比利、特伦特、杰森和达里尔，都是他晚上一起玩游戏的朋友。我都忘记今天是周四了，我本想做米香棉花糖招待他们，没想到也忘记了。

　　我迅速折起信，装进信封里，再把手套脱下来，扔到角落的垃圾桶里。我把信封塞进后背的口袋，问道："男孩儿们，要些零食吗？"他们都欢呼起来。

　　康纳一个人安静地站在那儿，一动不动地观察我。他知道肯定哪里不对劲儿，我试图用微笑让他安心，但他并不笨。我藏起内心的绝望，一边把黏稠的棉花糖奶油和米粉放在锅里，一边试着整理自己的思路。即便我的心思不在这里，一心只想考虑下一步的计划，我还是尽可能让孩子们高兴。

赶紧逃跑，所有的感觉都呼唤着我。**赶紧去换车，让孩子们进去。赶紧逃跑，重新开始，别让他再找到我们。**

但冰冷的事实是，我们已经一次次尝试了一走了之。我已经让孩子们被迫过着毫不自然、贻害无穷的生活，切断了他们与家人、朋友，甚至过去的联系。没错，我这样做是为了保护他们，但代价呢？看看他们如今所过的日子，我们已经在这里安定了整整一年，这才是真正的生活。我看见他们渐渐精神焕发，慢慢成长起来。

一走了之将会从根本上再次切断他们对美好生活的向往。早晚有一天，现在发生在他们身上的一切好事，都会因为再次搬迁而被扼杀在摇篮里。我不想再一走了之。或许是因为这间房子，通过我们的努力，已经成了——家；或许还因为这个美丽的湖泊，因为我从中享受到的宁静。又或许，是因为我脆弱、保守、谨慎的情感，终于被一个好男人夺走了。

不，不，我不能逃跑。该死的梅尔。我不会再跑了。是时候启用一个我很久以前就已经制订好的计划了，我曾希望永远不会用到。

孩子们享用着小吃，掷着骰子时，我走了出来，打给数年前阿布萨隆给我的一个号码。我不知道这个号码属于谁，我甚至不知道能不能打得通。这是个冒险的选择，我曾经尝试过冒险，也为此付出了高昂的代价。电话响了几声，最后转到了语音信箱。没有问候，只有一声"哔"。"我是吉娜·罗亚，"我说，"阿布萨隆说你知道我需要做什么。行动吧。"

我挂了电话，觉得恶心晕眩，似乎我正站在陡峭的悬崖边上。那个名字，吉娜·罗亚，让我感觉回到了过去，陷入黑暗；让我宁愿自己早已死去；让我觉得我所做的一切努力，到头来都是一场空——梅尔文随时可以夺走我的东西。

第二天早上，我打电话给关押梅尔文的监狱，预约了下一个探访日。

第五章

我需要找人陪着孩子们。

我在不断思考，痛苦不堪地想了几个小时，两眼空洞，把嘴唇咬得生疼。我有几个朋友可以寻求帮助，但是只有几个……仅仅几个。我想，我可以让孩子们坐飞机去他们的外婆那里，但我问了妈妈，发现她已经出城旅游了。我要做个决定，不能留兰妮和康纳独自在家，更不能带他们去我的目的地。

对于一个选择了不再相信任何人的人而言，这是个几乎不可能做出的决定。我想问问山姆。但我怀疑这是否正确，梅尔的事告诉我不能再相信自己的判断力。而我最不想看到的，就是让孩子们的性命面临危险。

我希望我认识更多的女人，但我在诺顿和湖边认识的大部分女人都冷漠无情、讨人厌烦，甚至对陌生人充满敌意。

这让我不知所措，陷入沉思，直到后来兰妮坐到我的办公室里，久久地盯着我。

我忍不住问："怎么了，宝贝？"

"那是我要问的，妈妈，怎么了？"

"我不清楚是怎么了。"

"你很清楚。"她说，更用力地盯着我。她眯起眼睛，我知道她要从我这儿得到什么。"你一直坐在这儿啃着拇指盖,而且你几乎没睡。怎么了?别告诉我我还太小不用知道,冲掉这些屁话。"

"冲掉"是她最新的口头禅,我笑了起来。我想,等她到了十六岁,说话会变得更直接。但现在,她把这个词用得妙趣横生。"我要出城一趟,"我告诉她,"只有一天的时间,你们很可能都在学校,不过……不过我要很早离开,而且很晚回来。我需要有人陪着你们,"我深吸一口气,"你们想要谁?"

她眨眨眼,因为她可能不记得我上一次问她意见是什么时候了。她也不会有任何印象,因为这本就不是我经常提出的问题。

"你要去哪里?"

"这不重要。别打岔,谢谢。"

"好吧,你要去看爸爸吗?"

我讨厌她依然叫他爸爸。她那上扬的音调甚至充满希望,让我战栗。我知道她也看见了我的表情。

"不是,"我只能说谎,尽量用平淡的语调说,"是工作上的事。"

"啊哈,"她回答,我判断不了女儿是否相信我的借口。"好吧。那……我想山姆可以。我是说,反正他都会过来修房子。你知道他和康纳还在添置甲板。"

听见她说山姆的名字,我大大松了一口气。而且她所言甚是,反正山姆都会在这儿。甲板工程的进度一点儿都不着急,今天一点儿,明天一点儿。

"我只是……宝贝,我不能在这里看着你们。我希望你们感到自在……"

"妈妈,拜托,"这次我得到了一个白眼,"如果我以为他是个可怕的人,我不会当面对他说吗?不会大声对你说吗?"

她会的。以前的莉莉很害羞,但兰妮不是。我知道我不能完全依靠一个十四岁孩子的判断,虽然她的话听起来还很靠谱。

在这件事上，我只能完全依靠自己。我必须铤而走险，我对这个想法感到畏缩。**我在用自己冒险。但是他们呢？我的孩子们呢？**

"妈妈。"兰妮往前靠，我看见她眼神坚定，透露着真诚。我似乎看见了她将来会成为怎样的女人。"妈妈，山姆很好。他很好，我们也很好。你去吧。"

你去吧。我缓缓地深吸了一口气，往后靠了靠，点点头。兰妮慢慢笑了，双手抱胸。她喜欢胜利的感觉。

"我会像鹰一样盯着他的，"她说，"而且我有哈维尔和格雷厄姆警官的快速拨号。没问题的，妈妈。"

确实没问题。但我需要的是剧增的信心。我决定接受挑战。我拿起手机，拨通电话的时候，我又和兰妮对上了眼睛。

电话响第二声时他就接了。

"你好，格温。"他平易近人的语气使我平静下来。我的声音听起来应该跟平常差不多，"我需要你的帮助。"

我听见水流的声音，我听见他把水关上，把东西放下，专注于我要说的话。"说吧，我会帮你的。"

简单直接。

"我大约需要出去十二个小时，"在我上飞机前的星期天晚上，我对山姆说，"我很感谢你留下来。兰妮很负责，但是她……"

"我懂，她只有十四岁。"他边说边喝了一口我给他的啤酒，山核桃味，他似乎很喜欢。手工啤酒是上帝的馈赠。我在吃巧克力，细腻顺滑，能舒缓我胃里的神经。"你不会想回到一个破烂、堆了一堆啤酒罐的家，对吧？"

"对。"我说，虽然我怀疑兰妮想开一个派对，不过我的离去不

· 123 ·

会让她感到自由。就像她这个年纪的大多数女孩儿一样，这只会让她感到脆弱。她也确实很脆弱。如果她的父亲知道了我们在哪儿，如果真的有人在代替他盯着我们……我尽量不去想入非非，但我很清楚现在外面可能有人在看着我们。日落时分，湖面上有几艘小船，正向岸边驶去。也许他们中的一个在我的门廊上装了个摄像头，这让我寝食难安。**梅尔会毁了这个家，他会毁了这一切。**

但这就是我要去看他的原因。让他明白我们现在有多少赌注。

我没有告诉山姆我要去的地方，我甚至不知道该如何解释这一切。我也不会告诉他我已经安装了无线摄像头：一个对着前门，一个对着后面；一个架在树上，视野更加广阔；最后一个在客厅和厨房区域的空调格栅里。我可以用摄像头上面的按钮轻易地切换视角。如果有紧急情况，我甚至可以用邮箱把视频链接发送到诺顿警察局。

我这么做并不是因为不信任他，只是我需要一些防范措施。

我问他："山姆，你有枪吗？"

他咳嗽着，转身好奇地看着我。我对他皱起眉，他懊悔地笑了笑。"抱歉，"他说，"你这个问题问得猝不及防。是的，我有把枪，怎么了？"

"你在这儿的时候介意把枪带在身上吗？我只是……"

"担心离开孩子们？没问题，可以，"他仍然看着我，声音低沉了一点儿，"有什么我需要知道的具体的威胁吗，格温？"

"具体的？没有。但是……"我犹豫不决，字斟句酌，"我觉得我们被监视了。听起来像疯了吧？"

"在这死湖附近？不可能。"

"什么？死湖？"

"这可不是我说的，是你女儿。我想这是她的一个哥特朋友想出来的。朗朗上口，不是吗？"

我讨厌这个说法。静湖听起来已经够让人毛骨悚然的了。"好吧。

总之，我的要求就只是照顾好他们，我会在二十四小时内回来。"

他点点头，说："如果可以的话，我继续弄那块甲板。"

"当然可以，谢谢。"

我冲动地抓住他，他牵了一会儿我的手。就这样，没有吻，也没有拥抱，却足以安慰我。我们坐下来，尽情享受这一刻。

终于，他站了起来，喝完最后一口酒，说："我会在早上你离开前过来，可以吗？"

"可以，"我同意，"我凌晨四点出发去诺克斯维尔，孩子们八点钟上学。他们可以自己起床坐车。直到他们下午三点放学回来，你都会一个人在家。我会在天黑后回来。"

"听起来不错。我保证我会吃光你的食物，收看付费节目，再从购物频道买一堆东西。"

"你还真熟悉开派对的套路，山姆。"

"当然。"

他给了我一个浓情蜜意的微笑，然后离开，走上山回到自己的小屋。我望着他，不自觉地在他身后微笑，感觉平淡真实。

平淡真实。当笑容淡去后，我终于意识到，现在的我们处于水深火热中。我一直自欺欺人地以为，我们可以生活在那个光明磊落的世界，但事实绝非如此，我生活的世界注定是一个暗无天日的世界，没有任何东西持久不变、合情合理、天长地久。我差点儿忘了，此时我已经把山姆也拉入险境。如果我要选择定居此地，即使是为了孩子们好，也冒着失去一切的风险。

永远没有万无一失的计划。这个时候，我不只是需要变得更加强大，我还需要绝地反击。

第二天一早，我就坐飞机从诺克斯维尔飞到威奇托市，我曾经生活过的地方。在威奇托市我又租了一辆车，开到埃尔多拉多。这个地方让人感到一种奇怪的工业气息，像个方圆几里都荒无人烟的大型制造业园区，但只要你看到周围锃亮的铁丝网，就知道绝对没有来错地方。我之前从未来过这儿，也不知道程序。这里的空气闻起来都很不一样，让我回想起从前的生活和那座早已消失得无影无踪的老房子。我在监狱里的时候，银行取消了它的抵押赎回权。一个月之后，有人放了一把火，把房子烧成灰烬，现在那里变成了一个纪念公园。

我有点儿自虐地打开谷歌地图，寻找我们以前住的地方。我试着根据记忆把房子盖在公园上方。在我看来，这座巨大的石头纪念公园恰恰坐落在梅尔的车库，也就是他屠宰间的中心。

我没有时间绕道走另一条路到埃尔多拉多。我也不能这样做。我只专注于一件事，就是遵循警卫的指示把车停在合适的地方，携带可以带进去的物品。我把我的西格绍尔手枪锁在吉普车上的枪支保险箱里，随身只有身上的衣服、预存了五百美元的现金卡、手机、平板电脑，还有吉娜·罗亚的身份证。

我耐着性子去登记，他们仔细检查我的身份证，录指纹。不仅是监狱的工作人员，前来看望家人的女人们也对我侧目注视、议论纷纷。我没有看任何人，熟练地和其他人保持距离。警卫对我的出现很感兴趣，因为我以前从没来见过梅尔，他们一定会在走廊上津津有味地讨论这件事。

接下来，除了身上的衣服，我把所有的东西都存放在警卫室，然后我被要求脱下衣服检查。过程很羞辱人，让我觉得被侵犯，但我还是咬紧牙关，毫无怨言地完成程序。梅尔喜欢下国际象棋，而这次探望就是将死他的重要一步。我绝不能因为要付出代价就临阵退缩。

当我重新穿上衣服后，便被带去另一间等候室，看着之前别人留下的八卦杂志消磨时间。警卫叫到我的时候，不知不觉已经过去一个小时了。这个警卫是个非裔美国人，年纪轻轻，脸部轮廓硬朗，双眼锐利冷静，看身材或许还是个健美运动员。我可不想惹怒他。

他把我领到一个狭小幽闭的隔间，里面有一个污迹斑斑的柜台、一把椅子和一部挂在墙上的电话，中间还隔着一块有划痕的厚重有机玻璃。这里整齐排列着一排隔间，万念俱灰的人们蜷缩在里面，徒劳无功地透过玻璃寻求平静和仁慈。我边走边听到零星的谈话。"妈妈不太舒服……""哥哥因为醉驾又被关起来了……""这一次付不起律师费……""我希望你能回家，波比，我们想你。"

我坐在椅子上，脑袋一片空白，因为我正通过模糊的屏障看着梅尔文·罗亚——我的前夫、孩子们的父亲，一个用优雅魅力让我神魂颠倒的人，一个在露天游乐场的摩天轮上空向我求婚的人。他一直等到我坐上去才求婚，让我无处可逃。当时我真是太傻太天真，只觉得足够浪漫；而现在我可以猜到，他想象着把我重重摔下再重新吊起，让我听他摆布时，会觉得多么有趣。

他对我而言已经劣迹斑斑，他每次微笑都机械生硬，每次大笑都虚情假意，每次表达的爱意都只是为了掩人耳目罢了。

这个怪物总是深藏不露。

梅尔不是个大块头，只是看上去比较强壮。在审判中我们得知，他始终利用诡计来引诱和接近女人，一旦他得逞，便会用电击枪和拉链来控制她们。他长胖了，柔软地颤抖着的脂肪层覆盖着肌肉，模糊了他曾经锋利的下巴。他对自己的容貌十分讲究，也希望我和他一样打扮得整整齐齐，以满足他的虚荣心。

我现在不太能轻易认出他了，因为他被打得鼻青脸肿。他脸上有变黑的瘀伤，右眼完全无法睁开，左眼只张开了一条缝，喉咙处有丑陋的红色瘀痕，左耳被严实地包扎起来。他伸手拿起电话时，我仍然可以清楚地看见他手指的轮廓，其中有几根被折断了，包扎在一起。

看到这一切，我难以形容内心的欣喜若狂。

我拿起电话，放到耳边，话筒里传来梅尔粗哑的声音，还是一如既往地冷静克制，"你好，吉娜。你才来看我啊！"

"你看起来很好。"我告诉他。出乎意料，我的声音和平时一样，毫无波澜。尽管我的内心此刻正在颤抖，甚至不知道是因为恐惧，还是因为看到他受伤引起的狂喜。他没有回应。"我是认真的。你看起来很好。"

"谢谢你能来，"听起来像他邀请我来赴宴一样，"我知道你收到了我的信。"

"我想你得到了我的答案。"我边说边往前靠，确保他能直视我的双眼，冷漠在我眼里如干冰般熊熊燃烧。他总是让我不寒而栗，但我不想让他看穿我的恐惧。"这是警告，梅尔。下次再耍我，你就死定了。清楚了吗？我们还需要再互相威胁一次吗？"

他看起来镇定自若。在被逮捕、出庭、判刑的过程中，我记得他也是这样一副冷漠超脱的神情。而那张他在法庭上回头看的照片，却将他眼中的邪恶暴露无遗。那才是他的本性，让人毛骨悚然。

他看起来几乎没在听我说话。此刻他脑中的噪声和幻想一定十分强烈。我不知道他是不是在想象把我的身体撕成碎片时我的尖叫声，或者把孩子撕成碎片时他们的尖叫声。我敢肯定他现在浮想联翩，因为他的瞳孔已经缩小到只剩一个代表着贪婪的小针点。他就像个黑洞，即便是光也无处可逃。"你在这儿一定已经买通了几个朋友，"他说，"很好。每个人都需要朋友，不是吗？但你让我出乎意料，吉娜。你从不擅长交友。"

"我可没时间跟你耍太极，浑蛋。我来是想让你明白，你要把我抛之脑后，放过我们。毕竟我们和你那些破事没有任何关系。**我要听你亲口承诺！**"我的掌心在出汗，一只手握住电话，另一只手按在肮脏的柜台上。我看不清他的眼睛，这让我抓狂，我需要看到他的眼睛，看看他在想什么。

"我知道你不是故意把我伤害到这个地步的，吉娜。你不是那种残忍无情的女人，你从来不是。"天哪，他的声音跟我记忆中的一样，冷静、理性，还带着同情。我敢肯定，他绝对练过如何说话。他会听他自己的声音，调整到正确的语调。而这一切，都是他蓄谋已久、居心叵测的伪装。我想起了那些我们并排坐在一起看电影聊天的夜晚，他的手臂环抱着我的肩膀；那些我们躺在床上的夜晚，我蜷缩在他身边。无一例外，他用的全是这样的语调。

你这个该死的骗子。

"我就是认真的，"我威胁他说，"每一处瘀痕，每一处伤口。你给我记住，这对我再也没用了。"

"什么没用？"

"这种……装腔作势。"

他沉默了一会儿。我差点儿就以为我的话伤害到他了。可是并没有，至少我完全看不出来。我希望我的话能像他身上那些瘀痕一样伤害到他的感情。

他再次开口了，这次用了完全不同的声音。不，是同样的声音，但语调和音色截然不同。他卸掉伪装，用他写第三封信的语气说："你不该惹我生气的，吉娜。"

我厌恶从他的嘴里听见我以前的名字。我厌恶他说我名字时发出的声音。

我没有回应，因为我知道，只有保持沉默才能摆脱他。我只是望着他，安静地坐在椅子上。他突然向前靠，驻守在护栏一侧的警卫紧紧地盯着他，目光像激光一样，手在电击枪附近徘徊。我猜警卫不想在家属面前开枪。

梅尔仿佛没有留意，或者根本不在乎身后的警卫。他压低声音说："你知道吗，你网上的粉丝还在找你。如果他们找到你那就太可惜了，因为我无法想象他们会做什么。你能想象吗？"

沉默像漏电的电线，在我们之间嘶嘶作响。我慢慢地向前倾，直到离玻璃另一侧的他不到十厘米。

"如果他们得到了我在哪里的线索，我第一个把你灭了。"

"告诉我你的计划，吉娜。我有我的势力，一直都有。"

我看着他。他右手拿着电话，但他的左手放在桌下，他的身体挡住了警卫，警卫几乎站在他正后方。警卫现在看着我，而不是梅尔。

我震惊地意识到，梅尔正在抚摩他的下体。策划谋杀我这件事让他兴奋。我感到一阵恶心，但并不害怕，我已经不是过去的我了。我依然看不见他的眼睛，可我知道里面的恶魔正在一点点显露。

我对此深恶痛绝，怒不可遏。

我低声说："把你的手从阴茎上拿开。下次你再惹怒我，你就什么都没有了。明白了吗？"

他无所谓地笑了笑，"如果我死在这儿，我知道的所有事都会被放到网上。我早已安排妥当，就像你一样。"

我相信他的话，因为这是典型的梅尔文会做的事：即便进了坟墓也要散播罪恶。他可不在乎会毁了他的孩子们——或者说不再在乎了。他爱过他们，这点我毫不怀疑，但那是自私的爱。他为孩子们骄傲，因为他为自己骄傲。他爱他们是因为他们无条件地爱他。

但到最后关头，我们都是梅尔刀俎上的鱼肉。我吃了很多苦头才弄清这一点。

他懂的只有暴力，这也是为什么我要向阿布萨隆寻求帮助。我要让梅尔文清楚地感受到他在追杀我们时所冒的风险。对死亡的恐惧是唯一能迫使他放过我们的东西。我不知道他能否感受到痛苦。我只知道他经历过，对他来说，恐惧是一件棘手的事。我可以肯定的是：他不想死，也不想终身残疾，除非是他自己干的。他的控制欲到了反常的地步，令人厌恶。

"我们做个交易吧，"我说，"你放过我们，停止追杀，我也不会让你在洗澡时被铁棒打死。怎么样？"

他的嘴唇肿裂了，但他还是笑着，紫色的皮肤舒展开来，裂成暗沉的深红色，他的下巴上流淌着鲜血。他断了的手指流出血水，干净的棉布绷带上沾满了红色的污渍。那就是他身上早已暴露无遗的恶魔。他仿佛没注意，或者根本不在乎。"亲爱的，"他说，"我从不知道你的身体里也有暴力的因子。说实话，很性感。"

"滚！"

"让我告诉你接下来会怎么样吧，吉娜。"他喜欢说我以前的名字，在嘴里滚一圈，回味无穷。随他吧，反正我不再是吉娜了。"我十分了解，你这个人毫无神秘可言。你会跑回你的乡间小地里，日夜祈祷不再继续受到我的威胁。你会犹豫一天，也许两天。然后你会意识到，你不能指望我的善意，你会再次带着我的孩子们逃跑。你知道吗，这种躲躲藏藏的生活会把他们毁掉。你以为他们不会受伤吗？布拉迪已经在默默发狂，你甚至都不知道，但我知道。苹果不会落在离苹果树很远的地方。你会逃跑，撕裂他们的生活，让他们在漩涡里陷得更深……"

在他平静诡异，甚至是嘲讽的声音中，我挂断电话站起来，透过脏兮兮的镜面注视着他。我还能看到镜面上由于出汗留下的手印和细腻的唇膏留下的丝丝唇印。

我吐了口唾沫。

唾沫沿着玻璃滑下，要不是他的笑容一直挂在脸上，看起来就会有点儿像他的泪水。有那么几分钟，我已经完全适应了监狱里消毒剂的味道和四处散发的汗臭味。我看到鲜血从他的下巴滴落下来。他那故作镇定、装腔作势的可怕声音还在我耳边徘徊，激起我内心的恐惧、厌恶和自我怀疑，因为我曾经如此相信这声音。

他还在对着对讲机说话。

我不会再拿起电话了。我把两只手都按在柜台上，用眼神紧紧锁住这个恶魔，这个我曾经的丈夫、我孩子们的父亲。他杀了超过十二个年轻女人，把她们沉在水里。尸体慢慢、慢慢地腐烂。她们中有一个的身份到现在还没有被确认，甚至没有人记得她。

我对他充满了令人窒息的仇恨，我同样也恨我自己。

"我、会、杀、了、你。"我一字一顿，让他即使通过隔音玻璃也能辨认每一个字，"你个肮脏下流的恶魔。"我很清楚监狱在这戒备森严的空间上方安装了摄像头，我的举动都被记录了下来，但我毫不在乎。如果有一天真的轮到我站在玻璃的另一边，那也是我为保护孩子们而付出的代价，是我应得的惩罚。

他咧开嘴唇，张开嘴巴大笑起来。我能看到他嘴里那个漆黑的洞。我还记得他曾用这张嘴咬那些受害者，咀嚼她们的肉。我想他犯案时的眼神一定和他现在看我的眼神一样，人面兽心，禽兽不如。

"跑吧，"我看见他说，"有本事你就逃跑吧。"

我转身离开，步履缓慢，内心平静。

去他的吧！

回机场的路上，我才感受到强烈的后怕，我浑身颤抖，以至于要靠边停车，去买一杯含糖量高的饮料来安抚我的神经。喝完饮料后，我决定绕道行驶。我戴着一副宽大的太阳眼镜，一顶金色假发和蓬松的帽子。太阳快下山的时候，我把车停在四个街区外，向曾是我们车库的公园走去。

这个小公园十分养眼，青草茂盛，修建整齐，旁边有鲜花环绕。大理石广场光彩照人，喷泉在上面冒着水花。我读了铭文，上面没有一个字提到这儿原是一个谋杀现场，只列了那些受害者的名字和一个日期，最后写着：永远和平。

视线范围内有一个露台，摆着有一张长凳和一套小的铁制桌椅，就在距离我们原来起居室三米左右的地方。

我没有坐下。我已经没有权利在这个地方放松心情。我只是环顾四周，低头沉思，然后快步离去。我不希望有人认出我或靠近我，只想作为一个普通人在阳光灿烂的日子里散散步。

但我感觉似乎有人在监视我，随后又觉得是自己太疑神疑鬼，最后才感觉有怒气冲冲、饥肠辘辘的鬼魂在周围游荡。我不能怪他们，我只怪我自己。

我快速走向车旁，快速发动车，像被人追赶一样。开出好几公里后，我才再次感到安全，脱下了令人窒息的帽子和厚重假发。我仍戴着墨镜，因为阳光太强烈了。

我再次停下车，拿出平板电脑。信号不是很好，我必须等它加载图像。随后我便从前门、后院、远处和内部观察我的房子。我看见山姆·凯德背对着摄像头，在甲板上敲打着木板。

我打电话给山姆，他告诉我一切都好。听起来像是平淡无奇、毫无波澜的一天。

而我知道，平淡生活对我们来说永远都是无法实现的梦想，我对梅尔的影响力之大感到惴惴不安。我现在不知道，可能永远也不会知道他到底是如何找到我们的。很显然，他有消息来源。不论是谁给他的消息，他们都意识不到他们的所作所为给我们带来的致命伤害。梅尔是个精明的骗子，高明的操纵者。他就像无孔不入的致命病毒。我真应该用我的枪杀了这个浑蛋。如果我打电话给阿布萨隆，要他安排最后一步棋，代价会比我能承担的大得多。毕竟是要买凶，即便是杀死一个死刑犯……我体内的某种情感在阻止我。也许这只是一种担忧：我被抓住后，孩子们会被单独留在这个世界上，他们会孤立无援、无依无靠。

后面的车程我都加倍小心，特别留意追踪者，只想赶紧回家。我离开的每一分钟，都是没有保护我的孩子的一分钟。我用特快通道还了车，可机场的安全检查似乎没有尽头，我真想对那些不知道如何脱鞋，拿出笔记本电脑，从口袋里掏出手机的白痴大吼。

可那些人再白痴也无所谓了，过了安检，我发现去诺克斯维尔的航班取消了。下一趟航班必须要再等两个小时。我算了算距离，有一种疯狂的冲动驱使我驾车回家，但显然那要花费更长的时间。

我不得不耐着性子等下去。我坐在插头旁边给平板电脑充电，看着监控视频。太阳下山了，图像变为粒状灰。我切换到房里的摄像头，看到山姆坐在沙发上看电视，手里拿着一个玻璃杯，兰妮则在厨房里做东西。我没看见康纳，可能是在房间里。

我又一直看着房子外面，以防……任何不测。我一直放着视频，直到空乘人员告诉我禁用互联网，才不情愿地把它关掉。我试着不去想失去联系的时间里会发生什么。起飞时间虽然短暂，对我而言却像过了好几个世纪一样漫长。接到可以用互联网的通知以后，我马上把平板拿了出来，连接到飞机的付费 Wi-Fi 上，再次打开视频检查。

一切看起来都风平浪静，但就连这也令人毛骨悚然。我想到梅尔血腥的微笑，发现自己像冻僵了似的，一直在发抖。也许是真的冷吧。我关掉头顶的空调，要了一条毯子，然后一直看着平板电脑卡顿的、时而失灵的画面，直到飞机落地。随后我暂停了视频，跑下舷梯，避开其他乘客，冲刺跑到出口。这让我气喘吁吁、浑身发热。

然后，我在夜晚潮湿的空气中疯狂寻找我的吉普车。上车以后，我又打开了视频，把平板电脑放在副驾驶座位上继续播放，从机场飞驶回静湖。我打电话给山姆，告诉他我在路上。

在保证行驶安全的同时，我会瞥一眼监控视频，因为我要一再确认：孩子们都很安全，没有人能找到他们……一路上，我不断想起梅尔残破的脸上那鬼魅般可怕的笑容。

他的笑告诉我，这一切依然没完。

没完没了。

第六章

当我开车回到通往静湖的转弯路口时，天色已晚。我开得很快，在漆黑的拐弯处超速行驶，只能暗暗希望今晚路上没有行人，没有车辆不打交通灯。如我所愿，宁静的路上既没有人也没有车。停好车后，我如释重负。矛盾的是，这个家，这个所谓的避难所，已经不复安全。所谓的"安全"只是个幻觉，终是梦一场。

当我停下来关掉吉普车的前灯时，山姆·凯德正坐在门廊上喝着啤酒。我想伸手关掉平板电脑，却发现电池已经完全耗尽了。我把它放好，调整呼吸，让自己平静下来。不知怎么，我下意识里不觉得我回到家会发现他们安然无恙，尽管这是我最大的心愿。

我从车里出来，走到山姆旁边，和他一起坐在门廊上，他默默地递给我一支冷冰冰的塞缪尔·亚当斯啤酒[1]，我拧开豪饮一口——回家的味道。

他说："这场旅行真快，一切还好吗？"

我不知道他想要什么样的回答，只说："是啊，但我还有些事要处理，处理完了，一切就结束了。"**不，还没结束，一切都还没结束，**

---

[1] 波士顿啤酒公司生产，酒精含量27%，堪称世界上最烈的啤酒。

我以为梅尔收到了消息，没想到他根本不担心，也不害怕。

这意味着我最好还是有所顾忌，做好防范。

"甲板做好了，过几天把板子放下来防水，就可以用了。"山姆犹豫了一下，又说，"格温，警察一小时前来过。他们想重新问一下你，那个……那个湖里的女人。我跟他们说你会给他们打电话。"

我有点儿反胃，但还是点了点头，想让自己看上去神情正常。"我想他们还在努力搜寻关于那位死者的线索，真希望他们快点儿破案。"

还有新的线索？难道是关于梅尔的？

他说："他们还没抓到凶手，我想什么都没解决，"他又喝了一杯，"你没隐瞒什么吧？"

"当然没有。"

"我这样问只是不喜欢他们给我的感觉，你跟他们说话要小心，好吗？或者找个律师陪你一起去。"

律师？我的第一反应是震惊而且抗拒，但后来我又想了想，这也许是个好主意。我可以向律师坦白我的过去，而他必须要替我保密，或许坦诚相待才能减轻自己的负担。但也许这根本行不通：如果我现在都不能完全相信山姆，那也更不可能相信诺顿的某个乡村律师。这镇子这么小，人们会一传十，十传百。

我换了个话题，"孩子们怎么样了？"

"都挺好，晚餐吃了比萨。他们一直抱怨要做作业，不过他们吃得很开心。"

"嗯，正常，"我突然觉得饿了，这一整天我除了咖啡和软饮没吃过任何东西，"还有比萨吗？"

"这俩孩子吃剩的吗？你觉得他们俩吃不完一个大比萨吗？"山姆笑了笑，"但我订了两个比萨，专门给你留了一个，加热一下就好。"

"太棒了。一起吃吗？"

我们坐在厨房的餐桌旁，默默地陪着对方。在我想要吃第三块比萨时，兰妮从卧室里轻轻走了进来，喝了一杯能量饮料，又偷了块比萨。

她抬了抬眉毛，说："你回来了。"

"听起来不太兴奋啊！"

她转了下眼睛，挥着手，提高声音，用让人讨厌又故作甜美的声音高喊："你回来啦！妈妈，我好想你！"

我差点儿被比萨呛到。她傻笑着躲进房间，"砰"的一声关上门。这刻意发出的声音让康纳伸出头来。他看见我，笑了笑，"嗨，妈妈。"

"嗨，宝贝。作业有需要帮忙的地方吗？"

"不用，我会做，很简单的。只是你回来了，我很开心。"

他的话听起来很诚恳，我也回以真挚热情的微笑。可康纳回房间以后，这种温暖消失了。我再次意识到，我们面临着严峻的现实：**梅尔知道我们在哪里。他知道。他讲起了布拉迪，他特别提到了我的儿子。**

是的，答案已经很明显了。哈维尔已经把车准备好，我要做的是开吉普车过去换回货车，打包行李离开，找个新家重新开始。我们可以用紧急身份证，我把它们和一些现金埋在了离这里大约八十公里的地方。我最好带三万多块在身上，因为我需要用比特币付报酬给阿布萨隆，以获得新的身份、干净的文件和背景材料，这至少要花掉一万块。他做这些事轻而易举，我只能猜想他是在某个隐秘的间谍机构工作，在那些地方，假身份和垃圾邮件一样随处可见。

梅尔文知道我要逃跑，他是这样说的。但每个人都逃避怪物，**除了杀怪物的人。**我脑子里有个声音在回响，这次不是梅尔的声音，而是我自己的声音，听起来不紧不慢、沉稳平静、足够自信。**别这样做，你在这里很开心，不能让他赢，你正占上风，他知道的。他不想死，但你随时可以扣动扳机。**

我思绪万千，吃完了比萨，喝完了啤酒。山姆看着我，他没有打破沉默，也没有问长问短。我就喜欢他这样。

最终，我还是开口了，说："山姆……我有事情要告诉你，听完以后如果你决定离开我，我一点儿也不会怪你。但我需要相信一个人，那个人就是你。"

他看起来有点儿吃惊，说："格温……"我感觉他欲言又止，于是我静静等待，但他没说什么。最后他摇了摇头，"来吧，跟我说吧！"

"到外面说，"我说，"我不想让孩子们听到。"

我们走到外面凉快的地方，一起坐在椅子上。有几缕云似的雾气从湖里冒出来，显得诡异而神秘。月亮只露出了一半，但夜空清朗，星星点点，像被猎枪击中的乡间路标。皎洁的月光与星星相互辉映，让我们能看清彼此。不过，我开口时并没有看他，我不想看到他那一瞬间的表情。

"我的真名不是格温·普罗克特，而是吉娜·罗亚。"

我等待他的反应，从眼角瞟他，而他的肢体语言并没有变化。

他说："好吧。"

我意识到他肯定不知道这个名字。

"我是梅尔文·罗亚的前妻，你可能会有印象，堪萨斯恐怖事件的那个主犯。"

他深吸了一口气，靠在椅背上，拿起啤酒放到嘴边喝光，然后静静地坐着，转着手中的酒瓶。我听到湖中泛起涟漪，但没有引擎的声音，他们也许是在雾天里划船吧。天色已晚，但有人就是喜欢深夜泛舟。

"我被当作从犯接受审讯，"我说，"他们称我为梅尔文的小帮凶。我不是，我对他的所作所为毫不知情。可别人不管这些，他们都觉得，我嫁给了一个怪物，天天同床共眠，我怎么可能不知道？"

"这是个好问题，"山姆说，"你怎么可能不知道呢？"他声音里带着刺，深深刺痛了我的内心。

我哽咽着，喉咙里还带点儿血腥味。"我不知道，除了……他很会伪装成正常人，装作好父亲。天啊，我压根没想到会这样，我只是觉得他……有些古怪。我们都给各自一定的隐私空间，像正常的婚后夫妇一样。我只知道有辆越野车撞破了车库的墙，他们在那里发现了最后一名受害者……**我看到她了**，山姆，我看到她了，我永远也忘不了那个场景。"我停下来看着山姆，但他没有看向我，他只是看着湖面上泛起的涟漪和腾升的雾气。他脸色苍白，我完全无法理解他在想什么。"我最后被无罪释放，但没什么意义，那些认为我有罪的人还是抓着我不放。他们想惩罚我，他们也做到了。我们只有不断搬家，不断逃跑，不断改名换姓。"

"也许他们有道理，"他的声音听起来有点儿不同，刻板而且严厉，"也许他们还是认为你有罪。"

"我没有！"我内心那个原以为已经升起希望的地方现在很痛，而那希望也正在一点点消逝，"那我的孩子们呢？他们不应该承受这些破事儿，**永远不应该！**"

山姆沉默了很长、很长一段时间，但他没有站起来，也没有离开。他在思索着什么，而我不知道那是什么。有那么五六次，我以为他要开口时，他似乎又因为改变主意而没有开口。最后他说话了，却不是我想听到的。"你肯定很担心被人找到，被受害人的家属找到。"

"是的，一直都担心，我已经无法再相信任何人了，你明白吗？我们终于能在这里安居乐业，山姆，我不想再一走了之了，但现在……"

"是你杀的她吗？"他问我，"那个湖里的死者。这是你现在告诉我这些的原因吗？"

我盯着他的侧脸，说不出一个字来。我觉得有些麻木，就像一个人被深深伤害后那样的麻木。**我犯了个很大的错误**，我想，**笨女人，蠢女人**。我从未料到山姆会这样，会变得如此之快。

"没有，"最后我只能简单回答，"我没杀过人，我也没伤过人。"这话当然不完全正确，我还记得今天看到梅尔脸上的伤疤和伤口时，那种苦涩的满足感。但到目前为止，那都是必要的。"我不知道怎样才能让你相信。"

　　他没有回答。我们又沉默不语地坐了一会儿。我感觉如坐针毡，但也不想先打破沉默。最后是山姆开了口："格温……对不起，我是否还应该叫你……"

　　"没错，"我告诉他，"就这样叫。在我看来，吉娜·罗亚死了很久了。"

　　"那……你丈夫？"

　　"前夫。还活着，在埃尔多拉多监狱里，"我告诉他，"就是我今天去的地方。"

　　"你还去看望他？"我很难忽略他语气里的深恶痛绝，我亲自粉碎了他对我的某些印象。"天啊，格温……"

　　"我没有，"我跟他说，"这是他被捕后我第一次去看他。相信我，我宁愿割腕自尽也不想再看见他。但他威胁我，威胁我的孩子们。这才是我想跟你说的——我不知他用了什么方法，总之他发现了我们的位置，他只要对跟踪我们的人说句话，就可以解决我们。我得去见他，明确告诉他我不会和他玩这个游戏。"

　　"那怎么样了？"

　　"跟我预想的差不多，"我说，"所以我要做一个重大决定，到底是一走了之，还是停留在此。我想留下来，山姆，但是……"

　　"但是离开更加明智，"他说，"听着，我不知道你在经历什么，但别担心你那个在监狱的前夫。如果是我，我更担心的是……受害人的亲属，他们失去了一个家人，或许他们觉得，必须要让梅尔文也失去一个家人才公平。"

我**确实**担心这一点。我担心的是真正的悲伤和愤怒，是网络暴徒的冷漠恶意。对他们而言，这只是反社会者在替天行道。我担心我们所有人。

　　"也许吧，"我说，"天啊，我甚至不能说我不懂他们的想法，因为我真的懂。"我停下来又喝了一杯啤酒，只为摆脱这种糟糕的滋味，"梅尔被关在死囚牢房里，但离执行判决还有很长一段时间，我想他会在那之前自杀。他不想失去对所有事情的控制权。"

　　"那或者你不应该逃，"山姆说，"他的目的就是让你害怕，然后一直逃跑。"他停了下来，最后把瓶子放在门廊的地板上，"你呢？害怕吗？"

　　"我快被逼疯了。"我告诉他。和梅尔在一起，**我疯了**。很奇怪，在梅尔面前，我像个水手一样破口大骂，因为他把我心底的愤怒都激发出来了；但在山姆面前，我不想说那样粗鲁的话。在他面前我不需要那样防备，也不需要用粗俗掩盖自己的脆弱。"我不会说我不在意那些发生在我身上的事，我当然会在意。但我的**孩子们**，他们遭受的苦难已经够多了。他们只是孩子……只不过刚好是他的孩子。我知道留下对他们的成长更好，但我怎么能冒这个险呢？"

　　"他们知道吗？关于他们的爸爸？"

　　"知道大部分吧。我尽量不让他们接触那些可怕的细节，但……"我无奈地耸耸肩，"互联网时代嘛。兰妮现在大概什么都知道了，康纳——天啊，我希望他没有知道那么多。就算对一个成年人来说，知道这些也已经够残酷了，我没有办法想象这件事会对他幼小的心灵造成什么样的伤害。"

　　"孩子们比你想得更坚强，也更可怕，"山姆说，"我自己就是。我曾经到处乱摸死掉的东西，讲血淋淋的故事。但想象和现实还是有差别的，千万别让他们看到照片。"

我记得山姆曾经在阿富汗待过，我想知道他在那里看到了什么，给他留下了如此挥之不去的阴影。在审判时，我不得不面对所有血腥暴力的照片，面对受害者家属的恨之入骨和怒不可遏。那时还没有那么多等着看我下场的人。当我被无罪释放时，那些人中只有四个留下来等待裁决，其中三个人威胁着要杀了我。

大多数亲属在那儿是为了等待梅尔的审判，顺便听了我的判决。结果让他们情绪崩溃，梅尔却觉得十分无聊，他甚至在庭上打哈欠睡着了。当一位母亲第一次看到她的孩子浮在水面上、脸已经腐烂掉的照片，当场晕倒时，梅尔甚至还笑了——这是我在媒体报道上看到的。

他打心底里认为那个女人的痛苦——那位母亲的痛苦——纯属无意义。

"山姆……"我不知道要和山姆说什么。我知道我心里暗自期待他对我说"会好起来的，我原谅你了"；我期待我的开诚布公并没有破坏我们之间脆弱敏感、无名无分的关系和我们共享的和平空间。

他站了起来，仍然面对着湖，把手插进牛仔裤袋里，不用想也知道他要离开了。他说："我知道把这件事说出来对你而言很难，我也不是不珍惜你的信任，但……我得好好想想。别担心，我不会告诉别人的，我保证。"

"如果我觉得你会说出去的话，就不会告诉你了。"我意识到，最难的不是让他知道真相，而是克服我内心的恐惧——我担心他会因此而背弃我，担心我们的友谊因此而走到尽头。我从来没想过会因此受伤，但我还是受伤了。我曾经努力保护的希望之苗被无情掐断了。我试着告诉自己，也许这样才是最好的，再也没有后顾之忧。但此刻，我只感到无尽的悲伤。

"晚安，格温。"他说着，开始走下台阶……但他没有完全走开，他犹豫了，最后看向我。我看不太清他的表情，至少那不是愤怒。"你不会有事吧？"

这话听起来像是跟我告别。我点了点头，没说什么，因为我说不出什么有用的话来。多疑和猜忌席卷而来，我开始胡乱猜测。**如果他不守信用呢？如果他四处八卦呢？如果他把这些发到网上呢？如果他发帖说明我们是谁呢？**

我突然意识到，我竟在无意中做了决定。这次聊天彻底断了我的其他念想。梅尔知道我们的位置，山姆·凯德也知道了来龙去脉。无论还是不是朋友和同盟，我都不能再相信他，我不能相信任何人，永远不能。我已经自欺欺人了好几个月，现在终于到了梦醒时分。这可能会让我的孩子们再次经历不快，但我必须要保护他们的人身安全，然后再关注他们的心灵成长。

我看着山姆走进了暗处，然后拿出手机给阿布萨隆发短信。

离上一条短信有一阵子了。我发过去：马上要离开，烧掉身份和手机，需要新身份搭乘飞机。现在可以使用备用文档。

不一会儿就收到回复了。我想知道阿布萨隆什么时候睡觉，如果他会睡觉的话。

新身份还是同样的比特币价格，但可能需要点儿时间，规矩你懂。

他从来不问是什么事让我们逃跑，我也不确定他是否在乎。

我进屋看了看孩子们，他们安然无恙，我希望这份平静可以持续更久，但只是异想天开。梅尔眼神中那种野蛮的黑色喜悦让这一切都毁于一旦，现在山姆也离我而去，我觉得自己在以一种从来都没有过的方式，赤裸裸地面对这个世界。

我拿了另一瓶啤酒坐在电脑前，按照阿布萨隆教我的步骤支付比特币。我突然想到，我还要烧了这台电脑，里面有太多信息了。我要把这台电脑的硬盘摔成碎片，扔进湖里，然后用备份驱动器在新电脑上重新开始。

焕然一新，我跟自己说，我明白这不仅是另一次撤退，而是撕掉另外一层外皮，我现在几乎只剩骨头了。

我开始在脑海里罗列出要销毁的东西，要打包的东西，要留下的东西。但我没能想多久，就突然听见一阵沉重的敲门声，响亮有力。我吓了一跳，拿起手枪，然后去看监控摄像头，看是谁在外面。

是警察，格雷厄姆警官，身材高大，和以前一样满脸皱纹。我十分意外，但还是把枪放回保险柜，锁上柜子后打开了门。他曾在我家中喝过饮料，但现在，他一脸严肃，毫无笑意。

"女士，"他说，"我需要你跟我走一趟，请。"

我盯着他看，脑里闪过很多想法。首先，他肯定在监视我，所以才知道我已经回家了，要么是山姆给他打了电话，这非常有可能；其次，这么晚来是要吓唬我，他是梅尔派来的人，让我退出游戏。这些都是战术。我几乎可以肯定，格雷厄姆和我一样了解这场游戏。

我站了一会儿，没有回答，也没有移动，我战胜了回忆带来的种种恐惧，最后才说道："现在很晚了，如果你有问题要问的话，欢迎进屋问，因为我不可能把我的孩子们单独留在屋里。"

"我会找个同事陪着他们，"他说，"但你要跟我到局里去一趟，普罗克特女士。"

我盯着他看。吉娜·罗亚，那个可怜兮兮、愚蠢懦弱的女人，本应该扬长而去，却只会怨声载道，言听计从。她总是言听计从。然而，我不再是吉娜·罗亚了，格雷厄姆警官今天非常不走运。

"有逮捕令吗？"我用一种平淡而严肃的口吻问。

这让他后退了一步。他的眼睛更仔细地上下打量我，重新思考震慑我的方法。他似乎想了一下，以一种更加友好的口吻说："格温，如果你自愿来的话，事情肯定会好办很多；要是走到逮捕令那一步，就等于自陷囹圄了。而如果事情变得更糟，甚至留下犯罪记录，你的孩子们会怎样，你以为他们还能跟着你吗？"

我没有眨眼，他无疑一语中的。真狡猾！"你要有逮捕令才能押我去警局。在你拿到逮捕令之前，我不会回答任何问题，我选择不回答是我的权利。晚安，格雷厄姆警官。"

我要关门了，我的脉搏跳动剧烈，肌肉紧张，因为他用手掌抵住木门，不让我关上。如果他用力，就能推开我，让我失去平衡，然后硬闯进来。我已经在脑海中迅速把所有选择过了一遍：枪在保险柜里，想使也使不上；解指纹锁也需要时间，在我打开之前他就能抓到我；最好的办法是退回厨房，我在厨房的垃圾抽屉里藏了一支0.32英寸口径的手枪，还有各式刀具。这种梳理是不由自主的，被多年的疑神疑鬼训练出来的。说实话，我想他不会诉诸暴力。

但万一他真的使用暴力，我必须有应对策略。

格雷厄姆警官站在那里，让门保持半开，面带歉意。"女士，我们从附近邻居那里收到消息，说那个女人的尸体被投入湖里的那晚，有人看见你在湖面的一条船里。这条消息刚好跟你女儿的描述相吻合，所以要么你现在跟我走，要么警长半小时后过来，他们是不会接受你的拒绝的。如果需要逮捕令来迫使你合作，他们也会带来。但要是你现在跟我走，对你来说就好办多了，而且显得更有诚意。"

"所以，我听到的是，你除了一条匿名的消息以外什么都没有。"我冷静地回答，即使我的脑海中有一个声音在怒吼：**是山姆！山姆这样对你！**更令我毛骨悚然的是，梅尔可能是幕后黑手。"祝你好运，我的记录是清白的，我是一个带着两个孩子的遵纪守法的女人，我不会跟你去任何地方。"

格雷厄姆最终放弃，让我关上了门。我轻轻地关上了，即使我很想摔门。当我把所有的锁都锁好，把螺栓都插回去，重新开启警报器时，我的手竟有些颤抖。

我转身看见康纳和兰妮正站在客厅，注视着我。兰妮已经走到她弟弟前面，手里还拿着刀。我突然想，我的疑神疑鬼是怎样影响了他们俩，尤其是我的女儿——即使没有直接的威胁，她也显然已经准备好不惜杀人也要保护她的弟弟。我多庆幸她手里拿的不是枪。

格雷厄姆警官是对的。我需要带她去靶场，好好教教她，因为我了解我的孩子——很快，我所有不能碰枪的命令都会失效。她在潜移默化中受到了我的影响，尽管她不想让我知道这一点。我看见她拿着刀站在那里，脸色苍白，虽然害怕，却义无反顾。我爱她，为她赴汤蹈火，在所不辞；但我也害怕，害怕我的爱让她变成另一个样子。

"没事了，"我说得很轻松，虽然不是真实情况，"兰妮，来，把刀放下。"

"我想刺杀警察不是个好主意，"她说，"但是妈妈，如果……"

"如果他们带着一些正式文件回来，我就乖乖地跟他们走，"我告诉她，"而你，你要照顾康纳。康纳，你要听兰妮的话。知道吗？"

"我可是家里的男子汉。"他抱怨道，这个回答让我心有余悸，因为我竟从中听到了他爸爸的回音。但和他爸爸不一样——康纳只是抱怨，并没有对谁构成威胁。

兰妮把刀插回刀架时，转了转眼睛，没有说话。相反，她向着康纳房间的方向，轻轻推了推他。但康纳站着不动，他正看着我，愁眉不展，眼神隐约透露着担忧。"妈妈，"他说，"我们应该离开这里，就现在，快走吧。"

"什么？"兰妮脱口而出。

我能理解。这个想法在她脑海里不是没出现过，她一直害怕一走了之，却又无法阻止它的到来。我已经让孩子们过着这种如履薄冰的生活太久太久了。

"不，不，我们不走。我们走吗？我们一定要走吗？今晚？"

我能听出她这话里明确无误的请求语气。她才刚交到朋友，这是她在威奇托市那一系列难以想象的恐怖事件中失去的东西。无论多么短暂，她找到了一点点幸福。但她并没有乞求，只是请求。

我没有回答，因为她自问自答了。她低头说："是的，是的，我们当然要走，我们必须走，对吗？如果警察挖深了，他们就会发现……"

"如果他们拿了我的指纹，没错。他们会发现我们是谁。我在拖延他们，争取点儿时间，"我深深地吸了一口气，心口发痛，"去收拾你们需要的东西，只可以带一个行李箱，好吗？"

兰妮说："如果我们现在逃跑，看上去会像是你畏罪潜逃。"她说的当然是对的，但我无法阻止这一系列事件的发生，这些事远远超出了我的控制。如果我们留下来，就是冒着双倍风险。逃跑虽然可能让我看上去有罪，但至少能让孩子们远离这一切。我可以在确保孩子们的安全后，再回来清理自己的事情。

康纳回了房间。

兰妮面带哀伤，沉默地看着我，跟着也回了房间。

我对着她的背说："对不起。"

她没有回应。

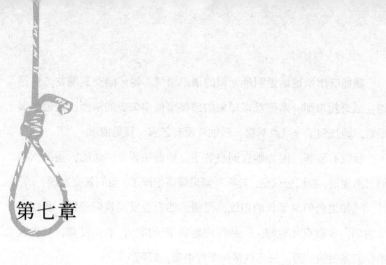

第七章

　　虽然已是深夜，我还是打电话给哈维尔，告诉他吉普车准备好了，让他尽快把货车开来。他没问什么，保证半小时后到。时间太紧了。

　　我走进房间，拆开我的手提电脑，装进应急包，方便一会儿拆散处理。在处置物品这件事上，我和前夫存在着相同之处。

　　这次不一样了，不是吗？ 当我把要带走的东西塞进背包时，梅尔幽灵般的声音响起：**你不仅要躲避跟踪你的人，甚至不只是我，你还要躲避警察。一旦他们真的要逮捕你，所有人开始追踪你，你觉得你能跑多远？**

　　我停下抓起相册的动作，我从未落下过这本相册，里面没有梅尔的照片，只有我和孩子们、朋友们的照片，就像梅尔不曾存在……只可惜现在他是正确的。不管怎样，一定要小心提防梅尔。如果我逃跑，警方会觉得我畏罪潜逃，那就变成另一回事了。我怀疑阿布萨隆不会帮我逃脱追捕，反而会第一个告发我。

　　有人敲门。我把相册塞进背包，拉好拉链放在床上。我其他的东西都是廉价买到的，很容易更换，随时可以丢掉。

　　打开门后，我看到哈维尔站在那里。"谢谢，"我说，"我去拿你的钥匙……"

他打断我，语带歉意地说："车的事……有件事……我从来没告诉你……只是……我想让你知道，我是后备警察。你打电话来要车的时候，我刚好在无线电里听到他们说要审问你。格温，你哪儿也去不了了，我必须得给他们打电话。"

普雷斯特警长站在他身后，穿了一套深色西装，打了一条蓝色领带，领结打得很随意，不知道是不是随手打的。他看上去既疲惫又生气，手里拿着一张折了三折、盖有公章的纸，展开给我看。"我很失望，普罗克特女士。我以为我们能好好说话，你却准备潜逃。我必须告诉你，看起来形势不妙。"

我感觉到圈套正向我逼近，不是一个松散的捕熊陷阱，而是一张牢不可破的网。我可以尖叫，可以愤怒，却不能再逃跑了。

前方是天罗地网，但我只能一往无前。

我不自觉地对哈维尔笑了笑，"没关系。"

他没有笑，而是小心翼翼地观察着我。他们都是，我想，尤其知道我有携枪许可证，知道我的危险性。我甚至在想他们是不是暗中安排了狙击手。我想到孩子们，举起了手，"我没带武器。请检查。"

普雷斯特实施着步骤，快速、冷漠地用手扫过我的头，我回想起这事第一次发生在吉娜·罗亚身上时，她被压在炙热的引擎盖上。可怜愚蠢的吉娜，那时还被蒙在鼓里，认为这是侵犯人权。

"没有武器，"普雷斯特说，"好了，那我们把这事儿办得更体面些，好吗？"

"如果你让我先和我的孩子们说两句话，我会安静地跟你走。"

"好吧。哈维尔，你和她一起进去。"

哈维尔点了点头，伸手从口袋里拿出一个黑匣子，插到腰带上，副警的金星在上面闪闪发亮。他现在正式上岗了。

我走进去，发现兰妮和康纳紧张地坐着，盯着门口，松了口气。

但当哈维尔也跟过来，在门口站岗时，他们的表情发生了变化。

"妈妈，"兰妮的声音有点儿沙哑，"一切还好吗？"

我陷在沙发上，用胳膊紧紧抱住他们，然后亲了亲他们，尽量温柔地说："现在我要跟普雷斯特警长去一趟。一切都很好，哈维尔会在这里陪你们，直到我回来。"

我抬头看哈维尔，他点了下头，看向别处。兰妮没有哭，但康纳哭了，哭得很安静。他用双手擦了擦眼睛，我看得出他在生自己的气。他们俩都没说什么。

"我很爱你们，"我说，然后站起来，"在我回来之前，要照顾好对方。"

"如果你回来的话。"兰妮说，几乎在耳语。

我假装没听到，因为如果现在看着她，我会崩溃，警察则会把我从他们身边拖开。我独自走出家门，走下台阶，走到站在车边的普雷斯特旁边。我回头看了看，看到哈维尔走进我家锁门。

"他们会没事的。"普雷斯特跟我说。他示意我坐到后面，然后跟着我钻进车里。我想，就像坐出租车一样，只是车门从里面打不开，不过至少是免费的。格雷厄姆在前排开车。

普雷斯特没有说话。从他身上我感觉不到任何气息，就像坐在一块被晒热了的花岗岩旁边，闻起来有点儿干洗液和旧香料的味道。我不知道对他来说我闻起来是什么味道，也许是恐惧的味道，一个有罪的女人出汗的气味。我知道警察是怎么想的，如果我不是——用他们的话说——犯罪嫌疑人，他们是绝不会来抓我的。之所以还是嫌疑人，是因为他们还没有收集到足够的证据来起诉我。我担心兰妮，在她生命中一个错误的时间里需要承担那么多责任。然后我意识到，我正在像真的有罪似的做着打算。

但我没罪。在静湖谋杀案中我是清白的。除了和一个错误的男人结婚，没有发现他是披着人皮的魔鬼之外，我没有犯过任何罪。

我慢慢地吸一口气，呼出来，然后说："不管你们认为我做了什么，你们都错了。"

"我从来没说过你做了什么，"普雷斯特说，"借用英国人的话说，你是在协助我们调查。"他特地模仿了英国口音，可惜他说得很差劲儿。

"可我是犯罪嫌疑人，不然你也无法拿到逮捕令。"我直截了当地告诉他。普雷斯特把纸展开来回答我：很好，的确是官方稿纸，纸的顶部有城市名称的标志，但"逮捕令"几个字是后来用黑体打印上去的，内容应该是图像设计师们用来填充空间的**乱数假文**[1]。我也曾经用过这招，这时我不禁轻声笑了起来。"我实话告诉你，以我们现在掌握的信息，还不足以拿到逮捕令，普罗克特女士。"

"道具不错，这个经常管用吗？"

"一直都很管用。这里的傻子们只看一眼就以为是'官方的拉丁文'或者其他的废话。"

这次我真的笑了，因为我能想象到愤怒的醉汉试图理解这个单词——**"官方的拉丁文"**时的模样。"那么，有什么事情那么着急，需要您半夜来找我？"

普雷斯特那近乎虚伪的微笑消失了，表情看上去生涩难懂。"你的名字。你一直以来说的全是谎话。我可以告诉你，虽然不太合适，我们今天接到一个关于你真名的匿名电话，说你可能一直计划着离开这个镇，所以我得赶快行动。"

我有点儿冷，但并不惊讶，这是我前夫做的一个逻辑游戏，用各种充满恶意的小把戏来伤害我，让我的生活更加艰难痛苦。他要把我困在诺顿，阻止我重获新生。我没有回答，而是转过头去。

---

[1] 指一篇常用于排版设计领域的拉丁文文章，主要目的为测试文章或文字在不同字型、版型下看起来的效果。

"你知道，这一切看起来有多奇怪。不是吗？"普雷斯特说。

我依然没有回答，我真的说不出什么话来让情况有所改善。我只能等着。车开上诺顿的主干道，迅速向镇上驶去。

普雷斯特把照片摆在我面前时，我并不畏缩。为什么？因为我已经看过梅尔文·罗亚那些可怕的"杰作"上百次，完全适应这种恐怖了。

只有两张照片依然会让我胆战心惊。

第一张照片里的女人全身赤裸，被金属套索挂在威奇托市的旧车库里，甚至更赤裸——她被剥去了皮肤。

而在梅尔的水下女人花园里拍到的那个女人在黑暗中诡异地漂浮着，双腿紧紧绑在重物上，有的地方几乎只剩下骨头。

他开创了一门处理尸体的学问，一门准确使用重量的学问，他用死掉的动物来试验，不断地计算、计算，直到他确定要加多少重量才能把尸体沉下去。这些都是他在法庭上说的。

梅尔比怪物更糟，他是只**聪明的**怪物。

我知道看着所有这些恐怖的照片时保持表情平静，毫不畏缩，并不会对我有帮助。但我也懂得这不过是一层透明的面具。我隔着照片与普雷斯特对视，说："如果你想震慑到我，你还要做得更过火些。你要知道，我以前接受审判时被迫看过这些照片很多次了。"

他没有回答，而是又拿出了另一张照片加到那堆照片里给我看。我意识到，这是在静湖码头上拍的，或许就是我家门前的那个码头。我能在照片边缘看到普雷斯特现在穿着的那种破旧的皮鞋鞋尖，这种亮黑色的鞋通常都是警察穿的，照片里的可能是格雷厄姆警官。我故意只看鞋子，避免看到照片的中心。

可我必须去看。照片中的女人几乎无法辨认，她那粉色的肌肉，淡黄色的韧带，偶尔隐约可见的白骨，凹陷下去的浊白的眼睛，以及被湿漉漉的黑发挡住了的半张被剥了皮的脸，简直就像来自一堂生动的现场解剖课。她的嘴唇看似完好，让人们对她生前的遭遇更加怜悯，我根本不敢多想为什么她的嘴唇仍然饱满无缺。

"她被绑上了重物，"普雷斯特说，"但吊绳被马达割断了，肠道细菌让她浮了上来。你知道，她没了皮肤，气体可以从很多地方散出来，不会沉在水底太久。不过我想这些你再熟悉不过了，你丈夫不就是这样做的吗？"

梅尔的受害者从来没有浮出过水面。如果**那件事**没有发生，他还会为他那寂静的水中花园再收集一打受害者。梅尔在他擅长的事上从来都驾轻就熟、万无一失。

我说："如果你是这个意思的话，对，这确实是梅尔文·罗亚喜欢对女人做的事情。"

"他把女孩儿们都扔进水里了，不是吗？"

我点点头。既然我已经把目光集中在那位死者身上，就不能再移开了。这很刺眼，就像盯着太阳看。我知道这张让人毛骨悚然的图像今后都会在我的脑海里燃烧。我试图忍住，但喉咙干涩发痛，我咳了一下，突然很想吐。我忍住了，可不知怎么，我开始冒冷汗。

普雷斯特注意到了，他把一瓶准备好的水推给了我。我拧开瓶盖，喝了一大口，舒服了一些，我喝完了半瓶才把它放到一边。我当然知道这是为收集我的 DNA 而精心策划的伎俩，但我无所谓，如果他等得起的话，完全可以向堪萨斯警局请求 DNA 确认。我的资料早已被记录、打印、拍照、归档完毕了。虽然吉娜·罗亚对我来说已经死了，我们仍然拥有同样的血液、骨头和躯体。

"你明白我的问题了。"他语气温和，语速缓慢，声音低沉，让我想起旧时的绞刑法官，想起头罩、绳套、绞索等工具，想起被绞的女孩儿在套索末端晃动。"在堪萨斯，你被怀疑是一起和这次案子相似的案件的从犯。我要说的是，你身边又一次发生这样的事，很难说是巧合吧！"

"我从来不知道梅尔做了什么，**从来不知道**，直到那天的意外。"

"有趣的是，你邻居说的可不一样。"

这让我很生气，尽管我努力保持冷静。"米尔森太太？她是个可恶的人，她把录口供当成真人明星秀的机会，她为了上新闻而做伪证，我的律师已经当庭摧毁她的证词了，所有人都知道她在撒谎。我什么都没做过，我被无罪释放了！"

普雷斯特没有眨眼，表情也没变，说："不管是否无罪释放，看起来对你来说都不太乐观，同样的罪行，同样的手法，我们先过一遍，一步步来。"他又放了一张照片，盖住了第一张，但几乎和第一张照片一样让人不安。我看到一个年轻的黑发女人面露笑容坐着，低下头去触摸另一个女人。另一个女人和她年龄相仿，金发碧眼，眼神甜蜜且充满渴望。可能是朋友吧，我想，她们长得不像是有血缘关系。

"这是她以前的样子。这个女孩叫雷恩·哈林顿，我们在湖里发现了她的尸体。她十九岁，喜欢这个地区，想当兽医。"他又放了另一张照片，女孩儿抱着一只裹着绷带的受伤的狗。虽然我明知他是想控制我的心理，让我多愁善感，可我的内心还是像经历了轻微地震一样颤抖，我转移了目光。"真是个可爱乖巧、与人为善的小女孩儿。**你别往别处看！**"

最后一句话如咆哮般震耳欲聋。如果他想让我畏缩的话，他绝对会失望——我在靶场，手里承受着枪的后坐力时都不会眨眨眼，我才不会在**这里**向他示弱。不过不得不说，他的审讯技巧实在是很高超。堪萨斯的警察很可能已经从普雷斯特警长那里知道了些什么。他的态度转换得这么轻松迅速，我毫不怀疑他曾在一些艰苦的地方受过严格的训练——听他的口音，很可能是巴尔的摩，他很可能制服过无数真正的罪犯。

可问题是，我不是罪犯。

我目不转睛地盯着照片，我为这个可怜的女孩儿感到锥心的痛，不是因为我做了什么，而是因为我是一个人。

"她还活着的时候，你就把她大部分的皮肤都剥掉了，"警长轻声说，就像我脑海中听到的众多声音之一，例如梅尔的声音，"她的声带也被割了，她甚至不能尖叫。无比残忍。我们的猜测是，她的每个关节都被尽可能地绑住，她的头被某种皮带固定住，你从她的脚开始慢慢往上剥，她被折磨至死，你知道活的组织会有反应，而死掉的组织没有。"

我一言不发，一动不动，我试着不去想她的恐惧、她的痛苦，不去想发生在她身上的事，以及她做的那些无谓挣扎。

"你做这些是为了你丈夫吗？为了梅尔？还是他让你为他而做的？"

我对他说："你大概觉得你的猜测很有道理。"我尽量把声音保持在同一语调、同一音量。也许普雷斯特警长脑海里也有声音，至少我希望如此。"我的前夫是个怪物，所以我也是个怪物？什么样的**正常女人**才会嫁给那样的男人？更不要说夜夜同床共枕了。"

当我抬头看时，普雷斯特正盯着我看，目光炙热，但我没有转移视线。我由着他看，让他**看清楚**。"我嫁给梅尔文·罗亚，是因为他向我求婚。我既不是美若天仙，也不是冰雪聪明，我受到的教育是找到一个爱人，结婚生子。对他而言，我是不二之选，因为我无辜、清白，傻傻地等待白马王子的出现。"

普雷斯特没有说话，他把笔按在记事本上，静静地看着我。

"事实是，没错，我是个傻子，我选择当全职妈妈，成为理想的妻子和完美的母亲。梅尔收入丰厚，我和他生了两个很优秀的孩子，我们有个很幸福的家庭，听起来和一般的家庭没有什么区别。我知道你不会信，我也不敢相信我就这么过来了。但我们共同度过了那么多个圣诞节和生日，开了那么多年家庭教师协会的会议，参加过那么长时间的舞蹈表演、戏剧俱乐部和足球俱乐部，遇到的所有人对他都没有任何怀疑。警长，那是他的天赋，他真的很会伪装，连我都分辨不出来。"

普雷斯特抬起眉毛说："我以为你要给我讲家暴受害者的反抗呢，这些是你的解释吗？"

"也许吧，"我告诉他，"也许那些女人大多数也都是家暴受害者，但梅尔并非……"我脑中一闪而过的，是在卧室里他用手收紧绕在我脖子上的衬垫的那一刻，是我看到他眼里冷冰冰的、鳄鱼般威胁的那一刻，我早该察觉他哪里不对劲儿。"梅尔是个怪物，不代表他不擅长其他事。试想如果是你，**和那个怪物同床共枕，让孩子和他待在一起，你会是什么感觉？**"

一片沉默。普雷斯特这次没有开口。

"从我看到被撞坏了的车库，知道真相的那一刻起，幸福的生活便彻底改变了。回头想想，我或许应该**看得出来，并察觉事情的真相**。我确实曾经发现过一些暗示，但那些微小的事情并没有前因后果，当时看也没有更多的特别含义，以我当时的思维定式和生活习惯，我不可能发现任何蛛丝马迹，"我又喝了一口水，塑料瓶像枪一样噼里啪啦作响，"无罪释放后，我改名换姓，竭尽全力保护我的孩子。你觉得我还会想为**梅尔文·罗亚**做任何事吗？我恨他，鄙视他，如果他现身的话，我会冲他的脑袋放完整个弹匣的子弹，把他打个稀巴烂。"我一本正经地说。我知道警察有自动识别真话的本领，他不喜欢我说的这番话，但管他喜不喜欢，我在为生命而战，在为想方设法拼凑起来的安全而战。

普雷斯特没有说话，他只是仔细端详着我。

"你没有证据，"我告诉他，"不是因为我是汉尼拔·莱克特[1]那种聪明绝顶的杀人犯，而是因为我从头到尾都是无辜的。我从来没见过受害者，我为她的遭遇感到遗憾，但我无法解释为什么这事会发生在我住的地方。我真希望我可以解释清楚。我的意思是，梅尔有狂热的崇拜者，他们将他的每一句话都奉为'圣经'。即便如此，我也不知道他是如何说服别人为他这样做的。他不是拉斯普廷[2]，他甚至不是曼森[3]。我不知道是什么能让人那么病态，你知道吗？"

"人的本性，"他直截了当地说，"所有说那是后天形成的恶习，或脑子受损的解释都是狗屁话。根本无法解释那些穷凶极恶的犯罪分子的行为，那就是他们的天性。"他说的是**那些**，而不是说**你们**，我不知道他有没有意识到这点。"既然你和他朝夕相处，为什么不跟我说说梅尔文是怎么变成这样的？"

"我不知道，"我说的是实话，"他父母都是很好的人，我们不常见面。他们看起来总是软弱无能。回过头来看，我想是他父母对他心有余悸，可他们在世时，我从来没有意识到这一点。"

"那又是什么让你把年轻的女孩儿撕成这样呢？"

我叹了口气，说："警长，我嫁给了一只怪物，我不够聪明，没能及时发现，我就做错了这一点。但这事儿不是我干的。"

他盘问了我大约四个小时。我没有叫律师，虽然我想过这样做，但我又想到，能在诺顿这个小地方得到的帮助，只是杯水车薪。不，

---

[1] 由托马斯·哈里斯创作的系列悬疑小说中的虚构人物，他沉着、冷静、知识渊博而又足智多谋，是令人恐惧的食人狂魔。

[2] 格里高利·叶菲莫维奇·拉斯普廷（1869～1916年），俄罗斯帝国神父，尼古拉二世时期的神秘主义者、沙皇与皇后的宠臣，被认为是俄罗斯正教会中的佯狂者。

[3] 查尔斯·米勒·曼森（1934～2017年），美国著名邪教组织"曼森家族"的领导人、连环杀手。

最好的策略还是坚持说出真相。虽然普雷斯特警长熟练地使用多种技巧，他还是无法让我顺从他的诱供。如果是以前那个敏感的吉娜·罗亚，他可能就成功了，但这已经不是我第一次受审，他知道的。而且他毫无证据。他仅仅接到了一个关于我的匿名电话。电话可能来自一个发现了我身份的"投饵"人，也可能来自被我前夫收买、来火上浇油的另一个人。不过，警长的直觉是对的——这个可怜的女孩儿以这种似曾相识的方式被残忍杀害，还被扔在我家附近的湖里，绝不是偶然。

有人在传递什么信息。

一定是梅尔。

在目前奇怪、不安的情况下，我希望确实就是梅尔做的，至少我了解他，知道他在哪儿。**但糟糕的是，他有帮凶，而帮凶会遵循梅尔的任何指示。**说实话，我被吓得魂飞魄散，我不想发现下一个死的人是兰妮，或是发现康纳在床上被残忍杀害；我也不想自己死在套索末端，在无法言说的痛苦中被活活剥掉皮肤。

普雷斯特让我回家的时候已经是凌晨了，诺顿简直是个鬼城，空荡荡的街上没有一辆车。警车转向静湖，天越来越暗。开车送我回家的是朗赛尔·格雷厄姆警官——或许是因为送完我后他可以直接回家。他没有跟我交谈，我也不想挑起话头。我把头靠在冰凉的玻璃窗上，希望可以小憩一会儿。今晚我睡不着，很可能明天也睡不着。那个被谋杀的年轻女人的照片在我眼皮子底下闪耀着可怕的颜色，挥之不去。

梅尔从来没有被他的受害者苦苦纠缠。他总是睡得很香，醒来时充满活力。

我才是那个做噩梦的人。

"到了。"格雷厄姆说。我意识到车停了，不知怎么，我闭上了眼睛，陷入了一种不太踏实的瞌睡状态。他过来开车门时，我向他道谢。他甚至向我伸出了一只手想扶我下车，我把它当成礼貌之举，接受了他的好意。但他没有马上放手，让我略感不安，我能看见——不，**感觉**到他在盯着我。

"我相信你，"他的话让我略感惊讶，"普雷斯特查错了方向。普罗克特小姐，我知道你和这事没关系。对不起，我知道这正在毁掉你的生活。"

我不知道普雷斯特透露了多少，有没有告诉格雷厄姆我的真实身份，告诉他关于吉娜·罗亚的事情。看起来，他还不知道我前夫是谁。

他似乎只是有点儿抱歉和担心。

我更热情地又感谢了他一次。他让我回去了。我走近门廊时，哈维尔走了出来，手里把玩着车钥匙。我想，他等不及要走了。

"孩子们……"我开口。

"他们很好，"他打断我，"睡着了，或者至少假装睡着了，"他冷冷地看了我一眼，"他扣留了你很久。"

"不是我做的，哈维尔，我发誓。"

他嘀咕了什么，听起来像"当然"，但很难听清，因为格雷厄姆又启动了他的警车。警车亮起的尾灯把哈维尔的脸照成了红色，他看上去十分疲惫，他揉着脸，似乎想把过去几个小时的经历统统抹掉。我想知道，一旦知道了我的过去，他会不会和山姆·凯德一样，不再当我的朋友。格雷厄姆警官也是如此——不是说他是一个真正的朋友，只是关系不错。没有人会和我成为朋友，除了孩子们，因为他们和我一样四面楚歌，插翅难飞。

"你到底在搞什么？"哈维尔问我，但我觉得他只是自问自答。"听着，我跟你说过我是后备警察。我欣赏你，可如果你真的犯了法……"

"你只要像今晚一样，恪守职责就可以了，"我点点头，"我知道。我只是有点儿惊讶你一开始答应帮我离开镇子。"

"我以为你在躲避虐待你的前夫，我见过很多次这样的情况，但我不知道……"

"你不知道什么？"这次我直接与他对抗，直视他的双眼。我看不懂他，我想他也看不懂我，至少不完全懂。

"不知道你卷入了这件事。"他说。

"我没有参与！"

"看上去不像。"

"哈维尔……"

"普罗克特女士，我们还是现实一些。如果你真的是清白的，我们还是朋友。在此之前，我们保持距离，好吗？如果你想听我的建议，你可以把房子里的枪拿出来交给靶场，我可以帮你保管，直到这件事结束，我能代表警局发誓。我只是不愿意想到……"

我轻声地说："不愿意想到警察来了会发现这儿有一个小小的武器库，也不愿意想到可能会造成的附带损害。"

他缓缓地点了点头。他的肢体语言没有什么攻击性，但隐藏着一股平静克制、充满阳刚之气的力量，让我想要信任他。

但我没有。

我对他说："我会一直保存我的武器，直到法庭颁令让我缴械。"我没有眨眼，如果他认为这是挑衅，那就随他去吧。从这一刻起，从这一刻开始的每一刻，我不能向任何人示弱，这不仅是为了我自己，更是为了家里的两个孩子，我要为他们的生命负责——他们在风雨飘摇中成长，我要尽己所能，全力保护他们。

我不会交出武器。

哈维尔耸耸肩，表示无所谓，但他充满遗憾的迟疑目光表明他十分在意。他没有说再见，只是转身走向他开来的那辆白色货车，我差一点儿、差一点儿就可以用它逃走了。我还没来得及说话，他便摇下车窗，把吉普车的车标扔给我。他没有说取消交易，但行动已经说明了一切。

我看着他开走了大货车，手里拿着车标，转身走进屋里。

屋里很黑很静，我重新设好警报后，又默默地将所有东西都检查了一遍。孩子们习惯了这个警报声，我觉得不会吵醒他们……但是我去看康纳时，兰妮打开了她的房门。我们在黑暗中对视了一会儿，她示意让我进去，然后在我后面关上门。

我女儿蜷缩在床上，双臂抱住膝盖。我认得这个姿势，尽管她可能没意识到，在我出狱后的几个月里，我发现她做过这个姿势很多次。这是个防御性姿势，虽然她把这个姿势做得很自然。

她说："他们没有把你关回去。"

"我什么都没做，兰妮。"

"你上次也什么都没做。"

千真万确。

"我讨厌这样。康纳吓得要死，你知道的。"

"我知道。"我回答说。我在床上躺下，她把脚趾往后挪，这样就不会碰到我了。这个防御性动作让我有点儿心碎，但当我把手放上她的膝盖时，她没有退缩，我松了一口气。"宝贝，我不会骗你，你爸爸知道我们的位置，我本来打算离开这里的，但是……"

"但是现在湖里有个死掉的女孩儿，警察查出了我们的身份，我们不能走。"她很聪明。她没有眨眼，但我看见有些像眼泪一样的东西在她的眼眶里闪烁。"我不应该说任何事儿的，如果我不说的话……"

"不，宝贝，你做得对。嗯，不要这样想。"

"如果我没说的话，现在我们已经走了，"她坚持往下说，"我们可能又会无家可归，但至少我们是安全的。他不知道我们在哪儿，妈妈，如果他知道的话……"

她停了下来，闪亮滚圆的泪珠从脸颊上流下来。她没有伸手去擦，我甚至不知道她有没有意识到自己在哭。

"他会伤害你。"她轻声抽泣，头向前倾，把额头靠在膝盖上。

我挪到她身旁抱住她，我的孩子。她身体僵硬，全身紧绷，甚至在我面前都无法放松。我只能告诉她会没事的，但我知道她并不相信我。

最后，我把她留在那儿，任由她把自己关在保护球里，去看她的弟弟。他似乎睡着了，但我觉得他是装睡。他脸色苍白，眼睛下面还残留着上次打架留下的淡紫色伤痕。他太累了。

我也很累。

我悄悄关上门，走进自己的房间，在寂静的静湖的怀抱中，沉入无梦的酣睡。

清晨，又有一具女尸漂浮在湖上。

第八章

我被一阵尖叫声吵醒，腾地从床上起来，甚至在意识到醒来前就爬下了床，以消防员一般的速度套上牛仔裤和 T 恤，穿上鞋子，朝门口走去。走出房间，我才知道尖叫的不是孩子们，他们也正从房里跑出来。兰妮穿着法兰绒长袍，睡眼惺忪；康纳仍光着上身，穿着睡裤，头发向一边竖着。

"待在这儿别动！"我冲他们喊，跑到前厅拉开窗帘，盯着湖面。

尖叫声是从一艘离码头五六米的小船上传来的。小船里有两个人，一个是头戴渔夫帽、身穿工装马甲的年长男人；另一个是女人，比我年长，头发灰白，直往男人身上退。男人抱住她。小船猛烈地摇晃着，女人突然的后退几乎要让小船倾覆。

我关掉警报器，跑到外面，脚撞到了砾石，又撞到了码头的木头，然后我看到了尸体，放慢了脚步。

这具尸体是夜里冒出来的，一具裸尸，面朝下浮上来，长发像海藻一样漂在水面上。昏暗的晨光下，生鸡肉色的裸露肌肉看上去令人作呕。毫无疑问，有人把她臀部和后背的大部分皮肤剥掉了，宽大的裂缝露出她白色的脊柱。她没有被剥掉全部皮肤，这次没有。

船上的女人突然不叫了，冲到小船一侧不停地呕吐。男人一声不响，很自然地稳住船，这是一个以水为生的人的正常反应，不过他实际上不是本地人。他明显也受到了惊吓，面无表情地盯着前方，试图理解这一切。

我拿出手机，拨打"911"。我别无选择，事情发生在我家门口。接通电话以后，我想到一个不可避免又骇人听闻的事实——尸体一直沉在水下，像懒洋洋的幽灵气泡那样缓慢上升，直到最后打破湖面的平静。昨晚我和哈维尔聊天时，尸体漂浮在湖面；昨晚我睡觉时，尸体漂浮在湖面；那个深夜我坐在门廊上，和山姆·凯德一边喝啤酒一边讲着梅尔文·罗亚时，她可能就在更深的水面下。

船上的女人又吐了，并哭了起来。

电话那头终于有人接听了，我没想过要多说什么，只描述了现场和地点，并报了我的名字。我知道我听起来太过冷静了，当调查人员回放录音时，证据会对我不利。他们让我别挂电话，但我没理会，而是挂掉电话，把手机放回口袋，因为我要思考一下。如果说一个女人惨遭杀害可能还是个可怕的巧合，两个则肯定是预谋已久。警察很快就会来，我会再次被带走。这下问题可就严重了。

我会被逮捕。

我会失去我的孩子们。

短信铃声响了，我拿出手机，是阿布萨隆用匿名号码发来的。我扫了一眼，是一条链接。我点进去，看见屏幕上满是一块块留言板。我没留意是哪个板块，只把第一个板块的留言放大来看。

是关于我的。

新发现：杀人的婊子！兄弟们，我找到了梅尔文的小帮凶！有图有真相，实锤！他的小崽子们和她在一起，所以她还没有淹死这些小杂种。更劲爆的是：又发生了一起谋杀！晚点儿见。

回复很多，数以百计，一开始都是些开玩笑的信息，一些称不上答案的回复、暗示、对谣言的否认等。我滑了大约五下，有人抛出了一个致命的事实：

婊子正躲在田纳西州。

这肯定会让至少一半的人争相搜索。我立刻明白，如果发帖者知道我在田纳西州，几乎就意味着他肯定知道我在静湖，他很可能看过梅尔文看过的照片，或者，他就是这些照片的源头。我的应对策略对我的杀人犯前夫并不奏效，他放了狠招。我想他正躺在床上幸灾乐祸，正想着我的安全被一点点剥去，就像被剥去皮肤一样，边想边自慰。

我难过得无法呼吸，感觉身体失重往下沉。完了，**我们都完了**，我做的一切准备，每次逃跑、每次躲藏，都失去了意义。互联网上没有任何隐私。那些网络暴徒永远不会放过我们。

我听到远处传来警笛声，警察正在赶来。女孩的尸体漂浮着，头发像烟雾一样徐徐扭曲地旋转着。小船正向码头划去，渔夫一定是终于从恍惚中清醒过来了。我抬起头，看到他脸上已经了无血色，像心脏病发作前一般苍白。他不遗余力地划着船，他的妻子软绵绵地靠着他，看上去和他一样糟。这些人原以为安全正常的世界在他们脚底下变成碎片，他们坠入了一个暗无天日的空间——我曾经生活的空间。

我看到了警车。警灯闪烁着，从远处的山上向诺顿驶来。

我发短信给阿布萨隆：现在已经不重要了，我就要被捕了。

在他的回复伴随着手机的强烈振动到来之前，有一段似乎没有尽头的间隔，像要蜇人前愤怒的黄蜂。

他妈的！是你干的吗？

他必然会问。每个人都会问。我回复他说不是，再次关掉手机。

小船猛地碰到码头，几乎是撞上的。我向渔夫扔了条绳子，无意中打到了他的妻子，但她似乎都没有注意到。

我感觉到有人在看着这边。我转过头，山姆·凯德站在门廊，离我大约有两个足球场的距离。他穿着红黑相间的格子浴袍和拖鞋，紧紧盯着我，盯着神志不清的船上乘客，我感到他的注意力移到了湖里的尸体上，再回到我身上。

我没有转移目光，他也没有。

他转身走回他的小屋。

我把比我年纪大一点儿的女人从船上扶上码头，然后把她的丈夫也扶上来，让他们坐在附近的长凳上，跑回家里取保暖毯。我把保暖毯披到他们肩膀上的时候，第一辆警车在几米外停了下来，灯光急促地闪烁着，但没有响起警报。跟在后面的是辆矮矮胖胖的小轿车，看到普雷斯特警长坐在驾驶室里时，我一点儿也不惊讶，他大概一夜没睡。

我觉得浑身麻木，无法呼吸。普雷斯特警长下车时，我站直了。另外两名穿制服的年轻警察从车上下来，都不是格雷厄姆警官，我认出他们来自诺顿附近的地区。还有一整队警车和更多的警察正向我们驶来。我有种感觉，似乎这一天迟早要来，不可避免。我知道我应该害怕，但事实上我并不怕。不知为什么，看到湖里这个可怜的女人惨遭杀害、浮上湖面的那一刻，我心里所有的恐惧都消失得无影无踪。在某种程度上，我似乎早有预感。

我看到普雷斯特走来，便转向他说："请确保孩子们的人身安全，有人把我们的位置泄露到了网上，孩子们受到了死亡威胁，是真实无误的死亡威胁。我不在乎现在我会怎么样，但他们一定要安全。"

他脸上表情严峻，默默点了点头。他站在我旁边，看着另外两个目击者。他问他们问题时，我转身走开了。我看着山姆·凯德的小屋，不一会儿，我有了新的发现——山姆又出来了，穿着褪色的牛仔裤和简单的灰色 T 恤。他把门锁上——我留意到有两把锁——然后慢慢下了台阶，朝我们走来。巡警还没围好警戒线，也没有什么必要围。山姆径直走来，停在了离我只有几米远的地方。我们好一会儿都没开口说话。他把手插进牛仔裤口袋里，前后摇晃着，他没有盯着我，而是盯着湖里漂浮的尸体。

"要我给谁打电话吗？"他对着空无一物的空气问，仿佛在问死去的女孩儿。我也没有真的在看他。这是一场我们谁也不愿进行的谈话，我们都是这样的人。

"我想有点儿晚了。"我指的是对死者和我来说都晚了。我们都漂泊不定，被抛弃、被暴露在这个世界，看不到一丝希望的光亮。但我立刻为自己的这个想法感到羞愧——我并没有在施虐狂的手中遭受数小时甚至数日的非人待遇，也没有感受到气息奄奄的极端恐惧。我只是嫁给了一个施虐狂。"我跟普雷斯特说了，要他照顾好康纳和兰妮。我希望你能确保他会这么做。我们的消息、我们的地址被泄露了。山姆，是你干的吗？"

他突然把注意力转移到我身上，很正常。我也能看出他很惊讶，态度发生了转变。"我干了什么？"

"你把我的消息放到网上了吗？"

"我当然没有！"他皱着眉头，脱口而出。我相信他。"我不会那样做的，格温。不管发生什么事，我都不会把你和孩子们置于这样的险境。"

我点点头，我没想过真的是他，虽然他是合理的怀疑对象。不，我想可能是诺顿警察局里一些自作聪明的人，决定让自己认为的匿名的正义得到伸张。这些"聪明人"甚至可能只是个办事员，或是任何一个知道我真实身份的人，从警局下层到警长普雷斯特。我不会真的责怪他们，因为没人会忘记梅尔文·罗亚。

也没人忘记梅尔文的小帮凶。人们对男性连环杀手有一种疯狂而病态的迷恋，对女性帮凶则更为痛恨。这是一锅融合了对女性的厌恶和自以为是的愤怒的毒汤，包含了一个简单而直接的事实：毁掉这个女人**可以**，毁掉其他人**不行**。而我，永远不会因为无辜而被原谅。因为在他们看来，我永远不会是无辜的。

山姆又看向别的地方，我有点儿无法抑制地想，**他想告诉我一些什么？向我坦白什么？**但他始终一言不发，然后他摇了摇头，朝我家走去。

普雷斯特警长说："凯德先生，我也要和你谈谈。"山姆没有转过身来，也没有转移注意力。

"您可以到普罗克特女士家里找我，"他说，"我要确保孩子们都没事。"

我听见普雷斯特在和其他人争论要不要尽快行动，但是很明显他决定等：他已经钓到大鱼了，没必要把时间浪费在无足轻重的小鱼上。

我迅速给兰妮发短信，说可以让山姆进屋。他走到门口时，兰妮打开了门，扑进他怀里，康纳也是。让我惊讶的是，他们很轻易地就做到了欢迎他，我承认这让我的心有些隐隐作痛。有史以来第一次，我怀疑我继续停留在他们的生活中对他们来说到底是好是坏，到底是在保护他们，还是在**不断伤害他们**。这个问题非常严肃可怕，让我喉咙发痛，喘不过气。而且，这个问题现在或许已经不在我的掌控中了，孩子们很可能会被社会福利机构接收，我很可能再也见不着他们。

停下来！你现在的想法正中了梅尔的下怀，你就像个无助的受害者，别让他抢走你得到的一切，要背水一战。

我闭上眼睛，让自己放下烦恼，放下痛苦，放松呼吸。我再睁开眼时，发现普雷斯特警长已经为发现尸体的两个划船人做好笔录了。他正向我走来。

我没有等待，而是转身朝他的轿车走去。我听到他轻微的脚步声——他放松了警惕，但他没有告诉我不必这样。我知道他想私下再次问询我。

我们坐进后座，我坐在副驾驶的一侧，他坐在司机位后面的位置。我慢慢地叹了口气，陷进温暖而廉价的车垫里。我突然累了，出于动物本能，我还很害怕。但我知道，我对发生的一切无能为力。

"你说网上有关于你的消息泄露了，"普雷斯特说，"在我们开始之前，我想让你知道这绝对不是我的所作所为。如果是我们局里的人，我一定会把他们找出来，好好教训一顿。"

"谢谢，"我说，"但现在这没什么用了，不是吗？"

他也知道没用。他犹豫了一会儿，从口袋里掏出一台数码录音机打开，对着它说："我是诺顿警察局的普雷斯特警长，今天是……"他看了看手表。我觉得有点儿搞笑，直到看见他戴着的是一块带日历的老式手表。"九月二十三日，时间是七点三十二分。现在我正在审问格温·普罗克特，也就是吉娜·罗亚。普罗克特女士，我现在要宣读你的权利，这只是个流程。"

当然不只是流程。我笑了笑。我听着他用低沉而轻松的声音列举那些权利，就知道他是个训练有素的警官，宣读过很多次米兰达权利 [1]。他讲完后，我告诉他我都理解，我们很愉快地过了遍程序，在这件事上，大家都是老手。

普雷斯特的声音变得低沉而安静，"你想让我叫你格温吗？"

"那是我的名字。"

"格温，今天早上在你屋前的湖里发现了第二具浮尸，你要知道，鉴于你……你的过去，这看起来形势不妙。你的丈夫是梅尔文·罗亚，他的过去并不那么光彩。如果说我们在湖里发现的第一具女尸是个奇怪的巧合，我勉强同意。但发现了两具？明显是预谋已久。"

"不是**我的**预谋，"我回答，"警长，你可以用上百万种方式，问我

---

[1] 犯罪嫌疑人保持沉默的权利，是一项具有特殊意义的法律制度。

上百万个问题，我也打算把我知道的一切都向你坦白。今天早晨，我被尖叫声吵醒，然后我和两个孩子同时走出房间，这一点他们可以做证。我出来是想看看发生了什么事。我看到两个人在船上，还有一具尸体浮在水里。这就是我所知道的一切了。对于第一具尸体，我知道的比这还少。"

"格温。"普雷斯特的语气充满责备，听起来像个失望的父亲。理智上，我很欣赏他的策略——很多警探狠狠地攻击过我，但普雷斯特不同，他凭直觉就知道如何让我卸下防卫，知道仁慈才是对付我的最好方法，"我们都知道这事儿没完没了的，不是吗？现在我们重新开始。"

"刚才就是重新开始了。"

"不是从今天早上开始。我想回到你第一次看到像这样被肢解的尸体的时候，告诉我你那时的感受。我看过庭审记录，看过所有我能拿到的视频，我知道当天你在家里的车库看见了什么，你感觉怎么样？"

认知策略。他试图带我回到痛苦的时刻，让我回到那种无助的恐惧中。过了一会儿，我说："感觉整个生活都崩塌了，就像我一直活在地狱里，却毫不知情。我很害怕，我不仅没见过，没听过，甚至没法想象这样的事。"

"那当你意识到你丈夫有罪，不只是一桩谋杀案，还有其他谋杀案的时候呢？"

我的声音有点儿刺耳，"**你觉得**我感觉怎样呢？我还有感觉吗？"

"我不知道。普罗克特女士。我想你改名换姓、掩人耳目的行为已经够糟糕了。或许你只是为了让人们不再骚扰你。"

我盯着他。但是当然了，他是对的，尽管他刻意弱化了自己的态度。对于大多数生活在正常世界里的人来说，把网络暴徒的威胁太当回事是软弱无能的表现，而普雷斯特也是其中的一位。我突然很欣慰孩子们正和山姆待在一起，如果电话响了，他能应付接二连三的谩骂，虽然他会被那些谩骂的强度和音量震惊到。多数男人都会。

我觉得异乎寻常的空虚，我已经太累，累到不想理会了。一想到我所有的努力、花的所有钱都付之东流，便觉得也许我就应该留在堪萨斯州，让那些浑蛋们使出浑身解数。如果我付出了努力，一切还是以同样的方式结束，那我为什么还要费尽心思，去尝试建立一个新的安全空间呢？

普雷斯特在问些什么，而我没听到，只能让他再问一次。他看上去很有耐心——好警探看上去总是很耐心的，至少一开始是这样。"帮我梳理一下你上周都在哪里。"

"从什么时候开始？"

"上星期天开始。"

真是个看似随意的开始，我必须照做。这并不困难，我的生活通常都不太忙碌。我猜第二个受害者应该是在星期天前后失踪的。我给出了我详细的行程，但随着行程的推进，我发现我需要做一个决定——飞去埃尔多拉多监狱看梅尔文刚好也在这段时间里，那么，我是否要告诉普雷斯特，我去找过我的连环杀手前夫呢？还是对此隐瞒，希望不被发现呢？我意识到后者并不是一个合适的选项。普雷斯特是个出色的警长，他会去查探访记录，会知道我见过梅尔文，更糟的是，他会发现那就是尸体出现的前一天。我别无选择，有股看不见的力量驱使我沦落到今天这个地步。我低头看着我的手，又抬起头，凝视着轿车的前窗。这里很暖和，空气里弥漫着一股陈年的劣质咖啡味。审讯室的环境没准儿更差。

我转头看着普雷斯特，告诉他去埃尔多拉多监狱探监的事，告诉他可以在我的房子里找到梅尔文·罗亚信件的复印件，告诉他网上接二连三的谩骂和接踵而至的威胁。我没有夸大事实，没有哭泣，没有颤抖，也没有示弱，我觉得那样毫无益处。

普雷斯特点了点头，仿佛早已知道，可能他真的知道，也可能是他演技很好。"普罗克特女士，现在我要把你带回警局，你明白吗？"

我点点头，他从背后拿出手铐，它就在他挂在腰带上的旧扣子里。我转过身来，毫无怨言地让他把手铐锁上。他边戴手铐，边告诉我我因涉嫌谋杀被捕。

我说不上惊讶，甚至说不上生气。

盘问进展得很艰难，持续了几个小时。我喝了劣质咖啡、水，吃了冷冰冰的三明治，里面夹着火鸡、奶酪和其他东西。我几乎要睡着了，因为早已心力交瘁。终于，我不再感到麻木，我感到害怕，内心像有停不下来的寒冷风暴。我知道，我被捕的新闻会在几分钟或几个小时，总之不到一天的时间里传遍世界各地。二十四小时滚动新闻正好助长了网络暴力的无限膨胀，引来了数千名新成员替天行道。

我的孩子们被曝光了。**是我的错。**

我坚持我的供词，这也是目前全部的事实。有人告诉我，有目击者声称，第一个女孩儿失踪那天看见我在城里。原来死者也曾在蛋糕店吃东西。那天知道兰妮被停学后，我带着她在镇上的蛋糕店胡吃海喝了一顿。我几乎记不得那个女孩儿了——一个坐在角落的女孩儿，带着平板电脑，身上有文身。当时我心里想的全是我女儿和生活琐事，没有留意任何人。

一想到出了蛋糕店后没人见过那女孩儿，我就坐立难安。一定是有人在停车场绑架了她，那时我们或许还在店里吃东西，又或许刚刚离开。

我想，不管这是谁的所作所为，这个人一定在监视我们，更可怕的是，这个人肯定一直在跟踪我们，跟踪我，直到他能在附近安全捕获符合特征的受害人。这种极其冒险的举动绝不是外行人能做到的，尤其在这样一个巴掌大的小镇里，人们很容易留意任何不同寻常的事情，更别说在光天化日之下绑架一个女人……

我脑中突然闪过一个念头，一个重大的发现。但我很累，不想再去思考了。普雷斯特警长还想从头开始，从我逃离威奇托市开始，把我的生活捋一遍。我详细讲述了从第一个女孩儿失踪到第二个女孩儿浮出水面这段时间里我的活动，告诉他我能想起的和前夫的所有谈话内容，虽然这对他一点儿帮助也没有，但我很努力地回忆，我知道他也看得出来。

有人敲门进来。一个警探拿来一份三明治和一瓶汽水，我接了过来；他也给了普雷斯特一份同样的三明治和汽水，普雷斯特也接了下来。我们一起吃饭，他试着闲聊，但我没有这份闲情逸致。更何况我知道，这是他的审讯技巧，不代表他对闲聊的内容感兴趣。我们安静地吃完东西，正准备重新开始审讯时，又响起了敲门声。

普雷斯特靠到椅子上，皱着眉，另一个警察站在椅子边，我不认识他——他也是非裔美国人，但比普雷斯特年轻得多，可能刚大学毕业吧，我想。他瞥了我一眼，转向警长。"对不起，长官，"他说，"案情有进展，您最好听听这个。"

普雷斯特看上去很生气，但还是推开椅子，跟了出去。

门关上之前，我看见有人被领着从走廊经过。虽然只是一瞥，但我知道那是个戴着手铐的白人，我立刻就认出了他，甚至不需思考。

我紧紧靠在椅背上，握着还剩半罐的汽水，捏得它噼啪作响。

为什么**山姆 · 凯德**会戴着手铐出现在这里？

我的孩子们现在在哪里？

第九章

审讯室的门被锁上了，即使我用力猛敲、大声呼喊，也得不到任何回应。直到我声音吼哑了，关节敲红了，门才终于被打开。开门的是普雷斯特，他推开门，用自己的身体挡住了我的去路。

我不想和他说话，向后退了一步，觉得有点儿呼吸困难。我愤怒地吼道：**"我的孩子们在哪里？"**

"他们很好，"他用一种低沉的声调来安抚我，并关上了身后的门，"来吧，普罗克特女士。请坐下，你累了吧？我会告诉你所有你需要知道的事情。"

我坐在椅子上，谨慎又紧张，双手握拳放在大腿上。他盯着我看了一会儿，坐了下来，把手肘放在桌上，然后问我："那么，你一定看到刚才凯德先生被带走了吧！"

我点了点头，凝视着他，迫切希望能读懂他的眼神。"山姆他……对我的两个孩子做了什么吗？"

普雷斯特的表情松弛了一些，但很快又紧绷起来。他摇了摇头说："不，格温，完全没有。孩子们很好，很安全，只是事件的进展和对现在身处的地方有些不适应而已。"

"那你们为什么会抓走山姆？"

这次，普雷斯特盯着我看了好一会儿，似乎轮到他打算读懂我的眼神了。我看到他手里有一份文件，和上次那份不一样，这个文件袋是浅黄色的，上面没有标签。他把文件放在桌上，但没有打开，而是问道："你对山姆·凯德了解多少？"

"我……"我想对他大喊，想让他直接告诉我到底发生了什么，但我知道我必须遵守规则。因此我控制好我的音量和情绪，对他说："我查过他的背景、信用等级，诸如此类，就像我查过所有出现在我和孩子身边的人一样。他背景很干净。他说他是一名在阿富汗服过役的老兵。"

"这倒是千真万确，"警长边说边打开文件袋，拿出了一张官方的军队照片，那是一个年轻的还不那么粗糙的山姆·凯德，穿着皱巴巴的蓝色空军制服。照片上还有一行字："一位功勋显赫的空军直升机飞行员，曾先后四次于伊拉克和阿富汗执行任务。山姆回家后，发现永远失去了他挚爱的妹妹。"随后，普雷斯特又打开文件袋，取出了那张对我来说像梦魇一般的照片——一位死者被悬挂在金属套索上。突然之间，我觉得自己又回到了那惨不忍睹的一天：阳光下，我站在那片荒废的草坪上，凝视着被误撞毁的车库，闻到尸体发出的恶臭味。我用尽全力才没有闭上眼睛，才能从记忆中抽离。

"这个，"普雷斯特用厚指甲敲了一下照片，"就是他的妹妹考利。你没有查到他们的亲属关系是正常的。山姆八岁、考利四岁时，他们的父母在一场车祸中丧命，接着他们被送到不同的寄养家庭。山姆保留了亲生父母的姓氏，但考利没有。考利的寄养家庭对她视如己出，她甚至不知道自己还有一个哥哥。山姆在部队服从调配执行任务时，他们才重新联系上。我想，他十分期待退伍回家后能与妹妹一起生活，但他回来后，发现妹妹已经死了。"

我觉得有点儿口干，想象自己曾与发现这种联系有多接近。我查询过却最终未果，山姆一定是不惜一切代价在网上除去了他的名字，或是请别人帮忙清除了。毫无疑问，他一直在跟踪我。他在我们搬过来后搬进了那间小屋，为了不显得太刻意，他等了很久才出现在我们面前。他用自己的方式为我工作，进入我和孩子们的生活，而我却浑然不觉。我突然感到恶心，格温·普罗克特原来并不是一个重生之人，她只是第二个吉娜·罗亚而已——爱上一位英俊潇洒、笑容可掬的男人，并准备为此付出一切而在所不惜。**我居然还把孩子们留在他的身边。天啊，上帝，请原谅我的愚蠢。**

我被吓得不能呼吸。我意识到自己吸气太快了，低下头尝试控制好自己。我觉得有点儿头晕，直到听到普雷斯特站起来时拖动椅子的声音。他用手轻轻拍着我的背，对我说："放轻松，放轻松。现在慢慢呼吸，深吸一口气。来，吸气，呼气，这就对了。"

我没有理他，喘着气问："他到底做了什么？"愤怒正是我此时此刻所需要的，使我坚定，给我目标，并驱赶我先前的恐惧。我坐直身子，回避他的目光，他也后退了一步，看着我的脸。"是山姆吗？是他杀了那些女孩儿吗？"如果是的话，真是一出好戏——吉娜·罗亚连续两次喜欢上了连环杀手。或许我就是喜欢这个类型的人。

"我们正在调查此事，"普雷斯特说，"重点是，凯德先生是此案的嫌疑人，我们正在盘问他。很抱歉这么快就告诉你这件事，但是我还是想知道……"

"你还想知道我是否早就知道他是谁了，"我恢复过来，"该死的，我当然不知道。如果我知道的话，怎么可能把孩子们交给他？"

我知道他已经想到了别的地方。如果我事先知道得更清楚的话，我绝不会允许一位受害者的家属进入我的房子，进入我的生活。普雷斯特尝试把一些场景联系在一起，以证明我和山姆·凯德是共犯，但不仅发现那些场景毫不沾边儿，甚至根本就不在同一块拼图上。他可能在猜疑，到底是我杀了这些女孩儿，还是山姆·凯德杀了之后嫁祸于我，目的是把我送回监狱……又或者，凶手不是我们俩中的任何一个。而根据目前掌握的事实，他至少可以肯定我们两个没有合谋。

普雷斯特一点儿也不喜欢这个结果。我可以看出他正在思考，我不怪他，因为他看起来需要来一瓶波旁酒和一天假期。

"如果凯德这样做了，"我对普雷斯特说，"那就把他的屁股钉在墙上，看在上帝的面子上，就这样做吧。"

他叹了口气。他又要熬过漫长的一天了，他一定意识到了这一点。他又看了一次文件袋里的文件，不断地翻页，我也不打断他。最后，他站起来，整理好那些文件和图片，像是做出了什么决定，打开了审讯室的门，对我说："你沿着大厅往右走，到休息室就可以找到你的孩子们，山姆开着你的吉普车把他们带到了这里。带他们回家吧。但记住，绝对不可以离开本镇，不然我保证会让联邦调查局来调查你的行踪，无论你走到哪里，我都会毁掉你的生活，懂吗？"

我点点头。我不会感谢他，因为他对我没有任何帮助。他知道他没什么理由继续扣留我，否则任何一个好的辩护律师，都能毫不费劲儿地把他这个案子扔进垃圾桶，何况山姆·凯德还在这里。这一刻我甚至为普雷斯特感到遗憾。但我还是毫不犹豫地走出了审讯室，穿过诺顿警察局的一个个小房间，途中我看到了格雷厄姆警官正在填写一些文件。他抬头看了看我，但我没有点头示意。我一心只想赶紧找到休息室。

休息室的门是一层透明的玻璃，上面有一扇歪斜的小百叶窗，透过窗口缝隙，我看到兰妮和康纳坐在一张白色的方桌前，无精打采地吃着面前的爆米花。看到他们安然无恙，我松了口气。

我打开门走了进去。兰妮立刻站了起来，她的椅子因此向后倾斜，差点儿倒了下去。她冲到我跟前，但意识到自己是孩子中年纪更大的那个，所以没有扑到我怀里。康纳从她身边疾驰而过，向我飞扑过来我紧紧抱住他，并向兰妮张开另一只手臂，她看似不情愿地接受了。我感到心口的伤口开始愈合，取而代之的是一种更甜蜜、更温暖、更美好的东西。

"他们逮捕了你，"兰妮用低沉的声音对我说，说到"你"字时她推开了我，眼睛直直地看着我，问，"他们为什么要这样做？"

"他们觉得我可能要对……"

我还没说完，她就接着我说下去："要对谋杀负责。没错，因为爸爸，"她看似逻辑缜密地推理着，"可你并没有做。"她用一种因果证明的方式得出结论，但我从中感受到了她溢于言表的爱，感受到了她不假思索的信任。她过去常常会怀疑我做事的动机，在这次的事件上却表现出无条件的支持，我甚至没有意识到其中的深意。

康纳也推开了我，说："妈妈，他们来到家里抓我们！我说我们不能走，但是兰妮说……"

"我们不会愚蠢到和警察打斗，"兰妮补充道，"我们没有这么做。而且，他们真的没有袭击我们，只是不能把我们单独留在家里。我让他们开吉普车送我们过来，所以现在我们可以开这辆车回家，"她犹豫了一下，问了下一个问题，"哦……所以他们告诉了你，他们和山姆谈了话吗？是因为你和他们说了什么吗？"

我不想和他们谈论他们的父亲所犯下的滔天罪行，不想告诉他们这个男人毁了多少人，打碎了多少个家庭（包括他自己的）……但同时我也清楚，我必须要和他们解释，他们已经不是小孩了。我本能地觉得，对我们所有人来说，事情只会变得越来越糟糕。但我不想破坏山姆·凯德在他们眼中的形象。我知道他们喜欢山姆，山姆也喜欢他们。我还觉得，山姆也喜欢我。或许他确实参与了谋杀这两个女孩儿。即使是现在，我也无法想象是山姆杀了她们。理解悲伤、愤怒和痛苦会驱使一个人超越自己未曾预料的极限，可对我来说并不是一件难事。

我毁掉了吉娜·罗亚，在她的灰烬中涅槃重生；山姆则把愤怒发泄在我身上——发泄在我这个假想敌身上。也许对他来说，这些年轻女人只是附带的受害者，只是为了达到目的而做出的冷静的谋杀计划。我差点儿就相信了这个理由。

"妈妈？"

我回过神来。康纳用真切的担忧眼神看着我。我想知道我究竟在这里思考了多久。我真的非常累。尽管我吃过一个三明治，但还是很饿。我还非常想要去小便，甚至觉得还没到洗手间我的膀胱就会爆炸。不过让我高兴的是，这些都无关紧要。重要的是，孩子们是安全的。

"我们在回家的路上再讨论，"我对康纳说，"现在我去洗手间，然后我们就回家，好吗？"

他点了点头。我想他一定很担心山姆，我也很讨厌自己会再次伤害他的心灵，但这不是我的过错。

我赶到洗手间，坐在那里微微颤抖，无声抽泣。洗完手和脸，我看着镜子中的自己，我已经恢复了正常。我该去剪头发了，还要换一个新的发色，那些新冒出来的白头发让我显老。**真有趣，我总认为自己来不及变老就会死去，**这是吉娜的低语。她的生命在**那件事**发生的那天戛然而止。我讨厌吉娜，讨厌她总是天真地相信真爱的力量，讨厌她自以为是地认为自己是一个好女人，讨厌她认为自己的丈夫是一个好男人，讨厌她认为自己不费吹灰之力就得到了一切。

我现在甚至更讨厌她了，因为我意识到，时至今日，我依然和她有众多相似之处。

开车回家的路上一开始气氛安静，甚至可以说有些沉重。孩子们想知道发生了什么，我也想开诚布公，只是不知如何开口。于是我伸手去拨弄吉普车收音机的按钮，从新乡村音乐调到南方风味摇滚乐，再调到旧乡村音乐和民间音乐，直到兰妮果断地伸手关掉收音机。

"够了，"兰妮说，"告诉我们吧！这件事和山姆有什么关系？"

天啊，我真的不想这样贸然开头，但我还是忍住了逃避现实的冲动。我告诉他们："山姆的妹妹……山姆的从前不是他告诉我们的那样，就是他……他没有告诉我们全部事实。"

"你这话说了等于白说，"康纳对我说，确实如此，"等等，山姆的妹妹是在那个湖里面吗？他是杀了他的妹妹吗？"

"喂！"兰妮厉声说道，"请不要跑题到杀妹妹上，好吗？山姆没有杀任何人。"

我很想知道我怎么从来没见过她这个样子。就在刚刚，我看了她一眼，发现她脸上表现出愤怒、焦虑和抵触。她曾经似乎对格雷厄姆警官产生过仰慕，但两种感情完全不同。我那一眼看到的，不是仰慕，而是一种需要。强壮有力、和蔼可亲、成熟稳重的山姆已经成为她生命不可或缺的一部分，他在她心目中已经近乎是第二个父亲。

"没有，"我对兰妮说，紧紧握了她的手几秒钟，我感到她和我一样紧张，"他当然没有杀他的妹妹。康纳，他们把山姆抓到警察局，是因为他们发现山姆和我们之间有一层关系，从前就存在的一层关系。"

听到这些后，兰妮不再抵在车门那边，康纳也坐了回去，背靠在车座上。"从前？"我的儿子轻声问道，声音微微颤抖，"你的意思是，我们还是以前的身份的时候？"

"是的，"我内疚地松了一口气——这样一来，我不需要慢慢引导他们了，"我们还住在堪萨斯州的时候。他的妹妹……他的妹妹是你爸爸杀害的一个女孩儿。"

我没有告诉他们山姆的妹妹是他们爸爸杀的最后一个人，这可能会让情况更加糟糕。

"啊！"兰妮轻轻发出一声惊叹，空洞无力地说道，"所以他跟踪我们来到这里，是吗？他从来都不是我们真正的朋友，只是过来监视我们，伤害我们，因为爸爸做的事使他非常生气。"

天啊，她竟然还叫那个男人爸爸。这让我抓狂和苦恼。

"宝贝……"

"兰妮是对的。"康纳在后座说。我看了一眼后视镜，发现他正凝视着窗外。这一刻，他的从容不迫看起来和他的父亲无异。我盯着他看了很久，以至于差点儿就沿着弯路驶去了湖边。我赶紧掉头。康纳接着说："他不是我们的朋友。我们没有任何朋友。我们把他当成朋友，真是愚蠢至极。"

"嘿！不对，"兰妮说，"你不是和那些玩游戏的傻瓜成了朋友嘛！还有凯尔和李这两个格雷厄姆家的孩子呢？他们不是总让你干这干那的……"

"我的意思是我没有任何朋友，他们只是和我玩游戏的人而已。"我从来没听过康纳用这种尖酸刻薄的语气说话，我不喜欢这样的他。"我也不喜欢格雷厄姆家的孩子。我只是假装喜欢，好让他们不再打我。"

从我女儿惊讶的脸色来看，她也是这一刻才知道这件事的。我想康纳一定曾向山姆袒露心声，而他的背叛让康纳觉得再也不用死守秘密。我突然害怕得浑身打冷战——我想起格雷厄姆兄弟在他身边时，康纳呆板的行为；想起他曾提醒过我他没有弄丢手机的事情，那说明一定是他们兄弟中的一个偷走的。我痛恨自己当时为什么没有认真询问，而是只顾着担心梅尔做了什么，顾着处理各种琐碎小事。我一定让我的儿子失望了。山姆发现康纳鼻子流血受伤了，他都知道是格雷厄姆家两兄弟干的。

我咬紧牙关，在接下来的车程中一言不发。兰妮和康纳也不打算再说点儿什么。我在车道的入口处减速暂停，然后转头对他们说："我无法弥补发生的一切，因为已经发生了。我不知道是谁的过错，我也不想再关心。但我向你们保证，在接下来的日子里，我一定好好照顾你们两个。如果有任何人想要伤害你们，首先要过我这一关，明白了吗？"

他们当然明白，只是这个承诺并不能安抚他们紧张的情绪。兰妮说："妈妈，你不可能无时无刻不在我们身边，虽然你肯定想在我们身边寸步不离。但是你不在的时候，我们必须要互相照顾，所以最好让我们知道……"

"绝对不行，兰妮。"

"但是……"

我知道她想知道什么——枪支保险柜的密码。我不希望他们这样做，我也从未打算这样做。我从未打算把我的孩子们培养成枪手、战士或者是儿童兵。只要我还有能力保护他们，我绝不会允许这样。

我把车开上家门前的碎石路，心情紧张，努力保持平稳。

车头灯照向碎石路的瞬间，我看到了血液的痕迹。在一片忙乱中，我看到车库的门被洒上了鲜艳的红色液体，有飞溅出来的，有螺旋的，还有滴落下来的。我猛踩刹车，意识到这不可能是血液，因为太红、太黏稠。油漆还没有干，在车前灯的照射下闪闪发光，还有红色液体正在向下滴落。这件事刚发生不久。

"妈妈。"康纳轻声对我说，但我没有看他，我正盯着房子前门的方向。墙边窗户上有涂鸦：

杀人犯

婊子

人渣

杀手

荡妇

去你的

去死吧

"妈妈！"康纳用力抓住我的肩膀，我可以听到他声音中真真切切的恐惧。"妈妈！"

我立刻倒车，退回那条碎石路，朝大路飞快地行驶。由于前面有好几辆车挡住去路，我不得不猛踩刹车。其中两辆车分别是崭新防尘的奔驰越野车和又脏又高的大卡车，说不定灰尘下它原本是红色的。

那对住在山坡上，善良、安静的约翰森夫妇就坐在越野车上，我们搬进来的时候还去拜访过他们。他们没有留意我，只是盯着前方，好像他们挡住这条该死的路纯属意外，没有参与任何行动。

肮脏的卡车上的那个浑球儿和他的朋友们就没有这么多顾虑了。他们发现我时，目光极其兴奋，有三个人从车厢里走出来，另外三个衣冠不整地从卡车的车斗中爬出来。想都不用想，他们喝得酩酊大醉，还引以为豪。我认出他们中的一个是格茨，不折不扣的浑蛋，因为不当行为被哈维尔列入黑名单。

他们向我们走来。我不寒而栗地意识到，孩子们就在我身边，可我没有携带武器。天啊！那些警察甚至没有想过派遣一个巡逻员到这一带来防止这种骚扰。如果普雷斯特有任何好意的话，那他的好意也不过如此。我被抓走还不到一天的时间里，我们的生命就受到了威胁。

这就是为什么我要开吉普车。

我把车猛降到低挡，向上坡开去，车在陡坡上弹来弹去，坡路上杂草丛生，还有些若隐若现的石块。我不擅长在这种环境开车，但是我意识到自己必须全力加快速度，因为同样是四个轮的卡车就在后面紧跟着我们。他们很快就会追上来，我必须要拉开距离。

我急切地想拿到我的枪。可枪不在车上后座的保险箱里，我和哈维尔换车的时候就把它取了出来。我对自己说了句没关系，我必须依靠自己，这是梅尔给我上的宝贵一课。首先，我必须要确保孩子们的安全；其次，我要重新计划；还有，必须要离开此地。

我差一点儿、差一点儿就可以安全地回到大路。

然而事与愿违。我必须要用力地扭转方向盘，来躲开藏在茂盛杂草下凸出的巨石。我把方向盘打向右边，但没有看见边上的水沟。吉普车翻向一边。这惊心动魄的瞬间感觉就像遇上了翻车事故，没想到我们的车马上又弹了回来。兰妮突然发出尖叫，刺痛了我的耳朵。

我觉得我们还好。事实上我们并不好。吉普车左边的车轮损坏了，擦过只露出一半的石头。我已经调转了方向。我听到金属碰撞的声音，方向盘也从我的手里脱落。我再次紧紧抓住了它，心跳慢慢平静下来。这时我意识到，车轴坏掉了，前轮和方向盘也不受控制。

我们无法绕过前方那块大石头，因为它就在吉普车引擎盖的正前方，足以粉碎车辆，将我们抛出窗外，造成伤害。我知道安全气囊已经打开了，因为我感觉到它压迫着我的脸，并闻到了刺鼻的味道。我的脸部受了伤，由于流血和擦伤发着热。我顾不上自己的伤，我更担心的是我的孩子们。我把座位扭了过去，惊慌地看着兰妮和康纳。他们看起来都有点儿晕，但是还好。兰妮发出了小小的呜咽声，指了指鼻子，原来是正在流鼻血。我不断地问他们："**你们还好吗？你们还好吗？**"——但没有听到任何回复。我赶紧拿了一叠纸巾塞到兰妮的鼻子里，以阻止继续流血，同时也焦虑地看着康纳。他看起来很好，前额被撞红了，但还是比兰妮要好一些。松弛的白色安全气囊瘫在他的肩膀上，那是窗户边上的安全气囊；兰妮的安全气囊也打开了，这就是她流鼻血的原因。

我的鼻子可能也在流血，但我管不了了。我让自己冷静下来，想起我们不只是遭遇了一场车祸那么简单，还有一整辆卡车的醉汉和我在同一个山坡上行驶，存心要伤害我们。由于我的疏忽大意，两个孩子的生命暴露在了危险之中。

我必须要解决这件事。

我从吉普车里爬出来后差点儿摔倒。我赶紧抓住车门，发现自己的白色衬衣被划烂了，里面在流血。不管了。我摇了摇头，用手把血甩出去，笨拙地走到吉普车后面。后备厢里一根撬胎棍和一个红白光的应急灯，灯里还有报警器。它的电池很充足——我上周才换过。我把它和撬胎棍一起拿出来，猛地关上驾驶座那边的车门，找到我的手机并递给状态更好的康纳，说："打'911'报警，告诉他们我们被袭击了，还有快锁好门。"

　　"妈妈，不要待在外面！"康纳喊。我唯一担心的是他不会锁好车门，怕他犹豫着要等我，然后拖着不锁。所以我打开门，触发锁定功能，关上车窗，把他、兰妮和钥匙留在车内。

　　就这样，我右手拿着撬胎棍，左手拿着多功能报警器，等着卡车上的人接近我们。但他们没有来，他们也在半路上撞到了什么东西。我看见卡车朝着下坡方向失去平衡，这群人跳下车，大喊大叫。其中一个人发出的尖叫让我觉得他好像哪里被打烂了，或者骨头折断了。另外两个人弹了起来，像醉汉一样跌跌撞撞。卡车在一声长长的金属压轧声中翻了过去，玻璃被震碎了，发出了铙钹般的撞击声，但车没有滑落下坡，而是停在了一旁，轮胎还在转动，发动机还在发出吼声，就像司机准备踩油门上路。卡车里面的三个人在大声呼救，另外两个人站在车斗前，打算爬进去救他们。他们几乎失去平衡，还可能让车往下坡滚得更远。真是一场十足的闹剧。

　　我看到约翰森夫妇突然发动越野车，匆忙离开这条路，像是他们才想起要赶去参加一场自己举办的派对一样。我猜他们肯定见到血就会晕倒，即便是我的血。我知道他们不会报警，但没有关系，康纳已经报警了。我告诉自己，我现在需要做的就是对所有有敌意的人保持作战状态，直到警车的灯光亮起、警笛响起。我没有做错任何事。

　　至少现在还没有。

一个醉汉迅速朝我走来。我毫不意外地发现，他就是辱骂过哈维尔的格茨。他大声骂我。我不理睬他的污言秽语，只想看看他有没有持枪。如果有，我很可能一命呜呼。他在那个位置不仅可以准确地射杀我，还可以声称我用撬胎棍袭击了他，他开枪是出于自卫。我非常了解诺顿警察局，知道他们的处理方式。即便我的孩子们可以提供证词，这群浑球儿也几乎不用关押五分钟就会被无罪释放。他肯定会说："我当时很担心她会威胁到我的生命。"这是懦弱的谋杀者惯用的托词，但问题是，也是合理的、受到威胁的人的正当防卫方式。庆幸的是，他看起来并没有持枪，至少我的视线范围内没有发现。他不是那种忸怩作态的人，如果他有枪，一定会炫耀地挥舞，就像我手上的撬胎棍对他是一种威胁一样。他停了下来。

康纳在捶吉普车的车窗，试图引起我的注意。我赶紧瞥了一眼，他脸色苍白，我听到他大喊："妈妈，我已经报警了，他们正在赶来！"

我知道你做到了，宝贝。我给了他一个微笑，一个发自肺腑的微笑，因为这很可能是我最后一次向他展露笑容了。然后我回头转向那个酒鬼，他的朋友也在朝我们走来。我说："滚开！"

一个更胖、更高的醉汉跑了过来，他们两个都笑了。较高的那位看起来更醉，脚底踩着石头，挂在格茨身上。这群没用的启斯东警察 [1]，只会胡作非为，无端采取暴力。

"你把我们的卡车搞坏了，该死，你要赔给我们修理费，你这个杀人的婊子。"他骂我。

看着后面翻倒的卡车，它副驾驶那边的门正"嘎吱、嘎吱"地响，就像坦克的入口，但不像坦克。我真想对这群蠢货说车门可不是设计出来让他们摊平的。他们试图把门甩出去，不料车门撞到连接处时又

---

[1] 1914～1920 年年初由美国启斯东影片公司拍的默片喜剧中经常出现的一队愚蠢而无能的警察。

以飞快的速度弹回了拽车门的那个人身上。

车里的人大叫起来，赶紧在手指被压碎前甩开车门。如果我不是已经被吓得目瞪口呆，心里想着孩子们的人身安全，我一定会觉得这一幕非常有趣。这群浑球儿甚至不为自己的安全负责。当两个人打算来袭击我的时候，我打开了警报器的闪光功能开关，并对准他们的脸部。就像当头棒喝，那一闪一闪、不对称而刺眼夺目的亮光让他们发出震耳欲聋的尖叫声，使他们狼狈不堪、无法反击。

警报器的这个功能把格茨和他的朋友们吓得落花流水，我已经听不到他们口中发出的疯狂的大叫声。我感受到一种苦涩的、奇妙的肾上腺素激增，刺激我要用撬胎棍把这群浑蛋打到粉身碎骨，以确保他们不会再威胁到我的孩子。

但我没有，我现在处于虚弱、颤抖的边缘状态，我克制住打死他们的冲动的原因是如果我这样做了，就证明普雷斯特的猜测是对的，证明我是一个杀人犯，手里沾上了这群浑蛋的鲜血。和他们在很短时间内能得到无罪释放一样，如果我揍了他们，我也会在很短时间内被判刑。我静静地站在那里，只是拿着警报器，继续发出亮光，而没有揍他们。

尽管在耀眼的亮光刺激下，我什么也看不清，但当康纳在我身边摇下窗户抓住我的手臂时，我便知道警察来了。康纳指着下面的路，我看了过去，发现一辆巡警车停在那里，车上的灯光划破了夜空的黑色。我看到有两个人离开了车，向着我的方向艰难地爬上坡。闪光灯忽明忽暗，照亮了这片可怕的绿色灌木丛和如骨头般苍白的石头。

我关掉了警报器的防御功能，但还是把灯光固定住，对着那两个醉汉。他们现在膝盖很疼，快吐疯了。他们把手放在耳朵上，其中一个人还俯下身来，吐出啤酒。但另一个人——格茨——还是死死地盯着我看。我从他的眼神中看到了恨意，和这种野蛮人讲道理是毫无用处的，我没法因此获得安全感。

"警察来了。"我告诉他。他看了一下，好像他注意不到——可能他真的看不到。一股冲天怒火让我再次紧紧握住手里的铁棒。他想伤害我，或者要杀了我，又或者想把怒火发泄到我的孩子身上。

"你这个婊子。"他喊道。我在想，这根铁棒敲到他的牙齿上会发出多么动听悦耳的"扎扎"声。他那接近一米八的身体正困难地呼吸着，摆着奇怪的姿势。我不认为如果我杀了他，会给世界带来什么光亮，因为我想这个世界上还是有人爱他的。

就连我也被这么多人爱着。

首先来到我身边的是格雷厄姆警官，我很高兴能够见到他。他又高又大，强壮的身体看起来可以把任何人打个落花流水。他看着我们现在的状况，皱起眉头，问道："这究竟是怎么一回事？"

我先说话对我最有利，于是我快速反应，说："这群白痴骚扰我的住所，还把我们堵在车道上。还有，可能就是他们故意破坏我们的家。我想穿过山道，但是我的方向盘被一块大石头弄坏了。我别无选择，必须要让他们远离我的孩子。"

"你这个说谎的婊子……"

格雷厄姆向醉汉伸出一只手，目光没有离开我，对着醉汉说："克莱蒙特警官会记下你的陈述的，凯姿？"

格雷厄姆今晚的搭档是一个高瘦的非裔美国女人，她短发齐耳，动作干脆。她把这两个人带到出事的卡车前，打电话叫来救援人员与救护车，并把困在车上的三个人以及远处坡上那个受伤的人救下来。这群人用尖利、急促和含糊的声音对她唠叨个没完，我想她一定烦死了。

格雷厄姆说："所以这一切都是在毫无挑衅的情况下发生的？"

我回头看他，然后探进康纳打开的车窗，亲吻他的前额，再问："兰妮，你还好吗，宝贝？"

她竖起了大拇指，把头往后仰，减缓鼻子流血。

格雷厄姆用干巴巴的声音对我说:"介意放下你手上的铁棒吗?"

我这才意识到我还紧紧握着撬胎棒,好像我仍面临着危险。我的拇指也还放在警报器闪光功能的按钮上。我放松下来,把这两样东西放在吉普车旁边,然后离开它们几步。

"很好,现在我想问的是,你说这群男人把你困住了,你和他们吵架了?"

"我甚至不认识他们,"我说,"但我猜我前夫的信息已经被散布了出去,我想你也知道。"

他欲言又止,我看到他的眼眸深处有什么东西在晃动。他紧紧闭上了嘴,然后故意松动了一下,说道:"据我所知,你的丈夫是一个已被定罪的杀人犯。"

"是前夫。"

"如果我说得没错的话,他是一个连环杀手。"

"你知道的,"我说,"信息传播得很快,我猜整个小镇都已经知道了。我请普雷斯特警探为我的孩子们提供保护措施……"

"我来提供你想要的保护,"他说,"我们的警车今晚就停在你家房子前面。"

"我想那些涂鸦可能已经干了。"

"涂鸦?"

"你办完这里的事情就可以去看看,千万不要错过。"我跟他说。我累到不行,现在才感受到车祸带来的疼痛。我的左肩很疼,可能扭到了,我的脖子很僵硬,鼻梁也在隐隐作痛。不过,至少鼻血止住了,我猜鼻子应该没有断掉,我碰了碰,发现没有移位。"我还好,"我说,"比我预想中的还要好。还只是第一回合而已。这就是我为什么说需要保护措施。"

"普罗克特女士,或许你应该想到,有六个男人跟踪你,但至少有四个已经不同程度负伤，"格雷厄姆用一种不友好的语气对我说，"如果你把这称之为游戏的话，我们可以说第一回合由你胜出。"

"我不是这个意思。"这是个谎言。我很高兴看到那辆破卡车倒在地上，散热器里的液体都漏到地上；我很高兴有四个人受伤，要去医院治疗，这样他们就不会再回来找我。我只是对自己没有把他们伤得更重而感到遗憾，"你不能逮捕我。"

"你都没有问我会不会逮捕你。"

"任何一个像样的辩护律师都可以让你狼狈不堪。一个母亲和她的两个孩子被六个醉汉袭击？你相信吗，我绝对半个小时内就可以成为推特上的热门英雄。"

他发出了一阵长而慢的叹息声，伴随着湖水拍打岸边的声音。雾从湖面升起，空气冷得发寒，就像成千缕鬼魂在逃跑一样。**在湖里死去的魂灵**，我想着，尝试不去看湖面。静湖因我而毁。

"不，"格雷厄姆最后说，"我不会逮捕你，我会以犯罪性恶作剧的罪名逮捕他们，而且还会叫那边那个善良老练的警察载你们回去，这样可以了吧？"

远远不够，我希望他们以袭击他人的罪名被逮捕，但没有。格雷厄姆一定猜到了我内心的想法，他举起了手，先发制人地说："你看，他们甚至连你的手都没有碰到，至少他们中较为清醒的一个人会提出申诉，说他们看到你出了事故，想过来帮忙；而你却胡思乱想，并用灯——或者什么乱七八糟的东西乱照。除非我们在他们身上或者卡车上找到证据，证明那些涂鸦是他们干的，不然他们也可以声称自己没在你的房子上做标记……"

"标记？那可不是什么班克斯 [1] 艺术品！"

---

[1] 英国涂鸦艺术家。

"好吧，没在你的房子上搞破坏。重点是他们可以找到非常好的借口来推诿这些跟踪或袭击的罪行。据我所知，你手里还拿着一根撬胎棍，而这些人手里什么武器都没有。"

他也知道，六对一根本不需要什么武器。但他说得很对，当然了，双方都可以请到能言善辩的律师。

我靠在我的破吉普车上，筋疲力尽。我对格雷厄姆说："我们需要一个人清理现场，我的吉普车无法再行驶了。"

"我会为你们安排好，"他说，"也请你把孩子们带回家，确保房子里没有其他人藏在那里。"

我知道不会有人。我的警报系统里面有移动通知，如果断线了，我可以立刻通过平板电脑看到最后出现的人。到目前为止，没有人打碎任何窗户，也没有人踢烂任何门。即使是这样，我现在最不想做的，就是把我的孩子们带到那栋还在滴着红色油漆的房子里。我猜那些人在车库做那个飞溅的图案是故意的，就是为了提醒我梅尔文喜欢在那里做他那些可怕的"工作"。

但我别无选择。我从格雷厄姆的表情中可以知道，他今晚不想带我们到诺顿任何一家汽车旅馆里过夜，而且我强烈怀疑所有打给普雷斯特的电话都会无人接听。我的吉普车被毁了，唯一的选择就是接受陌生人的善意……我太多疑了，不敢相信任何人：离我最近的邻居约翰森夫妇挡住我们的车道；山姆·凯德从一开始就对我说谎；哈维尔是预备警察，他可能也不会给我回电话。

我走到吉普车开着的窗户前，按下了取消锁定的按钮，拔出钥匙，把兰妮扶了出来。她现在已经不流鼻血了，鼻子也没有断，可能只是擦伤了。我们都还好，但全是我的错。

我抓着她，三个人慢慢地跟着格雷厄姆走上坡，回到那个不再像家的地方。

第十章

　　格雷厄姆警官仔细地拍下房屋受损的照片。红色的液体依然鲜红。果然不是血，如果是血的话，早已氧化成棕色了。是油漆。大部分的字都是喷上去的，唯一的例外就是"杀手"这个词，它是破坏者用手写上去的，呈现出哥特式风格。我打开了门，解除了警报。格雷厄姆彻底检查了这间房子的所有地方，没有发现什么异常。他又检查了一次，我知道他找不到什么。

　　"好吧，"他说着，把手枪放回枪套里，回到了我们所在的客厅，"我需要你的枪，普罗克特女士。"

　　"你有授权令吗？"我问他。他回头看着我。我接着说，"没有的话，那我拒绝合作，等你获得授权再说。"

　　他表情没有变化，但肢体语言变了。他向前走了一点儿，变得更有侵略性，我能真切感受到这一变化。我记得刚才康纳在车后座说过的话：是格雷厄姆家的男孩儿们打了我的儿子。我真的很想知道他们究竟从父亲那里学到了什么。我想要相信这个男人，他戴着警徽，是刚才在我与那群怒汉僵持时化解僵局的人。但看着他，我不确定能不能完全相信他。也许我不能相信任何人，因为我总是判断失误。

　　"好吧，"格雷厄姆这样说，但很显然他并不是这么想的，"把门锁好，打开警报器，它会向警察局报警吗？"

为什么这么问？好让你们忽略它吗？ 我想了一下，说："会响，如果电源断掉，它也会报警。"

"那安全室里有能与外界联系的设备吗？"

我什么也没说，只是看着他。

他耸了耸肩，说："我想确保你在里面时，也可以寻求帮助。如果我们不知道你在里面，就无法帮助你。"

"那里有单独的电话线，"我告诉他，"我们会没事的。"

他知道我在这方面准备充分，点了点头，朝门口走去。我打开门目送他离开，尽量不去看前门的损坏情况。一旦关上门，我们就可以假装一切如常。我输入了警报代码，当它发出柔和的"嘟嘟"声和"工作中"的信号时，我内心莫名的颤抖得到了缓解。我把所有的锁都锁上，然后走进屋里。

兰妮正抱着自己的膝盖坐在长沙发上，无意识地保持着防备状态，而康纳正靠着她。我女儿的下巴上还有一点儿血迹，我走进厨房，打湿了一条手巾，回到客厅给她擦干净。之后，她也拿起毛巾，默默地为我擦拭血迹。我甚至没有意识到身上如此伤痕累累，以至于白色的手巾上全是鲜艳的红色痕迹。康纳是我们之中唯一不需要清理的。我把手巾放在一边，和我的孩子坐在一起，抱在一起，轻轻抚摩着他们。我们之中没有人想要打破宁静。也不需要打破宁静。

最后，我把脏手巾拿到水槽，用冷水冲洗。兰妮走了进来，抓起纸盒装橙汁大口喝了起来，然后又递给康纳。我甚至没有精力去问他们是否需要杯子。我摇了摇头，也灌了一大杯水。"你们要吃什么吗？"我问他们，他们都低声回答不要了。"好吧，那你们快去睡觉吧。我一会儿可能要洗澡，今晚我会睡在客厅里，知道吗？"

他们并不惊讶，我想他们一定还记得，在我被无罪释放后到我们离开堪萨斯州前的那段时间里，我每天晚上都睡在出租屋空荡的客厅里的旧沙发上，身边随时放着枪。我们的窗户被砖头砸碎过，有一次还被扔进了一个燃烧的瓶子，气体从中溢出，还好没烧起来。在我们第二次搬家前，这些破坏对于我们来说都是家常便饭。从那时候我就知道，就像现在一样，我不能依靠我的邻居，也不能依靠警察。

淋浴时我就像到了天堂，从地狱般的一天中获得甜蜜、正常和温暖。我用毛巾擦干头发，换上崭新的运动内衣内裤，然后找到我最柔软的运动裤，再穿上了超细纤维的衬衫和袜子。除了没穿跑鞋以外，我想尽量穿得齐全一些。我用松紧带系好了我的跑鞋，以便能在紧急情况下穿上。沙发非常舒服，我把枪藏在我能拿到的地方，枪口朝着远离我的方向放好。很多持枪者都没有学会把扳机保险打开。

令我惊讶的是，我整夜酣睡无梦，也许是身体过于劳累。第二天早晨，我是被自动咖啡机煮熟咖啡时发出的"哔哔"声吵醒的，昏昏沉沉中我闪过一个念头：要告诉兰妮，如果我又被抓走了，帮我把那该死的东西关掉。外面还是黑夜，我找到肩上用的枪套，套在衬衫外面，再把枪放在里面，然后去倒咖啡。我穿着长筒袜，走路非常轻。即使是这样，我还是听到了大厅走道传来的开门声。

是兰妮。我一眼就看出她昨晚睡眠不好，因为她已经穿上了一条黑色的工装裤，和一件半撕裂的灰色T恤，T恤上面有一个骷髅头，从裂缝可以看到里面的那件衣服上还画有一辆黑色坦克。我想，不出两年，我一定会和她为她的穿衣风格起争执。她梳了头发，但没有拉直，自然卷的头发反射出灯光；她眼睛下面的瘀伤变得深红，几乎成了棕色；鼻子有一点儿肿，但不算严重。

即使受到这样的伤害，她还是如出水芙蓉般美丽动人。突然，一阵意想不到的疼痛让我无法呼吸，我只好用给咖啡加糖这个动作来掩饰自己。我甚至不知道我为什么会有这样的感觉，它就像一股势不可当的暖流，让我想在她再次被伤害前毁掉这个邪恶世界。

"让开。"兰妮生气地说。我给她让了路，她从架子上拿出一个杯子，检查了一下——这是她十二岁时在出租屋的杯子里发现蟑螂后养成的习惯——然后自己把咖啡倒了进去。她喝的是黑咖啡，不是因为她喜欢，而是因为她认为自己应该喝这个，"所以，我们还活着。"

"还活着。"我表示赞同。

"你查了那些网络暴徒吗？"

我很害怕这样做，但她是对的，也是我的下一步计划。"我一会儿就查。"

她苦笑着说："我猜我不用去上学了。"

我想她这样穿也不是为了去上学，当然她此话不假。

"是的，不用上学了，也许是时候该在家上学了。"

"哦耶，那真是太好了，我们再也不用离开这个房子了。联邦调查局以后会对上门给我们投递包裹的邮递员都来个背景调查。"她心情不好，想要吵架。

我皱了一下眉，对她说："请不要这样，"然而又招来她的怒目而视，"兰妮，我需要你的帮助。"

在怒视的情况下翻白眼，我猜只有十几岁的女孩子才能掌握这样的技巧吧。"让我来猜一猜，你想让我像狱长那样照顾康纳，或许你应该给我一个徽章，你知道……"她对着我肩上的枪套做了个手势，模糊但是意味深长。

"不可以，"我告诉她，"我只是想要你跟我一起查收邮件。拿上你的笔记本，我会教你怎么做。当我们完成这件事后，我们再讨论下一步该做什么。"

她一时说不出话来，因为这是一件新鲜事。然后她放下杯子，咽了下口水说："来吧。"

"好的，"我说，"我希望你一辈子都不用干这种事情。"

这是一项艰巨而漫长的工作，我必须慢慢让她适应她将遇到的不同程度的邪恶，向她演示如何给它们分类。我预先挑选了给她的内容：不给她看那些色情图片，以及那些把我们的脸贴在被害人脸上的图片。虽然她可能很快就会看到，但那是因为我对此无能为力，而不是我允许这种事发生。

这个早上，我们经历了一场仇恨的"海啸"。我们从那些留言中间挑选出一些并向各个虐待处理机构报告，花了我们很长很长的时间。那些留言大部分都是同样的东西——死亡威胁信。在兰妮看完某封邮件后，她终于停了下来，把椅子推开，双手离开电脑，就好像手碰到了关于死亡的东西。她一声不响地看着我，我看得出，她眼里那一丝热情、希望和善良的火焰在慢慢消失。

"这只是文字而已，"我跟她说，"他们是些只敢用键盘在网络上胡说八道的懦夫。但我知道你的感受。"

"太可怕了。"她的声音更像一个小女孩儿，而不是她正尝试成为的成年人。她清了清嗓子，又说了一句，"这些人太可怕了。"

"是的，"我用同意的语气跟她说，然后把手放在她的肩膀上，"他们从来不关心你会不会因为这些话而遍体鳞伤，甚至不关心你会不会看到这些话。这些都是为了他们自己写的。我们感到害怕甚至被侵犯，都是正常的，我一直都有这种感觉。但是……"

"但是？"我的女儿说。

"但是你有能力，"我跟她说，"你随时可以关掉电脑，然后离开。它们只是电脑屏幕上的像素而已。这群暴徒在这个地球的另一半，或者这个国家的另一端。即使他们离我们很近，他们敢胡作非为的概率也微乎其微，他们不敢在现实社会中做什么。明白吗？"

这些话似乎稳定了她的情绪。"好吧，"她说，"但……但如果

·196·

他们真的做什么呢？"

"这就是你有我、而我有这个的原因了，"我摸了一下肩上的枪套，说，"我不喜欢枪，我也不是什么战士。我希望需要满足更严格的条件才能拿到枪，这样我就可以只靠赶牛棒和棒球棍来保卫我们。但是宝贝，这个世界并不是这样的，他们轻易就能拿到杀伤性武器，所以如果你还想要开始学习射击，我们就开始学；如果你不想学，也无所谓。我更希望你不想学，因为如果你有武器的话，你中枪的概率就会大得多。我是为了把危险从你身上引开。"

我看得出来她是明白的，这是她第一次觉得我手里拿着的武器很危险。很好，要教导他们如何使用枪支，就必须告诉他们枪支的作用。这是艰难的一课，而对于这个问题，最简单直接的答案就是：杀人。

我从来不想她这样做，甚至自己也不想这样做。

我重新连接了她的笔记本电脑，然后继续默默工作，直到康纳出现在门口。他打着哈欠，身上穿着睡衣，肩膀上还有一块又宽又黑的瘀伤；除此之外，他似乎状态很好。他向我们眨眼，试图用手指把头发梳直，说："你们都起来啦！"他问："为什么没有早餐呢？"

"别吵了！"兰妮说道，"真烦人，自己就不会做煎饼吗？又不是什么复杂的事情。"

他打了个哈欠，用委屈的表情看着我说："妈妈。"我想，他今天想重新像孩子一样被对待、被宠爱、被娇惯，只有这样才能让他感到安全。他和兰妮不同，兰妮总是正面面对问题，而康纳总是畏缩不前。但这也很好。康纳比兰妮小，他们有不同的选择。

我从网络上倾盆大雨般的仇恨攻势中脱身，准备去做加了新鲜山胡桃的煎饼，反正山胡桃再不吃也要过期了。我们像在享受某个正常的宁静清晨，这时传来一阵猛烈的敲门声。

我站了起来，兰妮已经放下了叉子，拉开椅子半站着，但我把她按了下去；康纳也停止了咀嚼，盯着我看。我的脑海里一下涌起了各种可能性：在今天这个特别的日子里，我们的处境岌岌可危，在外面敲门的可能是邮递员，可能是拿着猎枪打算让我一命呜呼的人；也可能是某些把一只残缺的宠物尸体放在我家门阶上的人。但不亲眼看到就无法知道事实，我拿起平板电脑打算启动，却想起它已经没电关机了，该死的科技产品。

"没事的。"我对他们说，即使我也不知道门外会是什么。我走到门前，仔细地看了看门上的窥视孔，一个面容疲惫的非裔美国女人站在外面，她看起来很眼熟，但我过了一会儿才想起来是谁，因为我上次见她只是短暂的一瞥，而且她当时穿着警服。是格雷厄姆昨晚的搭档，在我和格雷厄姆谈话时，就是她处理了酒鬼们的事情。

我立刻关掉警报器，打开了门。她看到我肩上的枪套时惊了一下。"你好？"我既没有邀请，也没有拒绝她进门。

她深棕色的眼睛移到我的身上，小心翼翼地向我示意，她没有携带武器。"我叫克莱蒙特。"她说。

"克莱蒙特警官，我记得昨晚见过你。"

"对的，"她说，"我父亲住在湖的另一边，他跟我说过，他在你们母女两个跑步的时候遇到过你们。"

她说的那位老人是以西结·克莱蒙特，也就是以西。我犹豫了一下，然后伸出手和她握手。她握手的方式坚定、干脆、公事公办。我这样近距离观察她，才发现她虽然身穿休闲服，但打扮得体优雅，不仅衣服的折痕恰到好处，而且发型干净利落，指甲也修剪得整洁。这可不符合我对诺顿警察局的警官们一贯的印象。

"我可以进来吗？"她问我，"我想帮助你们。"她目不转睛地看着我，平静的声音透露出力量。

我走到外面关上了身后的门。我对她说："很抱歉，我不了解你，我甚至不知道你叫什么名字。"

她被我不热情和不礼貌的行为吓到了，但没有表现出来。她眯了眯眼睛，只有一秒钟，然后笑着说："叫我凯姿就好。"

"很高兴认识你。"我依然非常冷淡，在想她究竟是为了什么才来这里。

"我父亲要我过来看看你，"她说，"他听说了你现在遇到的麻烦。我父亲一直不太喜欢诺顿警察局。"

"那你们每周日聚餐的气氛总是很尴尬吧。"

"你都不知道有多尴尬。"

我指向了门廊那边的椅子，她坐了下来，然后我意识到她坐下的地方是山姆以前总坐的地方。我看着那个位置，感到几分心酸的痛楚，突然有种自己都不能接受的想法：我竟然想念那个浑蛋了。但我告诉自己：**不，我没有想念原先就不存在过的人，就像"我的梅尔"也从来没有存在过。**真正的山姆·凯德是一个跟踪狂和骗子。

"这边风景很漂亮。"她边说边看着湖那边的风景。我猜她和其他人一样，想着要是我把尸体丢到别的地方该有多好，"我爸爸住的那一边视野被树挡住了，但是当然了，价格也便宜些。我一直试着让他搬到下坡那里，这样就不用爬那条小路了，但……"

"我也很想跟你聊聊家常，但是我的煎饼快要变凉了，"我对她说，"你想要知道什么？"

她摇了摇头，目光还是停留在湖面上，说："你知道，要想摆脱现在的处境，你可能需要做出一点儿改变。你可能需要改变自己的态度，也需要一些朋友。"

"但这种态度让我还能活下去，谢谢你的顺道拜访。"

我又打算站起来，她伸出那只修剪整齐的手阻止了我，然后把目光转向我，说："我想我可以帮你找出是谁对你做出了这样的事情，因为我们都知道是附近的人干的。这个人就住在本地，他这样做也一定有他的理由。"

"山姆·凯德就有理由这样做。"

"我查过他，两个女孩儿失踪的时候他都有不在场证明，"她说，"他肯定不是凶手，所以他们已经放他走了。"

"放他走了？"我看着车库上那些脏乱的图案和砖上那些红色的愤怒词语，"很好，我猜这就可以解释这件事了。"

"我不认为……"

"看吧，凯姿，谢谢你想帮我们。但如果你想说出山姆·凯德真的不是坏人，那你就一点儿忙也没有帮到。他跟踪我。"

"是的，"她说，"山姆承认跟踪过你，他说自己非常愤怒，想要复仇。但是你想想，如果他有意要伤害你们，他有的是机会动手。为什么你没想到呢？我觉得是别人干的，我最近也一直在研究一个线索。现在你明白我的意思了吗？"

这个状况让人很难说"不"，我很想从椅子上站起来，然后离开，但我不能这样做。即使凯姿·克莱蒙特可能别有用心，但她的提议似乎真诚可靠。我确实需要一个朋友，即使是我不能完全信任的人。

"请继续。"我说。

"很好，静湖一直都是相对封闭的社区，"她说，"大部分都是白种人，即便不能说是大富大贵，过的起码也是小康生活。"

"但经济衰退以来就不一样了，当时所有的房子都变成了法院拍卖的房屋。"

"没错，去年大约三分之一的房产被匆忙出售或出租。如果我们排除原先住在湖边的居民的话，那还有三十家怀疑对象。把你也排除掉，那还有二十九家。请你不要介意我把我父亲也排除掉，那就是二十八家。"

我不愿意排除太多，但为了不起争执，我愿意排除以西·克莱蒙特的嫌疑，他连爬到他山上的房子都很困难，何况是绑架、杀害和处置两个强壮年轻的女人呢？当然，我也可以排除我自己，那的确还剩下二十八家，里面也包括山姆·凯德。但警察已经排除了他的嫌疑，所以我想我也可以排除他——那就是二十七家，一个小数目。

"你有他们的名字吗？"我问她。

她点了点头，从口袋里拿出一张叠好的纸递给我。这是一张普通的复印纸，是所有办公室打印机的标准纸张，上面有一串姓名、地址和电话号码。她调查得深入彻底，里面有一些人被标记了星号，还标记了他们的犯罪记录。我不是特别怀疑其中的两个人，因为他们被指控在山坡的一间小木屋里制作冰毒，但这确实是一个很好的线索；还有一名性犯罪者，不过凯姿在上面写着，他已经被彻底审问过了，虽然没有完全洗脱嫌疑，基本也可以排除出去。

凯姿说："我一个人调查也不难，但是我想你可能需要做些什么来分分神。这些都是我自己花时间做的，不是从哪里抄下来的。"

我看着她，发现她没有在笑。我可以看得出来，她身上有着一种不屈不挠的精神，而我身上也有这种不撞南墙不回头的精神。

"你知道我的真实身份，"我问道，"为什么你会想帮助我。"

"因为你需要帮助，而且以西也叫我这样做。同时……"她摇了摇头，看向别的地方，"我知道因为一些无法控制的事而被别人品头论足的感觉。"

我用力咽下一口口水，回味着冷冷的煎饼和糖浆的味道，很想让她喝杯咖啡。"你想吃煎饼吗？"我问她，"我们现在正在吃煎饼，我有足够的材料再给你做一盘。"

她给了我一个缓慢而安静的微笑，说道："好啊！"

第十一章

事实证明，凯姿·克莱蒙特对我的孩子们很有吸引力。他们一开始十分安静谨慎，但她有她的独门绝技，那是一种与生俱来的魅力，能够打破沉默。我认为她总有一天能成为一名优秀的探员，那天让她为那群醉汉收拾烂摊子实在是大材小用，可她也完成得无可挑剔。我在给她做早餐时顺便加热了一下自己那份，然后我们一起享用，孩子们收拾好自己的盘子就回房间去了。我知道兰妮想留下来一起讨论，但我朝她稍稍摇了摇头，她就撤了。

只剩下我们两个人时，凯姿轻声对我说："我可以先私下调查他们的背景。听着，我父亲说你现在麻烦很大，不是开玩笑，那些破坏者很快就会来蓄意袭击你，你需要贴身保护。"

"我知道的，"我告诉她，"我有武器，但是……"

"但是进攻不是防守。听着，你也认识哈维尔，他是我来这儿的另一个原因。他喜欢你，虽然不见得相信你是完全无辜的。如果你同意的话，他愿意保护你。"

我在想，如果我在最开始就能顺利坐上那辆货车从静湖离开，而不是像个不知道不测风云即将来临的傻子一样徘徊逗留，现在的生活可能会大有不同。我当时离开的理由十分充分。但现在来想这事儿是毫无用处的，一切看起来都是幻觉罢了。我把那辆吉普车弄坏了，也没法用来换货车了，而且无论如何，哈维尔不会再把它给我了。我们也都不想留下文字记录。

"如果他愿意照顾我们，我可以接受，"我说，"如果他队里的其他人也能来，那就更好了。"

凯姿扬起她锐利的弓形眉毛，说："你最好将就些吧，现在你的盟友也是势单力薄。"

她说得对，我只好闭嘴点头。"我会调查清单里一半的名字，"我说，"我认识一个人，他或许愿意帮忙。"当然，阿布萨隆不会免费帮忙，何况现在这种时候还想获得免费援助，那我就是在自断生路。我跑不了了，还不如把钱花在摆脱梅尔（必须是梅尔而不是其他人）布下的天罗地网上。如果我被关在监狱里，钱也没有了任何意义；如果孩子们被送去寄养家庭，那么这笔钱也无法用来抚养他们。凯姿说得对，在现在这个时候，我必须竭尽全力寻找盟友。

吃完早饭以后，我向她道了谢，并拿到了她的电话号码。如果我看错了她，我们所讨论的一切都会被记录下来，并作为诺顿警方正式记录的一部分……但我不认为普雷斯特会出此下策。

我发简讯给阿布萨隆，他简单地回复我：什么？仿佛我打断了他正在做的某件重要事，于是我简单地告诉他我需要什么。他的回复直截了当：你在监狱里？我回复了一条说明我无罪的信息，然后沉默了整整一分钟，直到他发过来一个简单的问号，我知道这是他独特的速记符号，意思是"你需要什么"。

我给那张纸拍了照片，上面有凯姿整齐清晰的笔迹，告诉他我想让他调查的名字。他回复了一个以比特币计价的价格，让我不禁蹙眉，他知道我会在电脑上付钱，我的确会，但我是不会再查看电子邮件的。我想是时候再次销毁账号了，里面有很多线索，如果被追踪，我无法做到不留半点儿雪泥鸿爪，但我会暂时保留它们。把钱转给阿布萨隆后，我又给以前委托过的私家侦探发了一封邮件，上面有相同的清单照片和名字，并附上她的常规收费。

我去上洗手间的时候，电话响了，是没见过的号码，但很有可能是阿布萨隆打来的。我飞快地洗手、擦手，按下接听键。"你好。"

"你好，吉娜。"

这声音吓得我大气都不敢出。这是从我头皮里发出的声音，这是不管我如何日夜祈祷都无法从脑海中驱除的声音。我的手指都麻木了，我靠在水槽边，看着镜中自己被吓得魂不守舍、目瞪口呆的脸庞。

梅尔文·罗亚在电话的那头。这到底怎么回事？

"吉娜？你还在吗？"

我很想挂电话。现在和梅尔文通话就好像和一个疯子对话一样，但不知怎么，我还是说："是的，我在。"梅尔文喜欢自吹自擂，喜欢品味他的胜利。如果这一切是他精心策划的，他一定会承认，而且可能，只是可能，他会说一些我用得上的东西。

他有我的电话号码？他怎么拿到我的电话号码的呢？他到底怎么拿到的呢？

凯姿……我们是刚认识的……我没有给她我的号码；山姆……不，不是山姆。拜托，不要是山姆。

慢着。

我把手机带到监狱去了。进去的时候我把它交了出去，离开时才拿回来。监狱里肯定有人负责向他传递信息，他们不太可能黑了我的手机，可他们有足够的时间这么做。我真是疏忽大意，居然没有想过这件事。

梅尔还在说话，他的声音现在还保持着虚情假意的温暖，说："亲爱的，你这周过得可真糟糕。真的出现了另外一具尸体吗？"

"是的，我看见了。"

"她是什么颜色的呢？"

我原以为他会有更多消息，而不是这个。"不好意思，你说什么？"我茫然地说。

"我曾经做过一张彩色图表，关于尸体在没有皮肤的不同阶段下呈现的颜色。所以，她是更像是生鸡肉的颜色，还是黏糊糊的棕色？"

"闭嘴。"

"对我发火吧，吉娜，挂我的电话吧。慢着，如果你这么做了，你就永远都不知道是谁要来找你了。"

"我要杀了你。"

"的确，你有充分理由这么做。但是我向你保证，你绝对不会有机会。"

我比自己想象中的还要镇定，他的声音听起来还是很像他……冷静、沉着、有节制、有理性，但他所说的内容一点儿都不理性。"那我告诉你，你这是在浪费时间。"

"我想你已经知道了你的新朋友山姆的事情了，你总是碰不到好男人，对吧？我敢打赌他在想他要对你实施的报复，那种期待让他每天都夜不能寐吧。"

"那也是让你夜不能寐的原因吗，梅尔？如果这就是你想说的，你再也见不到我了，再也不能碰我，我会挺过这一切的。"

"你都不知道发生了什么事，你怎么挺过去，你什么都不了解。"

"那么你就告诉我，"我说，"告诉我我错过了什么。我知道你迫不及待想要证明我有多愚蠢！"

"我会的。"他说，他的语气突然变了。他的面具碎裂了，我听到了怪物在说话，和刚刚的声音相差甚远，听起来根本不像是人能发出的，"我想让你知道，这件事情从始至终，都是你的错。你就是一个毫无价值、愚蠢至极的荡妇。我本该从你开始动手的。听着，总有一天，我会以你为终结。你以为我不会碰你吗？我会的。从里到外。"

我浑身起了鸡皮疙瘩，不禁退到一个角落里面，仿佛他能够从电话那头伸出手来抓住我。**他不在这儿，他不会在这儿的**，但是那个声音……

"你永远不会再离开那个监狱的。"我鼓起所有勇气说。我知道我不再是格温了，我是吉娜，我现在是吉娜了。

"噢，你还没听说吗？我的新律师觉得我的正当权利被侵犯，可能会搜集一些新证据，再审判一次。吉娜，你觉得怎么样呢？你想再经历一次吗？这次你还想**作证**吗？"

这个说法让我身体不适，我感到酸水在苦涩的波浪中灼烧我的喉咙后部。我没有回应他。**挂断！**我的内心在对自己尖声高叫，仿佛已灵魂出窍。**挂断！挂断！挂断！**我感觉就像被困在梦魇中，动弹不得……然后我深吸一口气，从身体麻木中恢复过来，然后把大拇指移到"断开"的按键上。

"我改变主意了，"他说，但我已经按下按键。"我会告诉你……"
按下。

我做到了，他终于离开了。感觉像是我赢得了一分……是吗？还是说我临阵怯场了？

噢，天啊！如果他们黑进了我的手机，他们可能得到了更多信息，孩子们的电话号码，阿布萨隆的号码，我还保存了什么在里面呢？

我瘫下来，背靠在水槽和门铰链之间的角落，小心地把手机放在地板上，盯着它看，仿佛它会变成一块腐肉，或者是一群蝎子。我伸出手拿下手巾，用力咬住，直到下巴肌肉酸痛，享受着无声的尖叫带来的舒适。

我一直保持这个状态直到头脑清醒，这花了几分钟时间。最终，我开始思考一些问题。到底是怎么回事呢？我在探监的时候，一定有人从手机里窃取了我的电话号码。但梅尔是怎么打电话的呢？他的电话有严格监管，需要律师才能接通，他不能和其他人有任何联系，特别是我，我在他的禁止通话名单上。但即使在死囚区，我想用走私手机与外界通话也是有可能的。

我希望这花了他不少钱，这个浑蛋。

我不能再待在家里了，我感到窒息、绝望和愤怒。我在客厅踱了一会儿步，然后给凯姿·克莱蒙特留下的号码拨了个电话，希望看在上帝的面子上，她能帮我看着孩子。

"往窗外看。"她说。我照做了，把客厅的窗帘拉到旁边，看到她的车还停在车道上。她摇了摇手说，"怎么了？"

我把梅尔的来电告诉了她，她很冷静，把所有事都处理得井然有序，她先记下了梅尔的电话号码——他并没有费心隐藏——并说会去调查这个号码。我毫不怀疑这将是个死胡同。即使他们找到了电话，也不会有任何用处。他已经向我证明，只要他愿意，随时都可以联系到外面的人。下次不会是他自己了，会有别人执行他的命令。

"凯姿……"我紧张得发抖，感觉再也无法忍受，"你可以在这里待着，看着房子一个小时左右吗？"

"当然了，"她说，"现在是我的自由时间，想干什么干什么。但是为什么呢？他对你进行了什么具体的威胁吗？"

"没有，但是我得离开，就一会儿。"我感觉自己被困在了这里，我知道自己快要崩溃了。我需要一些空间，加强一下自我控制，"最多一个小时。"我需要把梅尔的话驱除出脑海，以免造成什么伤害。

"没问题，"她说，"不管怎么样，我的电话都能打通，我会一直在这儿。"

我告诉孩子们我很快就回来，并且凯姿就在外面，我让他们发誓我不在的时候不能开门，并再次和他们过了一遍紧急程序。孩子们都很警惕，他们知道我碰到了麻烦，我也看得出来这有点儿吓到他们了。

"会没事的。"我告诉他们。我亲吻了兰妮，然后是康纳。他们都让我亲吻，直至我轻轻放开了拥抱。我知道，他们正在担心。我抓起一个塑料的带锁枪盒，把我的枪取下夹子，清空枪膛并放了进去。我拿出一件拉链式连帽衫包住空的挂肩枪套，然后放进小背包里。

"妈妈？"是兰妮。我停下来把手放在电脑上，准备关掉警报器。"我爱你。"她平静的语气像海啸一样侵袭了我，将我的心理防线击垮，淹没在一场狂暴的情感风暴中，我甚至无法呼吸，手指在键盘的按钮上颤抖着。有那么一秒钟，泪水蒙住了我的双眼。

我眨眨眼，转过身，努力向她挤出一丝微笑，"我也爱你，宝贝。"

"快点儿回来哦。"她说。我看着她走到刀架前拿了一把刀，转身回到自己的房间。

我想尖叫，但我知道我不能在这里做。我输入密码，输错了，又试了一次，才把警报器关掉。门几乎在警报器提示安全之前就开了，然后我重新设定警报并锁上了门。只有这样，才能保障孩子们的安全。我走过凯姿的车，她正在打电话，一边做笔记一边向我点头。

我跑了起来，不是慢跑，而是冲刺般地跑下车道，每一步都处在平衡和跌倒的边缘。一个错误的动作就会让我四脚朝天，甚至摔断骨头。但我不在乎，我不在乎！我需要把梅尔文·罗亚的毒液从体内赶走。

我像着火一般奔跑着。

我跑上了马路，然后继续沿着顺时针方向跑，爬上了斜坡。戴上帽子以后，我只是湖边一个不知名的跑步者。我经过其他几个人，一些人在散步，一些人在码头上。除了我能跑多快，我没有留意其他东西。我经过了山姆·凯德的小屋，它在我的右手边，但我没有停下。我把更多的能量注入肌肉，消磨紧张感，然后我一路冲刺，到了山脊的顶部，那里是靶场的停车场，是一个让人感到愉悦放松的平台。我放慢了速度，从跑到走，一遍遍绕圈，让我的肌肉减缓燃烧。我的连帽衫都被汗水浸湿了，汗液很多。我仍然能感到内心的愤怒在狂吼。

我不会让梅尔赢的，永远不会。

出于简单的礼貌和谨慎，在打开靶场的门之前，我摘下了帽子，差一点儿就撞到了站在门后的哈维尔。他正在把什么东西钉在布告板上。我退回到门前。这是商店区，他们销售弹药、狩猎设备、弓弩用品等，甚至还有迷彩色的爆米花。负责柜台销售的年轻女子是索菲，她们家往上七代都居住在诺顿。我知道这个是因为她很友好很健谈，在我来这里注册的那天，她就告诉了我她的底细。

索菲看了我一眼，就沉默了。她不会再跟我闲谈。她似乎觉得来者不善，表情紧张而呆滞，好像有人抓着一把违法的武器，并且在一秒钟的警告后就会开火。

"埃斯帕扎先生。"

哈维尔把最后一个图钉钉在海报上，转身看着我。他脸上毫无惊讶之情。我敢肯定，以他出色的观察力，我一开门他就知道我是谁。"普罗克特女士，"他看起来并不像索菲一样面露敌意，只是保持着疏远的礼貌，"最好不要把任何东西放在外套里面，你知道规则。"

我拉开连帽衫的拉链，让他看到枪套是空的，然后提起背包，给他看枪盒。我看到他的眼神透出犹豫。作为靶场管理员，他可以拒绝让我进入场地内，他有权随时以任何理由这样做。但他只是点点头，"尽头的八号区是开放的。你知道正确步骤。"

我知道。我从枪架上抓起听力保护罩，快速穿过其他枪手后面的过道，一直走到尽头。也许不是巧合，八号区的头顶光线比其他地方都要暗。我通常在离门较近的分隔区里射击。我记得，八号是格茨那天用的地方，哈维尔因为他不恰当的射击步骤当场把他赶了出去。

我把枪和夹子放好，戴上沉重的耳罩。稳定的撞击式爆炸带来发自肺腑的缓解，我以平稳、沉着的动作装好子弹。对我来说，这里已经变成了一个安静冥想的空间，一个让情感流淌的空间，除了我、枪和目标之外，什么都不复存在。而梅尔，像个幽灵一样站在靶子面前。我开枪的时候，很清楚我想杀的是谁。

我摧毁了六个靶子，然后才感觉到了干净和空白。随后我放下枪，清除弹夹和弹膛，放下武器，保持抛壳口朝上、枪口朝下，严格遵守一切规定。我这么做的时候，意识到射击声已经停止了。现在靶场里悄无声息，这十分古怪。我快速摘下了耳罩。

我现在是独自一人。分隔间里没有一个人，只有哈维尔站在门边看着我。他站的位置背光，我看不清他的脸。他就在其中一个隔间里，头上的灯光强烈刺眼，在他修剪得很短的棕色头发上闪烁着，把他的表情藏在阴影里。

"我想我的射击水平很一般。"我说。

"不，你是个天生的射手，"他回答说，"过去几天卖了很多弹药，我不得不再进两次货，可惜我没有枪店，不然我这周就可以退休。人们出于恐慌都来买弹药了。"

他说起话来很正常，但让人感觉有点儿奇怪。我把所有的东西都装进我的枪盒里锁上。哈维尔向前迈了一步，我把枪盒塞回背包里。他的眼神像是……一潭死水，让人惴惴不安。他没有携带武器，但并没有使他显得令人安心。"我想问你个问题，"他说，"很基本的问题。你知道吗？"

"知道什么？"我说，尽管已经明白他在问什么。

"你丈夫的所作所为？"

"不知道，"我告诉他的是绝对的真相，但我没有期望他会因此而相信我，"梅尔不需要，或许也不想要我的帮助。我是个女人。对于像他这样的人来说，女人永远不是人，"我拉上背包拉链，"如果你要在这里维护社会秩序，那就请继续吧。我现在没有武器。即使有我也不能开枪打你，我们都知道的。"

他一动不动，也不说话。他只是在注视我，评估我。就像梅尔一样，哈维尔知道夺去生命意味着什么。与梅尔不同的是，哈维尔现在生气的原因并不是自私和自恋——他把自己看作一个维护秩序者，一个为权利而战的人。但这并不意味着我处于更小的危险之中。

当他终于开口说话时，声音柔和，几乎是低语。"那你为什么没告诉我？"

"关于梅尔吗？你觉得呢？我把一切都抛之脑后了，我真的不想旧事重提。换作你，你会吗？"我叹了口气，"算了，哈维尔。我要回到孩子们身边去了。"

"他们没事，凯姿正在看着他们。"他说她名字的方式让我印象深刻。我马上明白过来，凯姿·克莱蒙特不是因为她父亲的关心才来的，她父亲只是刚好见过我一次，他看上去是个不错的老人，但不足以说动她来帮我。她以公事公办的方式提到哈维尔，但哈维尔提到她的方式更亲密。我可以立即想到其中的关系：哈维尔喜欢强壮的女士，而凯姿恰好就是这样，"事实上，在第一次谋杀案发生之后，我差点儿帮你顺利出逃。格温，你不懂我的想法。一点儿都不懂。你坐在我的厨房里喝我的啤酒。我现在在想，如果你确实知道呢？如果你坐在堪萨斯州自己的厨房里，听着那些女人在车库里尖叫，对你丈夫所作所为了如指掌呢？你觉得我不会在乎吗？"

"我知道你会的，"我告诉他，把背包放在我肩上，"但她们从不尖叫，哈维尔，她们无法尖叫，因为梅尔绑架她们时做的第一件事就是割断她们的声带。他有一把特制的刀，警察给我看了。我从来没有听到她们尖叫，因为她们无法尖叫。所以，是的，我就在厨房里准备午餐，为我的孩子们做饭。我吃着早餐、午餐和晚餐。**与此同时，那些女人就死在那堵该死的墙的另一边，你觉得我不恨我自己没有阻止这一切的发生吗？**"最后我完全失控，大声地咆哮，声音像子弹射出后一样回响，狠狠拍打着我自己。我闭上眼睛呼吸，闻到一股燃烧的火药和汽油的味道，还有我自己突然冒出的汗味。我的嘴很酸，早餐的甜味都凝结了。我又一次看见她，那个被剥了皮的女孩在火光中摇晃，我不得不弯下腰来，把手放在膝盖上。枪盒向前滑，撞到我的后脑勺，但我不在乎，我只需要呼吸。

哈维尔一碰到我，我就退缩起来，他只是想扶着我站起来，可是我摇摇头，推开了他。我为自己的软弱无能感到满面羞愧。我想尖叫，再一次想尖叫。但我忍住了，问道："我用完了所有带来的弹药，我能买几个弹夹吗？"

他一声不响地离开，回来时把两个弹夹放在八号区的窗台上，然后转身离开。我滑下背包，放在脚边，靠在隔间的墙上，说："谢谢。"

他没有回应，只是转身离开。

我用完了这两个弹夹里的大多数，把靶子一个接一个地撕碎——质心、头部、质心、头部，各种各样的目标端点——直到我的耳朵在戴有听力保护罩的情况下都嗡嗡作响。形成鲜明对比的是，此刻我内心平静如水，然后我收拾行李离开了。

哈维尔不在店里了。我付了弹药费，索菲默默地处理交易，把零钱放到柜台上，而不是递给我。但愿她不会再偶然碰到凶手的前妻，我们可能会传染。

我走出去，仍然在四处寻找哈维尔，但他的卡车不见了，停车场几乎空无一人，除了索菲的老式蓝色福特停在阴凉的地方。

我转身跑回家。经过山姆·凯德的家时，我看到他正坐在前廊上喝着咖啡，我违背内心的意愿，决定放慢脚步看着他。他回头看，放下咖啡站了起来。

"嘿。"他说，"我想我们应该谈谈。"寥寥数语，但给我的安慰，比我在靶场上得到的更多。他看上去不舒服，有点儿脸红，但也很坚决。

我盯着他看了一会儿。我想我应该立刻跑步离开，撤退。但凯姿说的两件事一直在我脑海中回响：第一，山姆·凯德有不在场证明；第二，我需要盟友。

我往下看我的房子，凯姿的车还在那儿。"当然。"我说，并走到门廊的台阶上。他变得有点儿紧张，我也一样，有那么一秒钟，空气和射击场里一样寂静。"所以，来吧。"

他低下头看了看他的咖啡杯，从我站的地方可以看到它是空的。他耸耸肩，推开小屋的前门，走了进去。我在门口停留了一秒钟，然后跟了上去。

里面很黑，他把天花板打开了一些，拉开遮住窗户的方格窗帘，我不得不眨了几下眼睛。他径直走到一个咖啡壶前，给他的杯子倒满咖啡，然后取下另一个杯子装满。他什么都没说，把咖啡和糖一起递给了我。

这举动本该自然而然，现在却像刻意示好，就像我们挣扎着走在我们之间的一根钢丝上。我呷了一口咖啡，想起他喜欢混合榛子的味道，我也喜欢。"谢谢。"我说。

"你闻起来满身火药味，"他告诉我，"一直在靶场射击吗？"

"除非他们禁止，否则我会一直练习的，"我说，"警察也无权阻止。"

"是的，"他从杯子上方仔细观察我，目光谨慎，黑黑的瞳孔充满戒备，"警察也无权阻止你。"

"因为我没有罪，山姆。"

"是的，"他喝了一口咖啡，"你是这么说的，格温。"

我差点儿把咖啡泼到他脸上，但我忍住了，主要是我知道这只会让我因袭击罪而被捕，而且咖啡不够热，不会烫伤他。我想知道我为什么如此生气，他有权恨我，但我没有权再恨他。当然，我可以怨恨他的欺骗行为，但最终，我们中只有一个人心怀怨恨，痛不欲生。

我坐在椅子上，感觉心力交瘁。我咬着杯子边缘喝咖啡，全神贯注地看着他。突然之间，我想知道他到底是谁，我到底是谁，我们能否重建我们之间轻松自在的气氛。"你为什么到这儿来？"我问他，"这一次我想知道真相。"

山姆一点儿也没有改变他眼睛的焦点，说："我没有说谎，我在写一本书，关于我妹妹的谋杀案的。是的，我追踪了你，我让一个军事情报部门的朋友做了这件事。顺便说一句，他对你一直以来的不断失踪印象深刻。我连续四次错过了你。因为你买下了这个地方，我打赌你会留在这里。"

所以，被追踪并不是我疑神疑鬼，完全不是。"这是你到这儿来的经过，不是原因。"

"我想让你承认你做了什么，"他眨了眨眼，好像很惊讶自己终于袒露了心声，"这就是我所想的，我把你想象成……听着，我一直以为你是他的同伙，你对一切是知情的，我以为你……"

"有罪，"我替他说完，"你不是唯一一个这么想的，这样想的人不在少数。"我咽下一些咖啡，味同嚼蜡，"我不怪你，是真的。如果我是你，我甚至可能……"我会不惜一切代价获得公平、正义。

我会杀了我自己。

"是的，"他叹了口气，"可问题在于，我遇到你之后，和你交谈，了解你后……我不能找到你是同伙的证据。我看到的是一位坚强的女性，竭尽全力克服困难，不惜一切保护孩子。你不是……想象中的吉娜。"

"吉娜也没有罪，"我告诉他，"她只是太傻，太天真。她追求快乐无忧的生活，却被他利用。"

又陷入一片沉寂。

我打破了沉默，说："我看到了你的妹妹。她是……她是最后一个，我在汽车撞进车库的那天看见了她。"

山姆僵住了，只过了一秒钟，他就平稳地放下咖啡。杯子有点重地碰到桌面。隔在我们之间的是打磨过哑光的木质桌面，而不是一道看不见的屏障。也许那样更好，我可以越过它，他也可以。

但我们都绕不开。

"我看过照片。"他说道。我想起他告诉我永远不要让我的孩子看到照片时的语气，现在我知道为什么了。那不是一种含糊不清的同情，也不是因为他在战场上所看到的东西。"我想你也永生难忘。"

"是的。"我咽下咖啡，嘴还是觉得干燥。我坐在离开着的窗户最近的座位上，奶油色的灯光照亮了他，照出他眼睛周围的细纹，包围着他的嘴。在他的左眉毛附近有一个特殊的小凹痕，一个苍白的、几乎看不见的蜘蛛状的伤疤，从他的发际线下一直延伸到右脸颊上。他的眼睛里闪烁着迷人的色斑，"我经常想起她，每当我闭上眼睛，她就在那儿。"

"她叫考利。"他告诉我。虽然我早已知悉，但总是只把她看作尸体、女人和受害者。听他道出她的名字，里面夹杂着悲伤和爱恨，真的让人心碎。"我们被送到寄养家庭的时候，我和她失去了联系。但我找到了她，不，是她找到了我。我被派遣执行任务时，她给我写了信。"

"我无法理解你的遭遇。"我告诉他，我是认真的，但他几乎听不见我说话。他陷入沉思，在想还活着的时候的考利，而不是我记忆中的死去的她。

"她有空就会和我联系，她说她刚到威奇托市，还没有主修科目，因为她还没有决定是学习计算机还是学习艺术。我告诉她……我告诉她要回归现实，要选择计算机。但如果……我可能会让她选择自己喜欢的。你知道，我以为……"

"你以为她还有时间，"我在他的沉默中帮他说完，"我无法想象，山姆。我很抱歉，我很……"令我恐惧的是，我的声音一分为二，哽咽到无法出声，我的内心崩溃了。直到现在，我才意识到自己的心居然也这样脆弱。所有情绪一齐涌来，我的眼泪喷薄而出，我从未经历过这种感觉。我内心所有的悲伤、愤怒、背叛、恐惧、内疚，像海啸一样来势汹汹。我把咖啡杯放在一边，埋头啜泣着，仿佛我的心和心里的一切都分崩离析了。他一言不发，只是不动声色地把一卷纸推过桌子。我抓起一叠纸，用它们来掩饰我的悲伤、内疚，以及从远处袭来的、我从未直面的强烈疼痛。

我不知道我们坐了多久，但时间长到那整卷纸巾都被眼泪浸湿了，我把它扔到桌子上时，发出了一声沉重的"扑通"声。我低声道歉，然后自己收拾干净，把所有东西都扔到垃圾桶里。我回来的时候，山姆说："你丈夫被审判时，我被困在乡下，但我每天都跟进最新进展。我一度以为是你的错，然后当你被宣判无罪……我以为……我以为你逃脱了惩罚，我以为你是从犯。"

我听到他的声音中的痛苦，他现在也许不这样以为了。我不发一言。我知道他曾经认为我是从犯的原因，我也知道为什么每个人都这么认为——你跟一名杀人犯同处一室，同床共眠，却宣称对他的杀人罪行毫不知情？你到底是有多白痴？你怎样才能证明这一切是真的？

我为居然有人判我无罪而隐约感到惊讶，就连我自己都没有开始原谅吉娜·罗亚。我说："我本来应该知道的，如果我阻止了他……"

"那你就会死，你的孩子们或许也会死，"他斩钉截铁地说，"你知道吗，我去看他了。梅尔。我不得不看着他的眼睛，我必须要知道……"

这让我几乎窒息。我难以想象他坐在那张监狱椅上，看着梅尔文的脸，我想起了梅尔如何唤醒我身上那股如影随形的恐惧。不知道那时山姆心里该有多难受。

所以我冲动地伸手摸他的手，他让我牵着。我们的手指松松地放在一起，除了最轻微的接触，不需要进一步的任何表示。我感到手指有点儿发抖，但不知道是谁在发抖，我只感觉到轻微颤动。

突然，我看到他身后的窗户里有什么东西，但只是一个形状、一个影子，当我的大脑最终确定那是个人时，什么都已经不再重要了，重要的是这个形状、这个影子正在拿枪，举起，瞄准。

一把猎枪，瞄准着山姆的后脑勺。

我来不及思考，赶紧用力抓起山姆的手，把他推到一边，让他失去平衡并翻倒在地，同时由于用力过猛，我也从自己的椅子上摔了下来。我使劲拖，把山姆从椅子上拽了出来。他四肢伸开跨过椅子，然后椅子从下面转了出来，他重重地侧身倒在地上。瞬间传来一声难以置信的巨响，我隐约感到咖啡杯从桌子上掉了下来，撞到了我的大腿。热量和液体溅到我身上，像鲜血一样温暖。窗户的玻璃碎片像喷头喷水一样撒向四周，我用手挡住脸以免被割伤。如果我没有看到，或者不及时反应，山姆的后脑勺就会被击爆，脑浆四溢。

山姆倒在我旁边的地上，他放开手，滚过玻璃，以惊人的速度爬到一个角落里。他自己的一支猎枪半掩在角落的阴影里。他滚动着抓住猎枪，手肘撑在地板上停下来，举起猎枪，注视着窗户，然后将膝盖弯曲，蹲了下来。我没有动。他慢慢地走过来，时刻准备躲闪或射击，但他显然什么也没看到，他很快转向前门。他是对的，应该检查是否会出现下一个威胁。我借此机会爬到我的背包前，拉开拉链，打开盒子。我用快速而熟练的动作组装我的武器，把子弹装进弹膛里，然后用手肘在地上滚动。我们在无言中达成了默契：他射高处，我射低处。

但视野范围内一无所获。有人在湖面上大声喊叫，远处传来一片模糊的声音，我感觉那声音是从房子旁边的树上传来的，至少不是公路或湖面上。所有人都知道有人开枪了，他们会知道是从这个方向来的。我觉得我身上布满了火药残渣，不知道这是否也是瞒天过海计划中的一部分。但我一点儿也不惊讶，一点儿也不。法医鉴定可以很容易判断出，我们在这里，在桌子旁，有人向我们开枪。

我听到湖边传来更多的呼喊声，隐约听到有人喊"警察"，山姆站了起来。他没有放下猎枪，而是像个训练有素的军人一般小心翼翼地朝门口走去，检查窗户，推开门，等待着。我能看到远处湖的景色，小船匆匆地驶向码头。远方的一切都平安无事。快速分泌的肾上腺素冷热交替地穿过我的身体，掩盖了实际伤口带来的疼痛。

什么都没发生，没有人开火。山姆一言不发地看了我一眼，我爬起来抱住他旁边的墙，当他走出房门时，我走到他后面，他注视前方，我环绕四周。我们绕了整个屋子一圈，没有发现任何人。山姆发现了一些磨损的脚印——来自华夫饼底的靴子，这些脚印模糊不清、残缺不全。但有一点很明确，刚刚有人就站在这里，瞄准了他，然后朝他的后脑勺开枪，而我救了他一命。

我又开始浑身颤抖了。我小心翼翼地把子弹从枪膛里拿出来，然后把枪放回肩上的枪套里。这种熟悉的重量感觉很好。我蹲下来仔细查看脚印，但我不是专家，也看不出什么蛛丝马迹。

"你最好把你的枪放回去，"山姆告诉我，他把猎枪背在肩膀上，"走吧，警察又来了。"

他是对的。我没有开枪，而且我也不想因为携带合法的枪而被意外射杀。我把武器拆了下来放回盒子，锁上。就在我把箱子放回背包的时候，山姆把自己的猎枪放在角落里，打开门。一辆汽车正在向我们飞驰而来，扬尘滚滚。从车上下来的不是格雷厄姆警官，而是凯姿·克莱蒙特，她拿出武器放在旁边，走出了车。

"凯德先生，我接到枪击报告。"

我顺着马路望去，我的房子静静地坐落在斜坡上。**她刚离开他们，不会有事的。**唯一值得注意的是，一辆越野车正消失在山的另一头。可能是约翰森家的。

"是的，"他平静地说，就好像整件事只是猎人误射了目标，"看，那人从窗户外面射入，子弹里面还有铅弹。"

"真幸运，"凯姿看着山姆说，"我猜你看到了。"

"不，我背对着它，"他朝我抬起下巴，"是她看到了。"

我盯着我的房子，我不在的时候不愿意让任何人接近它。我看不到任何人。他们没事，不会有事的。"我看得不够清楚，"我说，"只是一个模糊的影子，他——我想是个白人，但我不敢打包票，他从窗户下面冒出来。说实话，我只注意到了枪口，然后赶紧逃生。"

凯姿点头说："好吧，你们两个先坐下。"

"我需要回家。"我说。

"就一会儿。请坐，我要检查一下。"她的声音里带着命令。我往后退，目光从不离开我的房子，然后坐到桌子边的座位上。

山姆把倒下来的椅子扶起坐了下来。我可以从他握紧拳头的方式看出，这个背靠窗户坐下的动作让他很不舒服。咖啡从桌子边上滴下来，浸湿了我的运动裤。我讨厌这样，因为从这里可以看到回家的路，却看不见我的房子。

"赶紧的！"我冲凯姿喊道，但她这时已经在外面，绕着窗户走了。

山姆和我静静地注视着对方。他脸色苍白，额头开始冒出汗珠。

"你一直盯着我的背，对吧？"他问我，我点了点头，他动了动身体。我不知道是怎样的意志力才能让他又坐回那个位置，心里回想着发生的一切，也不知道这会给他带来什么样的心灵创伤。"谢谢你，格温。我是认真的，我压根儿没留意到。"

"枪手走了，"我对山姆说，"我们现在没事了。"我突然感到一阵疼痛，原来是被玻璃窗碎片划伤流血了，我想可能左肩有什么地方被撕裂了。但我要走了，现在、马上。

凯姿出现在他身后破碎的窗户里，山姆的第六感出现了，我能看到他在颤抖。他努力保持平静。"没关系的，"我告诉他，"是克莱蒙特警官，你没事的。"他面如死灰，一滴汗珠从他侧脸流下，但他一动不动。

在他身后，凯姿伸出双臂，模仿一支猎枪。"射手必须和我一样高或更高，"她说，"他非常靠近你们。假设我是凶手，我站在挑选的射击地点，但他的脚印还在我的前面，说明枪必须非常贴近窗户玻璃，"她放下想象中的枪，"这浑蛋真是吃了豹子胆了。你们俩都还活着，实在太幸运了。"她分析得十分正确。我从我现在坐的地方，看到了对面的墙上嵌入的子弹。如果不是反应及时，山姆早就脑浆迸发，我甚至能想象出迸发而出的血液把墙溅成红色、头骨碎片散落一地，甚至夹杂着碎落的弹片的情景，而我身上会洒满他的血液。

"我进来了，"凯姿说边从我的视线中消失。我发现山姆稍微放松了一点儿，他站起来，把椅子移到桌子的边上，从窗户望出去。我没有移动，我觉得最好还是时刻盯着刚才那个方向——山姆的疑神疑鬼似乎传染了我。

"天啊！"山姆说，伸手去拿那卷仍奇迹般地放在桌子上的纸巾，上面破了几个孔。他展开几张纸巾，把洒出来的咖啡擦干净，说道，"这个浑蛋居然打破了我最喜欢的杯子。"

这太意想不到了，我几乎要笑出声来，但我知道如果我笑的话，山姆也会笑起来，因此我控制住自己。我开始清理身边咖啡杯的碎片，随后意识到我们的行为太不恰当了。"山姆，"我把手放在他的胳膊上，他有点儿退缩。"先别动了，这是犯罪现场。"

"该死的，"他把纸巾扔在桌子中间，纸巾被棕色的咖啡液体浸湿了，"对。"

凯姿回到屋内，一边在笔记本上做着笔记，一边说道："好吧，现在我要请你们俩走出屋外，我来保护犯罪现场，警探正在路上。"

我站起来，走到门口，又看到我的房子，一切安好。我从口袋里拿出电话，并问道："你是刚离开我家来这里的，对吧？"

"不是，"凯姿说，"我们之前收到有警察被射杀的报告，我必须要回应呼叫，所有人员都不例外。我刚回到半路便接到报案发生枪击的电话，对不起。但我走之前敲了敲门，告诉他们我要走了。你女儿说他们会没事的。"

我一下子呆住了，山姆也睁大了眼睛。他立刻问："**真的有警官被射杀了？**"他这问题令我一惊。

凯姿的脸一片发白，表情僵硬，"没有，没有任何发现。"

我们大惊失色——所谓的报告，甚至枪击事件……全都是调虎离山计。山姆立刻站起来，抓起他的猎枪和我的背包，边走边把背包扔给我，我已经在跑了，就像怪物在追我一样。

"等等！"凯姿在我后面大喊。

我没有停下。我跑得更快了，根本停不下来。我听到身后引擎的轰鸣声，回过头来；凯姿慢了下来，山姆把门打开向我招手，我跳了进去，腿不小心撞上了门。她说得对，这样更快。我看着车子底下呼啸而过的道路，凯姿·克莱蒙特开得像个疯子，但没有人挡住路，而且只是很短的一段距离。她拐到我家的车道上，在碎石路上摆来摆去，然后踩上油门，一头驶向房子。红色的油漆从车库里发出耀眼的光，像一个越开越大的新伤口，还在滴着血。

我跳出车外，往前门跑。可前门被锁住了，我打开的时候，警报发出疯狂的警告声。我输入密码，深吸一口气——谢天谢地，警报还在工作。孩子们哪儿也没去，**没关系，他们很安全**。

我把背包放在沙发上，朝大厅走去，"兰妮！康纳！你们在哪儿？"

没有回应，没有任何声音。我仍在以同样的速度移动，但时间似乎停了下来。走廊灯变暗了，显得两边关着的门更大。我想回头等其他人，但我不能。我使劲儿推开兰妮的门，看到被子在地板上缠成一团，被子的一边躺在那儿，另一边开了。兰妮的笔记本电脑呈锐角打开，翻倒在地上。我拿起来，只见一个个彩色骷髅头骨图案的屏保从屏幕对角弹出，她的屏幕保护程序只在电脑休眠前五到十五分钟以内才会出现。这绝不是她弄的，她从来不会这样对待她的笔记本电脑。

我把电脑放在床垫上，四处察看，打开壁橱，尽管我很害怕会发现什么，还是往床底下仔细检查。

"格温……"山姆的声音从身后传来，我回头看，他的脸正朝向我儿子的房间。他的声音里有些刻意保持的克制。当他看我时，他的瞳孔很小，好像正凝视着一道明亮的白光。我朝他走去，他伸出空着的手阻止我，似乎成了一个试图阻止我从致命高处坠落的守护者，但他必须要用他的另一只手上的猎枪才能真正阻止我。

我从他身边溜过去，抓住门框，以免他把我拉回来。

我看见了血液。

这是我梦魇中的一幕。康纳淡蓝色床单的扭曲织物上有血迹，地板上也有一块块暗淡的血渍，枕头上有一条长长的干净的裂口，漏出血迹斑斑的羽毛。

可我的儿子不在这儿。

我的孩子们都失踪了。

我的膝盖开始弯曲，腿软了下来，我要抓着门框才可以撑住自己。山姆摸着我的肩膀，在和我说着什么，但我听不见。当我腿部再次有了力气，准备向前冲的时候，凯姿·克莱蒙特用一只有力的胳膊拦住我的腰，把我推开，她让我背靠在墙上。她把枪放回了皮套里，棕色的眼睛目不转睛地注视着我。

"你需要冷静，格温，"她对我说，"你不能进去。"

她从口袋里拿出手机，快速拨号。"警长？快到格温·普罗克特家来。这里可能发生了一宗儿童绑架案，有多个受害者。所有人各就各位。"她挂断了电话，把我控制在原地，"你还好吗？格温？格温！"

我努力尝试点头，但我不可能好，不过现在讨论这个没有意义，也不是她想知道的。她只是想知道我还能不能控制自己。我能，至少我可以试试。

山姆也杵在那里，一动不动，直到我看到他的脸，以及他脸上的那种怀疑的神情，我才意识到这个场景可能意味着两件截然不同的事情。第一，事实：我的孩子被绑架了。第二，合情合理的假设：在我离开这所房子之前，我对自己的孩子做了一些事情。有人会这么想的。但凯姿不会，因为我离开时，凯姿进来过，她和门后的兰妮还说了话。可我会是警方的第一个犯罪嫌疑人，也许还是他们唯一的一个犯罪嫌疑人，不管她的证词是什么。

"不，"我说，"凯姿，你知道不是我干的！"

"我知道。但我们先不要在这里做无谓的猜测。"她说，并专业地把我带到起居室，带往沙发。游戏控制器挡在路上，我麻木地拿起它们。这是康纳的坏习惯，随手扔下这些东西。我突然想到，他是上一个把手放在这些控制装置上的人。我轻轻地抓住一个遥控器，仿佛它随时会被折断，会消失，仿佛我的儿子除了在我的想象中之外，根本就不存在。

"格温，"山姆蹲在我旁边，盯着我的脸，"如果你说的是对的，那么就有人知道你离开了这所房子。你告诉谁了？"

"没告诉任何人，"我麻木地说，"只有你和孩子们知道。我告诉孩子们我会回来的，他们很安全。"这是我的错，我不应该离开，从不应该。"你应该在这看着他们！"我把矛头对准凯姿。

她强打精神，对我的指责没有反应，我知道这让人内心煎熬。她也知道自己的任务失败了，还付出了惨重代价……这代价可能比我们任何一方能够面对的都要高得多。

"他们会让谁进来？"

"没人！"我几乎要哭出来了，但我几乎马上意识到他们可能会让山姆进来，但山姆……山姆有时间吗？对，他早就看见我上山了。他至少有一个小时的时间可以来这里……做什么？诱导我的孩子，绑架他们，不留下任何痕迹？然后呢？要带他们去哪里呢？不，不，我不敢相信是山姆。这根本说不通，无论从感情上还是从逻辑上都说不通。我的孩子们会奋起抵抗的。可是当我在山姆家停下来时，他身上一滴血也没有。而且，如果是他的话，也会被凯姿看见的。

除非他们俩是同谋。

同时，我能感觉到他也在打量我，想我是否对自己的孩子做了什么。不信任的谜团再次笼罩着我们，而这也许正是关键所在。

那还有谁？除了山姆还有谁？我不认为我的孩子会让凯姿·克莱蒙特进来，尽管他们很喜欢她，而且她有徽章。普雷斯特警探？也许吧。

突然，一个想法令我不寒而栗，汗毛倒竖，魂不附体。我忘了一个人，一个他们信任的人，一个他们会毫不犹豫地放进来的人，因为**我**以前曾经信任地让他和他们待在一起——哈维尔·埃斯帕扎。哈维尔，对，他在给我弹药后就无故失踪了。我离开时，他的卡车已经不在靶场的停车场上了。他可能知道报警系统的密码。他看过我和孩子们设置警报和解除警报。哈维尔·埃斯帕扎是一名训练有素的士兵。他知道如何绑架人，并且能够安静地完成一切。

我试着告诉大家，但我做不到。我的嘴发不出声音，感觉肺部被什么堵住了。我赶紧猛吸一口气来缓解。我的手里握着康纳的游戏控制器，上面似乎还有康纳残留的一丝体温，就像是接触皮肤的温度，**康纳的皮肤现在可能很冷，他可能已经**……但我的大脑自动屏蔽了，不要我去想剩下的部分。哈维尔，他可以很容易地从靶场或卡车的后窗上找到猎枪；哈维尔，我完全信任他来照看我的孩子，孩子们也足够信任他，让他进屋，关掉警报。他也可以很容易地从孩子们那里得到密码，然后出去的时候重新设置警报。

你可能忘了什么，梅尔的声音在我耳边低语。我全身发抖，我不想他的声音出现在我的脑海里，我不想。但他是对的，我一定忘了什么……

"我要打电话给保安公司，"凯姿说，"这需要得到你的许可。只有这样他们才会跟我通话，好吗？他们应该能查到警报响起的时间记录……"

"摄像头！"我脱口而出。我猛冲到平板电脑充电的地方。摄像头会把视频传输到设备，我能清楚看到发生了什么。

但平板电脑不见了，只留下充电线悬挂着。

我拿着充电线的末端，仿佛不能相信平板电脑不见了，我无言地看着凯姿，好像期待她能以某种方式为我解决这个问题。她皱着眉头，"你装了摄像头吗？它们是内置在安全系统中的吗？"

"不是，"我说，"不是，分开的，有一个平板电脑……"我不知道是什么让大脑突然闪过另一个念头——虽然转瞬即逝而且模糊——一个能确保孩子们安全的地方，我居然差点儿忘记。

安全室。

我径直冲过去，从厨房的料理台上冲向墙壁，他们两个目瞪口呆地看着我。这所房子的安全室是一位身家富裕的长者修建的，入口隐藏在厨房角落里靠近早餐桌的一块铰链垫板后面。我使劲儿推桌子，差点儿把它撞到正在走近的凯姿身上，然后疯狂地推着垫板。它本来应该可以弹起，却没有。我突然有种灵魂出窍的感觉，仿佛这个安全室根本不存在，只是我臆想出来的；仿佛现实世界已经变成了我生命中疯狂的游乐场，而安全室和我的孩子一起消失了。我一次又一次地猛推，最后，远处的角落突然出现了"咔嗒"声。我猛地拉开垫板，在它后面还有一扇沉重的钢门，旁边有一个密码键盘。

数字上有血迹。看到这些的时候，我屏息凝神，这意味着他们在里面，他们没事。不会再有别的可能性了。

我输入密码，但手指颤抖得厉害，我输错了。我深吸一口气，强迫自己放慢速度。六位数，这次我终于输对了，颤音响起，绿灯闪烁。我转动手柄，甚至在封条断裂之前就大喊："康纳！兰妮！"

安全室被洗劫了。瓶装水从架子上掉落，散落在地板上，一盒应急高蛋白食品被打翻，里面的东西散落在地板上，还有一部分在争斗中被压坏了。我发现了血液，一滴滴往下落，还没有凝固。在拐角处有一个小水池，在一个黄色的警告标志下面。标志上写着：此处有僵尸。这是康纳的杰作。地板上还有一个断了的十字弓，也是我儿子的玩具，因为他喜欢的那个角色在僵尸秀上表演时携带了一样的十字弓。墙上的固定电话被扯了下来，朝相反的方向摔裂了。

我一直看着血。很新鲜，是鲜红色的。

但我的孩子们不在这里。

我在那里站了一会儿，目不转睛地盯着血看，试着解开谜团。我的孩子们必须在这里，他们不可能不在这里！这是他们的避难所，他们的安全之地。没人知道可以在这里找到他们。但有人发现了。他们当时躲在这里，他们在这里战斗过，他们在这里流了血。

然后他们不见了。

我向前冲到安全室里唯一可能的藏身处——小厕所。它只有一扇磨砂玻璃门，我已经能看到里面没有人了，但我还是猛地拉开门。看到空隔间时，我吓得几近窒息。

我站在那里，一动不动，房间里的寂静像是要把我吞噬。孩子们的消失是一个裸露的伤口，血液是如此的鲜活，如此的明亮，触目惊心。

凯姿把手放在我肩上。它的温暖让我感到震惊。热量散发到我的脸上，我这才意识到自己浑身哆嗦、冷战不止。"来吧，"她告诉我，"他们不在这里，先出去吧。"

我不想出去。我觉得离开这个陌生、寒冷的庇护所，就是在承认一些重大的事实，承认一些我一直想躲避的事实，就好像被一个孩子掀开我头上盖着的被子，发现了我。

这一刻，我突然近乎疯狂地、毫无理智地想念梅尔。这个念头让我震惊，但我希望能向人求助，希望有人能分担这种内心的空虚。也许我想念的并非梅尔，而是有梅尔在身边的感觉，我想要一个能分担我们共同的孩子的失踪带来的悲伤和恐惧的人。我希望他用手臂抱住我，告诉我一切都会好起来的，即使梅尔总是说谎，总是。

凯姿把我拉了出来，就那么敞开着安全室的门。我坐在厨房的一把椅子上，这是兰妮早饭时坐的椅子。所有的东西都带有回忆——木头桌子上的指纹，我让康纳重新装满的空盐瓶。但他忘了。

兰妮的一个骷髅头骨发夹掉在椅子下面的地板上，一根发丝仍然卡在夹子里。我把它捡起来，放在手里，举到鼻子边，感觉依然能闻到她头发的香味，这让我热泪盈眶。

山姆坐在我旁边，他的手无力地放在我身边。我不知道他什么时候坐下来的，也许是在刚刚——时间仿佛在跳跃，而现实再次崩溃。一切都很遥远，但山姆的皮肤像阳光一般温暖地照耀着我。

"格温。"经过几秒钟的滞后，我终于明白过来他在喊我的名字，一个我刻苦训练辨认的化名。我抬起头来迎接他的目光，里面有些东西能让我稳定下来，把我从黑暗中带到一个有些许希望的地方。"格温，我们会找到他们的，好吗？我们会找到孩子们的。你知道……"他的话被我的手机铃声打断了。

我疯狂地抓着手机，拍在桌子上，然后用扬声器接听电话，甚至没看来电显示。"兰妮？康纳？"我听不出来是谁，但是一个男人，声音经过合成器加工，"你以为你能畏罪潜逃吗，你这个恶心的荡妇？你可以跑，但你躲不掉，当我们找到你的时候，你会希望你那该死的丈夫把你绑起来，活剥了你的皮！"这个威胁让我措手不及，让我喘不过气来，我一时动弹不得，无法思考。

山姆坐在后面，好像被人打了一拳。凯姿侧过身来，拿起手机。即使声音经过处理后变得平缓，言语中那充满恶毒的欢乐也仍然让人毛骨悚然。我感觉时间停滞了，一时间无语，但很快，我条件反射般尖叫道："把我的孩子还给我，你这个浑蛋！"

电话的另一端陷入沉默，似乎我把他抓住了，又好像我没有遵循某种脚本。然后那声音说："你说什么？"虽然声音经过合成加工，那种惊讶却是无法掩盖的。

"孩子们没事吧？如果你伤害了我的孩子，你个狗娘养的，我一定会找到你，我会亲手把你撕成碎片……"我站了起来，用僵硬的胳膊撑在电话边，我的声音尖锐得足以切断、响亮得足以粉碎所有东西。

"我没有……该死的……他妈的。"电话断了。平静的音乐声告诉我电话信号丢失了。我坐在椅子上，拿起电话，看了一下来电显示。很明显，来电号码已经被屏蔽。

"他不知道，"我说，"不是这个人干的，他甚至不知道他们不见了。"我本该预料到这件事情的发生，我的地址被我周围的某个人泄露了，这个人甚至还拍了我们的照片。梅尔一定也把我的号码散布出去了。可以预料得到，我即将收到一系列的电话威胁：死亡、强奸、杀死我的孩子们、烧毁房子、折磨我的母亲……这些我以前都经历过了，在网络暴徒的世界里，再也没有什么能让我震惊了。我也同样清楚，正如我每次向警察汇报的时候，他们告诉我的那样，这些可怜病态的人绝大多数都不会做出他们发布的那些恶毒罪行，他们的快乐来自对我造成的心理伤害。

刚刚那个打电话的浑蛋挂断电话，并非因为对自己的行为感到内疚，他只是很意外，并且担心被卷入绑架案的调查中。好处是，他不会再打来了。但在他身后，会有一千人排队等着打电话。

凯姿把电话从我手里拿了出来，打断了我的思绪。她说："在我们决定如何处理之前，我替你接听电话，可以吗？"我点了点头，即使我知道这是一种利用我的手机作为证据的策略。山姆把目光移开，好像他感到羞愧似的。我想可能他也在我的语音信箱上留过愤怒的信息，或者用匿名账户给我发过充满怨气的电子邮件。但他不会做出真正的反社会行为，否则他会异常痛苦，良心也会受到煎熬。

我希望现在他可以开诚布公，让我们彼此坦诚相待、相互理解，从头开始。

警察很快就到了，场面变得混乱起来。我们被带到外面，警察彻底检查了房子并开始调查。普雷斯特带着另一个年轻的侦探来了——其他警员看起来也十分年轻、经验不足。看到我和凯姿、山姆站在一起时，他摇了摇头。看到山姆，他扬起了眉毛。我看到他再次开始思考，推翻了之前的判断和假设，不知他是否会把我和山姆当成同谋。如果真是这样，那又进入了一个错误的循环。我们过去确实有交集，即使我毫不知情；我们也确实认识彼此，在某种程度上，我们还互相喜欢，这让我头疼。我试图像普雷斯特一样思考，但我觉得他看待我们的目光已全然不同。

"告诉我所有的事情。"普雷斯特说。

一旦我开始说，便再也停不下来了。

第十二章

我不想离开我的房子，但我也不想待在这里了。这儿已经不再是我们安全的避风港、我们逃难的天堂，而是像威奇托市那栋房子一样，分崩离析，被揭露出深处最丑陋、最不为人知的一面。但这次不是梅尔在胡作非为。这所房子让我心寒，已经不可以再称之为家了——这里不再有任何东西能让我感到家的温暖。

我和普雷斯特一起坐在外面的门廊上，他向我和山姆详细询问了事情经过，凯姿也坐在旁边，根据需要提供证词。我想象着普雷斯特会在笔记本上画出时间表，我想我知道危险是何时开始的，知道陌生人是何时走进我家、撕裂我的内心。也许普雷斯特会认为是我亲手策划了这一切，但我毫不在乎了，我需要**找到**孩子们。

我必须要坚信他们没事——他们会心惊肉跳，但一定安然无恙。我要坚信那个血迹是假的血，或者是动物血，是故意放在那里恐吓我的。我要坚信会有人打来索要赎金的电话。我要坚信除了我内心潜意识的恐怖设想外，任何事，所有事都是真实的。

我把孩子们的手机号码给普雷斯特，他把电话号码给了凯姿。半小时后凯姿回来说："电话关机了，也无法追踪 GPS。"

"并不奇怪，"普雷斯特说，"现在看过电视的白痴都知道丢掉那该死的电话，"他摇了摇头，合上笔记本，"我已经让镇上的每一个警察都出去搜索了，普罗克特女士。与此同时，我需要你再告诉我一次，今天早上克莱蒙特警官和你一起吃早餐后发生了什么事。"

"我已经告诉过你了。"

"再告诉我一次。"他的眼睛冷酷无情，那一刻，我对他产生了一种清晰明确、咬牙切齿的憎恨，就好像是他挟持了我的孩子，并藏匿起来不让我发现。"因为我需要确切地了解这是怎么发生的。送走警官后，你做了什么？"

"把门锁上，重置警报，洗盘子，然后接到梅尔的电话。接着我从保险箱里拿出挂肩枪套和枪，把它放进包里，穿上我的帽衫。"

"你有敲过孩子们的门吗？有告诉他们你要去哪里吗？"

"我告诉兰妮了，我告诉她我要离开一个小时左右。然后我让凯姿看着我的房子。"

他点了点头。我想，他一定在默默谴责我离开了房子。但我把孩子们留在了一个封闭、坚固的房子里，里面有一个固若金汤的安全室，我还为可能会出现的突发情况制订了明确的计划。我的房子门前甚至还停着一辆警车。**而我只是出去一个小时！**最后可能超了二十分钟，因为我在山姆家耽搁了，有人要谋杀他。一小时二十分钟，却足以让我的生命分崩离析。

"所以你能说说，从凯姿早餐后离开你的房子，到你出去上山之间的半个小时发生了什么吗？"

"我看见她路过我家，"山姆没有被问到就说了，"看来我没看错。从她上靶场到她下来，刚好差不多一个小时，然后我邀请她到我家里来。"

普雷斯特眯着眼睛看了他一眼，山姆就举起手坐了回去。但他是对的。"最多在我离开房子后半个小时，"我告诉普雷斯特，"山姆就看到我在路上。这些都不重要，和凯姿谈谈，她和我女儿说过话。"

"我现在不关心她说什么。所以，从克莱蒙特警官最后一次见到你的孩子，到之后看到你独自一人前往靶场，这中间还有半个小时的时间。是这样的吗？"

"你认为在这半个小时内，我杀了我的孩子，然后把他们偷偷带走了，接着跑了一圈，身上一点儿血也没有？"

"我可没有这么说。"

"你根本不用说出来！"我向前倾身，双手放在膝盖上，怒目而视，但普雷斯特没有退缩。"我、永、远、不、会、伤、害、我、的、孩、子、们。"我一字一顿地说，我的眼睛模糊了，但我不会因此停下，"我不是梅尔文·罗亚，我甚至不是吉娜·罗亚，我只是那个必须去拯救我孩子的人。有人真的会伤害我的孩子们。如果你想要嫌疑人，我可以把整个档案给你，你可以尝试做一些真正有用的调查！"我希望能够把那些文件和那些邪恶的照片，那些写满死亡和暴力文字的纸扔给他，它们扼杀了我对希望，对和平的追求。"都在我的办公室里。还有，和梅尔谈谈吧，他肯定知道什么！"

"你觉得他从死囚牢逃出来了，并且一路神不知，鬼不觉地来到了静湖？"

"不，我认为梅尔文有帮手。据我所知，他很可能有一个搭档。他们想把罪名套在我头上。但那不是我做的，也许是他真正的搭档……"我停下来了，因为我听起来好像没声音了，甚至连我自己都听不见。梅尔文·罗亚没有搭档，他不需要，他是他那个小型恐怖王国的国王，我无法想象他和其他人分享这个王国。但如果是追随者呢？对，他希望有追随者。他认为自己富有魅力，像一个邪教领袖一样一呼百应。如果他不能亲自折磨我，他愿意让人替他完成任务。

但普雷斯特已经摇头了。"我们一直在调查你的前夫，"他告诉我，"他被严格监控，根本没有使用电脑的时间。他只可以拿几本书，见见律师，收发信件，而那些信件都要经过监狱官员的检查。他得到了一些……我想可以说是女性粉丝发来的信件，认为他还不错，只是被误解了等。其中一个人还说想嫁给他，他说他在考虑这件事，他的原话——不是我说的——他的妻子抛弃了他。"

"那你可以查一下……"

"我已经查了，"他打断了我，"那位宣称想要成为罗亚夫人的女性从未离开过她位于阿拉斯加乡村的家。如果她采取行动，立马会引人注目。当地警察说她精神错乱，但不对他人构成伤害，堪萨斯州调查局已经在调查所有和他通信的人了，名单非常短。"

"他们绝对没有查明一切！我不知道他是怎么把信寄给我的，但不知怎么，他就是寄来了。"

"我们正在调查。还有在凯德先生小屋发生的枪击案，以及之前接到的警官被射杀的虚假报告，还有你说你接到的电话。我们现在有很多事情要处理。我们正在尽可能快地处理。"他靠着肘部向前倾，"我也在让人调查你孩子所有的朋友，在社交媒体方面找不到多少……"

"你知道为什么！"

"是的，我想。但是如果你能想到我们要找的人，你现在就说出来。我们现在需要跟进每一条可能的线索。"

我知道，他没有说出来的。严酷的事实是——如果我的孩子还活着，他们可能不会活太久，特别是，如果他们是被一个对我有怨恨，或对梅尔有怨恨的人带走。如果他们被来自静湖的杀手带走的话，所剩时间可能会更少。那摊血泊又在我的脑中闪过，寻找失败的可能性让我再次窒息了。

我还是忘了什么，我不知道到底是什么，但肯定是我见过却没有留意的事情，然而我现在无法静下心来整理思绪，思考每一件惹人厌烦又难以捉摸的小事。一定是关于康纳的，关于康纳。我闭上眼睛，眼前出现了他，就像今天早上看到的一样，我那严肃、安静、自我克制、充满魅力的书呆子。

书呆子。

我试着沿这个方向去思考，但无法进入状态。普雷斯特打断了我的思路，说："我需要你来警局一趟。这里的现场需要处理，你在这里会阻碍我们。凯德先生，我希望你也一起来，我们需要更多关于那起枪击事件的信息。"

我咕哝着一些废话，表示同意，但我内心并不同意。我的头脑飞速运转，思考着各种可能性，却没有一种能思考出结果。不过我知道还能做些什么，我只剩下一件可做的事情。我拿回了我的电话，发短信给阿布萨隆说，有人绑架了我的孩子们，我不知道是谁，请求帮忙。

我点击了"发送"，不知道这是不是进入黑暗前的祈祷或绝望的呼喊。如果他不想参与进来，我也无权生气，阿布萨隆只是一个在互联网浩瀚的黑暗海洋里四处漂浮的瓶子而已，而我有充分的理由相信，互联网不是一个友好的地方。没有回复。我让普雷斯特等一会儿，他不耐烦地等了五分钟，然后把手机拿走了，装进证据袋里。

即使手机再响起来，我也听不见了，因为它被放进了一个棕色的箱子里，成为证据清单的一部分。这些证据将被从这个房子里带回诺顿。这里也不再是我的家了，这里只有砖、木头和钢，还有一块尚未完成的甲板。我很遗憾没有完成它，至少应该和山姆和孩子们再在外面坐一次，那也许能成为我这个地方最后的美好回忆。

山姆向我伸出手来，我茫然地望着他的手，直到意识到普雷斯特在轿车旁等着我。是时候走了。我不会再回到这儿了。

这儿不是家了。

警察局的审讯室熟悉得令人厌烦，甚至到了不可忍受的地步。我不安地摆弄着自己的指甲，无精打采地等着。山姆被带到另一个房间单独接受问讯。当然，凯姿离开了我们，穿上了她的制服，和其他部队一起出去巡逻，搜寻孩子们。我对警察不太信任，即使普雷斯特冷静且清楚地告诉了我他们设置了路障，以及他们用了一些训练有素的跟踪犬来寻找康纳卧室的气味的消息。

我想，这只会把他们带到一个曾经有一辆车，或一辆卡车，或一辆面包车的地方。我想，哈维尔想卖给我的那辆货车就可以完美实施这次行动……如果把车停在朝向房子的前方，乘客座椅后面有滑动侧门，是个完美的掩护，能把失去知觉的年轻人悄悄地从房子里抬到货车里，把他们装进去，锁起来。那些狗不会帮我们找到他们，只会把我们带到他们最后一次去的地方，也许会带到马路上。

之前车子驶离静湖时，我没注意到沉重潮湿的空气在头顶上变黑，云在空中盘旋、结块、分层。但在审讯室等着的时候，我听到了开始下雨的轻微的"滴答"声。

雨会冲刷掉痕迹和证据，把一切擦拭干净，直到我孩子们的尸体慢慢浮到水面上，像苍白的肉泡一样破裂。

我把脸放在手上，忍不住要尖叫，好在我压抑住了。门外的人打开门朝里看，皱着眉头，当他们看到我没有流血或失去知觉时就把门关上。我不知道他们怎么对待那两个失踪的女孩儿的父母，但如何对待吉娜·罗亚？吉娜·罗亚首先是个犯罪嫌疑人，最后也是，她永远是一个犯罪嫌疑人。

普雷斯特很快又来到我身边。雨落在屋顶上的声音越来越大，似乎已经变成了一场暴风雨。虽然没有窗户，但我能听到远处隆隆的雷声在山间滚动。这里明显更凉爽，也更潮湿。

普雷斯特曾经待在室外，暴露在暴风雨中，这很明显——他用着一条手巾来擦他的脸和头，并把他外套上湿漉漉的雨水擦掉。水滴拍打在地板上，制造出暗色的星星点点，让我想起康纳房间里的血和污迹。

那些暗淡的血渍，现在肯定变成了棕色，不如人们想象中的血液那样鲜艳。

康纳的血已经流出几个小时了，我坐在这个房间里，冷得发抖，满心绝望，普雷斯特告诉我他还没有找到他们。"我们也没有找到哈维尔·埃斯帕扎，"他告诉我，"索菲在靶场上告诉我他去钓鱼了。"

"这借口很方便。"

"在这里不算犯罪。诺顿居民大约百分之十的外出理由都是露营、钓鱼或打猎。我们找得很认真。我们逐个检查营地，我们向诺克斯维尔要了一架直升机，得等一会儿才能用上，但它已经在路上了。"他给我看了一张静湖周围地区的地图，上面有搜索队、路障和对每户静湖居民的核实情况。我告诉他约翰森一家开着他们闪亮的越野车，似乎往一个可疑的方向驶去。我的拳头紧紧攥住，并往下压，我注意到在木桌的边缘有缺口，坚硬的表面有点儿卷曲而且锋利。如果用点力，甚至有人可以在这里割腕自尽。

"我可以走了吗？"我悄悄地问普雷斯特。他透过为了更清楚地查看地图而戴上的老花镜打量我。他看起来像一个干巴巴的大学教授，正在解决我孩子被绑架的这个学术难题。"我想去找我的孩子，拜托了。"

"外面的天气很恶劣，满地是泥，大雨滂沱，树都很难看清。你在外面很容易迷路、摔倒。所以现在最好把这些事留给搜寻专家，也许明天天气会好些，更容易上路，我们会让直升机帮忙的。"

说实话，我无法分辨出他到底是想向我示好，还是想尽量拖延我的时间，以防我找到任何证据。我现在穿着和早上不同的衣服，凯姿以不可思议的精准从我的衣橱里选择了我最不喜欢的衣服——一条牛仔裤和一件衬衫。我之前穿着的衣服——连帽衫、衬衫、运动裤、跑鞋和袜子——都被送进了实验室，大概是为了检测孩子们的血液。

我又想尖叫了，但我不认为普雷斯特会理解我的心情。而且如果有什么效果的话，那就是只会让我在这里待得更久。我想眨眼，但努力忍住了没这么做。

普雷斯特终于叹了口气，坐了回去。他摘下眼镜，放在地图上，揉了揉眼睛。他累了。他看上去筋疲力尽，皮肤松弛下垂，就好像最近几天让他体重减轻了，也让他更加衰老了。如果没有那么多糟糕的事情同时发生的话，我会对他感到歉意。"你可以走了，"他告诉我，"我不能把你留在这里。你今天是两起案件中的受害者，除此之外没有任何证据表明你犯下了什么错误。对不起，普罗克特女士。我知道这不算什么，但我真的为你感到遗憾。我无法想象如果我的女儿被绑架了，我会怎么样。"

我已经从椅子上下来了。

"等一下，等等。"

我一刻也不想停下来。我站在那里，颤抖着，准备离开，但是普雷斯特费力地站起来，离开了房间。他把门锁上了，我听见了声音。这个浑蛋！我准备好破门而出了，但没多久他就带着东西走了回来——是我的背包，还有装着我手机的证据袋。

"给你，"他说，"我们已经检查了你的枪，并测试了它的火力。索菲确认了你的时间表，克莱蒙特警官的声明也证明了你的清白，我们复制了你手机里面的资料。"

我想他不应该把这些东西给我，因为警察不会归还证据，不会这么简单就把东西还给我。但从他疲惫的眼神中，我可以看出他对孩子们和我的处境表现出相当合理的担忧。我拿过背包，放在肩上，然后把手机从证据袋里拿出来打开。好在手机电池还有电，因为我不能回家拿充电器。我把它放进了背包的侧袋里。"谢谢。"我一边扭动门把手一边和他说。我没费多大劲就把门打开了，有一名警官经过，不过他只是看了我一眼，然后继续向前走。没有人进来挡住我的路。我转身看着普雷斯特，他看起来很消沉，也很受挫。"让他们打磨一下桌子边缘，"我跟他说，"有人可以用那割开动脉。"

他看了看我指的地方，伸出一根手指在上面抹过。他还没来得及开口，我就离开了房间。我抓住看到的第一个警探——今天早上帮普雷斯特拿咖啡的那个年轻人，问他山姆·凯德在哪里。他告诉我山姆和其中一个搜索队出去了，我说我想搭便车加入他们。他的表情告诉我他不愿意帮忙。

"我带她去吧。"一个声音从我背后传来，我转身看到了朗赛尔·格雷厄姆。他没穿制服，而是穿着浅色法兰绒衬衫，旧牛仔裤和登山靴。他浓密的金色胡须至少一天没刮了，看起来像北欧旅行海报上的登山客。"我正好要去加入他们。格温，我带我的两个儿子去山上露营，听说你孩子们的案子，就回来了，你还好吗？"

我吞了一下口水，点了点头，突然觉得被他的同情心和看着我的视线打倒了。善意是难能可贵的。那个根本不敢抬头看我、好像担心我把连环杀手病毒传染给他的警官似乎松了一口气。"太好了，"他对格雷厄姆说，"你带她去吧。"我觉得他们不是朋友，甚至关系不好。格雷厄姆看都没看那个人一眼。他从雨篷下的门里走出来，空气中突如其来的寒意让我惊讶，我呼出来的气微微发白。

洒落的雨点像是闪闪发光的银幕，头上的屋顶为我们挡住了雨水，延伸出来的屋顶形成一个钝角四边形。在大雨中，我隐约看到了远处的交通信号灯，以及停车场街灯的亮光。"在这儿等着。"格雷厄姆慢跑着进入雨中。大约一分钟后，他开着一辆大型越野车回来了。越野车行驶在一条即使是现在的大雨也无法完全冲平的崎岖道路上，我隐约看到车身是深灰色或黑色的，可橙色的路灯让人难以辨别清楚。

他打开了副驾驶室的门，我爬进去的速度不够快，没能避开一股冰冷的水流。那水流把我的头发冲得光滑，从我的脖子和后背流下来。

我的背包滑到地上，与脚下的黑暗融为一体。他贴心地把暖气打开了，我在暖气下方暖手。"我们要去哪里？"我问他。他把越野车挂上挡位，这时自动功能解锁，并发出刺耳的"咔嗒"声。我系好安全带，这辆车比我的吉普车高得多，感觉像坐在双层巴士上。车平稳开出停车场后，便驶入了雨水滂沱、几乎空无一人的诺顿街道。

"你想找山姆·凯德，对吧？"格雷厄姆说，"我刚把他载到郊外，他从我家旁边的那条路上山去了。不过，外面的情况很艰苦，他加入的是一个上山的搜寻队。现在追上他可不容易，你确定要这样做吗？"

我没有别的地方可以去，也不想回到那所房子里，那里已经没有任何值得我留恋的东西了。我没有穿户外服装，更没有防雨和御寒的衣物。我想打电话给山姆，但如果他出去搜索了，可能在混乱中听不到电话响。我的背包在脚边振动着，我记起我把手机放在那里以防被雨淋湿。我向前倾身，把手机拿了出来。电话来自一个被屏蔽的号码，但我不敢冒险错过。我接了起来，电话那头是个令人作呕的网络暴徒，一边在自慰，一边威胁要把我的皮肤扯下来。我挂断了他的电话，这时我看到有两条短信，都来自被屏蔽的号码。

"有什么有用的信息吗？"格雷厄姆问道。

"不，只是一个变态想要折磨我，"我告诉他，"这就是我作为梅尔文·罗亚的前妻所过的日子。我不是一个人，只是个靶子。"

"真糟糕，"他说，"我得承认，你勇气非凡，让家人们团聚，并努力往前看，真是太不容易了。"

"不，"我说，"我的家人现在并没有和我在一起。"心情如此之沉重，每一次呼吸都很困难。"但确实很不容易。"

"我有点儿惊讶普雷斯特让你拿回手机，"格雷厄姆说，"通常他们都会保留。在警察局里面监控电话，我想一定能找到某些线索吧。"

"他说他们已经复制了所有资料，也许他们能抓住那些给我打电话的浑蛋吧。"我这么说着，检查了第一条短信，是阿布萨隆发来的，因为末尾有他独特的小符号。上面说：我查过了，有个警察住在附近，是很好的资源。我十分震惊，因为他一直都建议不要相信警察。我把短信删除了。我期待的是他掌握了关于绑架地点的情报。但事实上，他在这方面一无所获，而且感觉好像在调查我。

"天气太恶劣了，今晚不能出去，"格雷厄姆说，"我现在准备掉头回家。夜里你可以待在我家的沙发上，天亮以后再加入搜索，怎么样？"

"不，如果搜寻队还在外面的话，我一定要——我一定要去找。我可以的。"

格雷厄姆皱着眉头看着我，说："可你都没有穿搜救的服装，怎么找呢？那双靴子没问题，但一小时后你就会因为衣着单薄而感到异常寒冷，要知道外面还下着雨。你座位后面有件外套，你可以穿上。"

我放下电话，往后面摸了摸，发现了一件丝质面料的鸭绒服，还带有毛皮边的风帽。我把它拉向我，这时，我的手背碰到身后的皮革座位表面上的一个污点——在靠背下方，靠近底部的地方，摸起来感觉有点儿黏糊，有点儿潮湿。我把外套拉出来放在膝盖上，看到自己的指关节被看起来像是油脂的东西弄脏了。我伸手从夹在我们中间的纸巾架上取下一张纸巾，把它擦掉。我边擦边想，**这感觉不像是油脂。**

我把手靠近鼻子，闻到了一种绝对不会弄错的铁锈味，而且，我手背上的污迹一点儿也不油腻。

我们现在离开诺顿了，格雷厄姆的脚紧紧地踩在油门上，在潮湿的路面上，他的车速比正常车速快很多。通往静湖的斜坡看起来只是一个黑乎乎的屏幕，雨滴在灯光下闪烁着，雨水冲刷着模糊的道路。

我手背上的是血迹。

这个想法使我的头脑清晰、思维敏捷、反应迅速，我只想了一两秒钟，差点儿被这个计划吓得晕过去。朗赛尔·格雷厄姆的车里有血。

一切都开始明朗，我不敢再让事态进一步恶化了。我擦完手，把纸巾揉成团，塞到牛仔裤口袋里，说："你确定凯尔不会介意我穿这个吗？"这可能是他儿子的夹克，上面有一股青春期男孩儿特有的气味。"顺便说一句，我想他把什么东西洒在后面了。"

"是的，我们本来想清理干净的。我们撞到了一头鹿，我把尸体装到车上，在去车站的路上扔在家里了。不好意思。"格雷厄姆说，"没事，凯尔不在乎那件外套，只要你需要就留着，他有很多呢！"他声音悦耳，层次分明，细致入微，友好亲善。他还提前准备好了对血迹的解释，但我现在没有其他的感觉。

我内心麻木，像行尸走肉一般。我的思绪飘浮着，尝试把拼图凑在一起，所有的情感都阻挡了我血管收缩和扩张。我意识到这很让人震惊，我也真的感到震惊。好吧，我可以穿这件衣服。

我记得他很久以前拜访过我们家，来归还我儿子的手机……或者一部看起来像是我儿子手机的伪装手机。伪装手机可以通过编程程序复制原手机所包含的一切信息，本来里面也只有电话号码和短信，这种编程特别简单。正如普雷斯特所说的那样，手机可以被克隆，通信历史可以被复制，号码也是。因此格雷厄姆还到我们家的可能是另一部手机，一部能监听我们说话、我们行为的手机。我想到康纳总是把手机放在触手可及的位置，因此手机监视了我们的习惯、生活模式，以及康纳的起居作息，甚至可能已经能够记录音调并破解出我们的密码。

这也许是最简单的方法了，也有可能是格雷厄姆警官在他第一次来的那天晚上观察并记住了我进屋时所输入的密码。

我的内心开始一点点撕裂。当震惊有所缓解时，我开始心有余悸。我闭上眼睛，尝试继续思考，因为……

这是我人生中最千钧一发的时刻。

车内一片死寂，窗户的隔音效果显著，雨滴打在玻璃上的声音变成单调的"嘶嘶"声，从远处传来。路上没有别的车行驶在我们后面，也没有别的车迎面驶来，仿佛我们是世界上仅活着的两个人。

我的电话又"嗡嗡"响起。我把外套放在合适的位置，这样就可以盖住我的手机，然后读第二条信息，里面写着：我们在诺顿警察局，你在哪里？是山姆·凯德发来的，他并不在山上搜索，整件事就是一个骗局。我的手机已经调成了静音模式，所以当我小心地、慢慢地打字时，没有任何声音。我回复道：格雷厄姆抓住了我。

汽车疯狂地摇晃，我正要按"发送"键，却被重重地甩在乘客门上，手机弹了起来。从我看它的最后一眼，无法判断短信是否发送出去了，我赶紧伸出手，想抓住手机。

格雷厄姆同时伸手去接手机。抓住手机以后，他故意——至少在我看来——用力将手机砸在座位下面的一个金属支柱上。破碎的玻璃遮住了屏幕，电池发出"噼啪"声。"靠！"他边说边举起手机，晃动着，好像能神奇地将它重启。真是一出好戏，他看起来惊慌失措。如果我现在不是那么害怕，那么生气，也许会相信他的表演。我试着减缓肾上腺素进入血液的速度，因为我现在不需要激动的情绪，而是需要冷静的思考。我得运筹帷幄、考虑周全，要让他以为我上钩了。

我必须杀了这个人。但在那之前，我得知道他把我的孩子们带到哪儿去了。我缓慢轻柔地拉起背包。雨声打在窗户上的声音和道路的噪声或许能掩盖拉拉链的声音。我的手因恐惧和心脏的快速跳动而剧烈地颤抖。我在包里摸索着，用手指摸着枪盒表面布满鹅卵石纹理的塑料。

方向错了，我需要换个方向才能摸到锁。

朗赛尔·格雷厄姆一脸悲伤地看着坏了的电话，说："该死的，我很抱歉。听着，警员们可能会在局里收到来电和邮件的复件。需要我替你查一下吗？"他没有等我的回应，就拿出自己的手机，似乎在打电话，因为他的屏幕亮了。看起来合情合理，但据我推测，他正在对着录音机自言自语："嘿，凯姿，我刚刚不小心把普罗克特小姐的手机砸坏了。是的，我知道。我就像个白痴一样，手机被摔了个粉碎。听着，她所有的来电都被截获了吗？记录好了吗？"他看了我一眼，笑了笑，看起来真的松了一口气，"好，那很好。谢谢，凯姿。"他竖起大拇指说，"不用担心。他们在监听着电话。如果有关于你孩子的消息，凯姿会打电话给我的。"

这出戏演得有声有色，我敢肯定他没给警察局打过电话。

背包里的枪盒很重。如果我动作太明显的话，他一定会打我的。他是一个身材高大又强壮的男人，在这么近的距离，一拳便能将我打倒。我必须控制我的恐惧，**我必须这样做**。

我努力把盒子往上移动一寸，然后试着把它翻到另一边，这似乎需要很长的时间。我祈祷格雷厄姆看不出我在做什么——车里很暗，我们又在一条很暗的路上。但我可以看到他正警向我这边。

我努力想把枪盒转过来。这边是铰链，我需要再转两圈才能碰到锁。我想哭，想尖叫，想拿着背包猛地撞他的头，但现在这样做只有百害而无一利。我不能这样做，至少不能在这里，在这条荒芜的路上。在现在，在这滂沱的雨夜里。我肯定他身上携带了武器。

我也肯定他的枪比我的枪容易拿到。如果我不控制好自己，如果我一时冲动，那我就会失败。

我必须比我旁边这个精神病患者表现得更加出色。

我们到了静湖。今晚没有船出航。我们经过的时候，几乎每家都灯火通明，似乎是为了驱赶黑暗和怪物。在通往约翰森家的岔道上，车左转上山。我们经过他家的车道，我看到这对夫妇站在他们的厨房里，手里端着红酒，一边聊天一边把盘子端到餐桌上。陌生人的舒适生活——虽然这份宁静下一秒钟就会从我脑海中消失。

我们继续往前开。我看到格雷厄姆的房子在右边，是真正的乡野里的房子——一栋低矮的平房，没有约翰森家那种装满落地窗的现代房屋的故作优雅。这是世代相传的房子，你甚至可以留意到砖块颜色的差异。前面停着另一辆越野车，还有两辆越野摩托车、一辆全地形汽车和一艘中型拖船，随时可以下水。对于梦想生活在湖边的人来说，那些是所有必不可少的装备。

我们一路驶过他的房子。山路小道变得崎岖不平，碎石开始四处飞溅，我们在泥泞中前行。因为路况不佳，我错失了良机。不知怎么，我原以为他会在家门口停下来，因此我的计划是在黑暗中隐藏我自己，向约翰森家的单层落地玻璃窗开一两枪。那肯定会让他们打"911"，即使他们不会让我进去。但车没有停下来，我于是用更快的速度把枪盒转了一圈，手指摸到了另一个空白面。

"我把山姆放在了这座山上，"他继续撒谎，"这条路太远了，但过了这段就会好起来。你想赶上他，这是唯一的办法。很抱歉，道路很颠簸。"

我很清楚这个谎话连篇的人在和我打太极。他的声音温暖安静，轻快愉悦。仪表板的灯光如鬼魅一般，但我认为他正洋洋得意地沉浸在自己的成就里。他异常兴奋，但仍不露声色。他最喜欢的就是一切尽在掌控中，就像现在这样，他将猎物牢牢控制，而猎物仍被蒙在鼓里。

但我没有被蒙在鼓里。

当我在最后转动一次枪盒时，车突然剧烈地颠簸起来，我的背包弹了起来，我完全失去了控制。上帝啊，千万不要，千万不要在这时候再出问题了，后果会不堪设想。

朗赛尔·格雷厄姆伸手去拿背包，背包卡在了我们中间。他把它举起来，扔到后座上，一言不发。我知道游戏即将结束了。时间有限，非常有限。我也没有枪了，他会杀了我和我的孩子们，**然后逃走**。

我只能开始即兴表演了。

"搜救队有无线电通信装置吗？"我问，伸手去拿他的对讲机，它就被塞在我们之间，"我们必须要知道他们到底在哪里——"他抓住我的手。我想了一秒钟，**不能再等了**。我开始厘清头绪，寻找方案。他一只手握着方向盘，另一只手握住我的左手。如果我靠过去，我要用尽全力攻击他的下体，他的腿放松地张开着，至少能给我争取一两分钟的时间。然后呢？他很高大，估计速度也很快。我不知道他的忍痛能力，但我知道我的。如果他想阻止我，他就得拿生命来战斗。我需要让他疼痛足够长的时间，足够让我把枪从背包里拿出来组装好，然后开枪射击，直到他告诉我孩子们在哪里，再将他击毙。

我用余光扫到身后的架子上有一支猎枪，就像一个长长的金属感叹号。我也能看到越野车弹跳时上面的挂锁在摇晃：猎枪被紧紧锁住，一时半会儿使不上。

我正准备行动，格雷厄姆放开我的手说："对不起，格温，那东西属于警方财产，你不能用。"他阻止了我去碰无线电。他用拇指输入了一些密码，打开无线电，屏幕发出耀眼的蓝光。他换到了一个我看不见的频道，说，"诺顿警方搜索二队，能听到吗？诺顿警方搜索二队，寻找地点并回复坐标。"

让我吃惊的是，他真的把这条消息发出去了，但我内心的恐惧并没有因此消失。我只是满腹狐疑，不知道他到底在干什么。我眨眨眼，把身体缩回去，肾上腺素在血管里毫无用处地升腾，使我肌肉颤抖。他松开按钮，听着无线电里面的播报，一片安静。车辆陷进了一片深深的泥泞，他放下无线电，双手控制方向盘，露出抱歉的表情。"有时天气会把一切都搞砸。山里信号也不好，你想试试吗？来吧。"

我拿起收音机，按下开关，一直盯着他。"诺顿警方搜索二队，能听到吗？诺顿警方搜索二队，寻找地点并回复坐标。"他在和我玩游戏，就像梅尔在车库和受害者玩的那样。格雷厄姆不断试探我，割开一个个小伤口，然后看着我流血，这让他心花怒放。

无线电里没有回应，只有沉默。我瞥了一眼发光的屏幕，然后望向前窗外。雨挡住了一切，但我能看出来，我们已经接近路的尽头。一旦到达山脊，我们将远离任何人。外面只有雨和泥，没有人能接近我们。一切如他所料。

我不能诊断出无线电有什么问题，可能它是被调到了错误的频道，或者是他动了手脚。无线电对我来说或许没用了。

我的思绪被无线电中突然响起的声音打扰了。一个微弱的声音说："诺顿警方搜索二队，收到。我们的坐标是……"在我能捕捉到两个以上的数字之前，它消失在新一轮的噪声中。

我忘了我的计划，按下了按钮。"再说一遍，诺顿警方搜索二队。再说一遍！"有没有可能，一切都是我的误解？难道格雷厄姆说的是真的吗？这似乎不可能，但也有可能是我错了，大错特错，这些天我都在犯错。

无线电又一次响起，这次完全无法分辨出声音。我一次又一次地尝试，当我抬头看时，车的倾斜度正在改变，我们就在路尽头的山脊上。

格雷厄姆把越野车停在一棵大树悬垂的树枝下，从树枝上落下的雨滴比外面的雨滴更多，更有力，就像锤子的尖利敲击。他关闭发动机，拉上手刹，转向我。这时我清楚地听到了无线电的声音。我又按了一下无线电按钮，但他从我手里夺过装备，关掉，并放在我们之间的凹槽里。"没用的，"他说，"就像我说的，很难收到信号。"

他的话听起来依然风趣，但我没有错，我一点儿没有错。不是关于血，也不是关于他的行为举止。

我对朗赛尔·格雷厄姆的判断是正确的——他是个坏人。

我从来没有和诺顿警察局的搜查队交谈过。

他说："吉娜，我们现在只能靠自己了。"这听起来让人厌恶，像是陷入了一张天罗地网。我想尖叫，想攻击他，但他已经准备好了，我能看出来他已经准备好了，而我没有。

"我的名字不是吉娜，是格温，"我说，"山姆走的是哪条路？我看过普雷斯特的地图，山姆是走了东北线吗？"我试了试我这边的门，但就像我害怕的，根本打不开。我心如死水，最后一丝希望也破灭了。我现在别无选择，我独自一人，手无寸铁，被一个高大强壮的男人吓得魂不附体。

我不能输，一秒钟都不能输。我必须置之死地而后生。

"你不会想乱跑的，"他告诉我，"你在外面会迷路的，很可能会摔下一座小山，摔断脖子。嘿，我知道了，我会直接给山姆打电话，也许我们能接通。"他还想玩他的小把戏。

我不奉陪了。

我拿起收音机，在狭小的空间里尽我所能砸向他的太阳穴。我听到自己发出的尖叫声。车里的声音震耳欲聋。我的第一次攻击在他的皮肤上撕开了一道口子，鲜血涌了出来。再次击打他时，他对着收音机尖叫、拍打，而我一次又一次失控般地朝他脸上猛击，极度的愤怒让我想尽全力将他摧毁。无线电的塑料套裂开了，我在他的脸颊上留下了一块厚厚的碎片。他晕了过去，我伸向他身边的按钮，紧紧盯着，终于听到锁打开的声音。我退后，把拳头直直地捶向他的下体，我看到他在疼痛的冲击下动弹不得。他盯着我的眼睛，而我在听到他的鬼哭狼嚎之前，就赶紧行动了起来。

我从后座抓起了我的背包，用力把门打开，跳出去，紧紧抱着我的背包和外套。

他用手扯住我的大衣尾端，猛拉一下。我的脚踩到了冰冷的泥巴，失去了平衡，惊恐在痛苦的火花中将我点燃。我不能让他抓住我。我脱下外套，抓住门框，然后跑了。

第十三章

　　走到车外，我才发现冷雨像冰冷锋利的刀子砸在我身上，但我没有放慢脚步。我一路狂奔，气喘吁吁，恐惧到几乎看不清东西。我必须冷静下来开始思考。格雷厄姆受伤了，他绝不会就此罢手。我不知道他携带了什么武器，或许是猎枪，或许是手枪，肯定还有刀子。而我只有西格绍尔消音手枪和从靶场买来的剩余弹药。没穿外套可能会给我的身体带来致命伤害。冷锋过境，气温低至摄氏五到十度，雨水还带来了潮湿和寒冷。尽管恐惧和愤怒让我血脉偾张，但我仍然抵挡不住锥心刺骨的冷。地面泥泞不堪，我不是本地人，自然不认得这片树林，我也不像山姆和哈维尔一样接受过军事训练。这个时候，我甚至都不知道该向谁祈祷。

　　不管了。**我一定不会迷路的。**

　　我快速穿过繁芜茂盛的灌木丛。我遍体鳞伤，在黑暗中奔跑是极其不现实的。我放慢速度，摸索着前行，以免撞到尖锐的断枝。我蹲了下来打开背包，摸出枪袋检查弹药，随后在背包里找了好几圈，才意识到诺顿警察局那群浑蛋们几乎把我的子弹都拿来试射了。我把所有子弹都装进弹夹，只剩七枚子弹了，只剩七枚了。

　　只要一枚就够了。我对自己说。我当然知道这不可能。肾上腺素使我亢奋，也使我陷入危险，甚至会随时倒下。我现在的状态就是这样的。但我不会倒下的，我也不会被打倒的。此刻，恐惧使我变得更加强大。周围是一片离奇怪异的宁静，我一定要保持警惕。

一道惊人的白光闪过，我感到头顶有一股"嘶嘶"的电流声，随之而来的是那道白光发出的震耳欲聋的隆隆声。旁边的小山上有一棵松树烧起来了，带着火的那一半掉了下来。我看到格雷厄姆穿过灌木丛的黑影，离这儿只有三四米远。

我必须动起来。

他肯定也看到我了。

在移动中，我脚下被各种树枝、灌木丛、树干、雨水和黏土绊住，可我已经冻僵了，毫无感觉。我现在只想赶紧尽可能安全地离开这里。我无法判断格雷厄姆的准确位置。除非可以清晰地看到目标，否则我不能冒险开枪——在惊慌中射击是愚蠢的。况且，我现在不能杀他，我要他活着，告诉我孩子们的下落。

这一刻，我的任务比他的还艰难，我能听到梅尔在耳边低语，**你做得到的，因为我让你更强大。**我恨他，但不得不说他是对的。

我才走到斜坡的一半，便感到一股中枪的刺痛感：有一股热喷雾穿过我的左臂，感觉就像是碰到了消防软管喷出的沸水一样。我强压下心头的震惊，躲开、滑倒，抓住树干让自己挺直身子。刺鼻且明显的火药味穿透了雨幕，我极其意外，**格雷厄姆居然打中我了。**理性告诉我，这还不是最糟的——子弹只是从手臂擦过，还不是手枪的全部威力，否则手臂会断掉，那样我会很不方便。可我现在还能动手臂，还能抓东西，这就够了。内心的恐惧让我决定离开这条小路，找一个藏身之地，我把身体缩成一团，不能被他抓到。

透过哗啦啦的雨声和轰隆隆的雷声，我听到了某些声音。

是格雷厄姆的笑声。

我藏在大树干后，屏住呼吸。当我往后看时，有一道闪电刚好闪过，照亮了小路。他就在我后面，抬起手遮住眼睛避免闪电的影响。我这才反应过来，他戴着夜视仪。

他能看见我在黑暗中奔跑。

我感到绝望，我只有七枚子弹，在黑暗中无法瞄准射击。更该死的是，他有夜视设备。我觉得所有东西都从我身边溜走了，我再也不可能找到我的孩子们了。我将在这座山上死去、尸体腐烂，没有人知道是谁杀了我。最终，那群网络暴徒的宣言让我再次冷静下来。**他们宣称为正义服务，要将我绳之以法。**

我永远不会让他们得逞。

我等着格雷厄姆慢慢靠近我。如果要射击，我必须一举拿下。一定可以的。我等着闪电再次让他暂时难以看清，那时候我再准备发射。他就如靶场的纸靶，**我一定能击中他。**

万事俱备。闪电那炽热的蓝白色闪光完美地照亮了格雷厄姆，我稳定而平静地瞄准目标，但就在我扣动扳机之前，我感到猎枪的枪管顶住了我的脖子。他的大儿子凯尔·格雷厄姆在我身后大喊："爸爸，我抓住她了！"

惊讶冲缓了恐慌的狂潮，我没有过多思考，直接行动。我在泥泞中优雅而快速地向左旋转，起作用了。我用手把枪管扫开，抓住枪口让它离开我的脖子。与此同时，我用力地踢凯尔的腹股沟。可最后一刻，我还是把他拉了起来——我不是在跟一个男人对抗。他只是个男孩儿，一个与我女儿年龄相仿的男孩儿。他父亲是精神错乱的犯罪分子，这不是他的错，正如兰妮是梅尔的孩子也不是她的错。一切发生得如此迅速，足以让凯尔目瞪口呆。他吞着口水，摇摇晃晃地往后退，放开了猎枪。我受伤的左臂拖着沉重的猎枪，右手把手枪塞进牛仔裤口袋，希望别这时候走火误射我自己，然后猛地推了凯尔一把。

"快跑，不然我就杀了你！"我朝着他大喊。在下一道闪电中，我看到他穿过灌木丛，朝山上走去，再也没下来。我奇怪他为什么要跑上山，但我没有时间思考。我把枪拿起来，朝他父亲的方向转去，然后扣动扳机。

枪的后坐力几乎让我跌倒在滑溜溜的地面上，但我设法抓住了松树厚实且潮湿的树皮。透过发射弹药的摩擦中产生的火光，我知道自己没打中他，但相差不远，也许几颗子弹的擦边而过让他不敢掉以轻心。

"婊子！"格雷厄姆大喊，"凯尔！凯尔！"

"我放了他！"我大声叫着，"我的孩子在哪里？你对他们做了什么？"黑暗中我藏在树后。

"你马上就可以见到他们了，你……"尽管打雷声盖过了枪声，我仍旧感受到了树被击中时的微颤。我想知道他到底带了多少武器。如果我能让他用光弹药……但这几乎是痴心妄想。朗赛尔·格雷厄姆一定蓄谋已久，他精心策划了整件事。事情不会这么简单。

在另一道闪电带来的亮光中，我发现不远处有另一条向西延伸的小路，我想它是向下倾斜的。闪电再一次亮起，我认为这足以降低格雷厄姆的夜视设备的有效性，因为每一次闪电时他都难以发现我。我弯低腰，希望即使他发现了我，也会以为只是一头鹿。我朝着小路的转弯处走去，如果能走到山脊，或许就能发动他的车，也可以从方向盘里找到接线盒，寻求帮助，**找到我的孩子们**。他车上一定装有GPS，上面也许记录了他去过的地方。

我才走到一半就从小路上摔倒，滚了下去，我的头猛地撞到了一块突出的巨石上。我眼冒金星，一阵冰冷的刺痛袭来，身体软弱无力。我在冷雨中躺了一会儿，喘着气，像溺水的人一样往外吐水。我觉得冷，太冷了。我怀疑自己是否能再站起来。我觉得头重脚轻，浑身不对劲儿。我能感觉身上流着血，身体的热量正慢慢消失。

不，我不能死在这儿，不可以。我不知道格雷厄姆是不是还在追我，我一无所知。无论冷不冷，有没有受伤，我都必须起来。我得去山脊那儿寻找帮助。我可以开枪射击约翰森家里的一幅画，以引起他们的注意。我滑倒了，手和膝盖着地。我记得我有一支猎枪，但现在找不着了。在我摔倒时，它被抛到了黑暗中，再也找不到了。不过我还有一把手枪，它奇迹般地没有走火，没在我的大腿上炸出一个硕大而致命的血洞。我从口袋里把它拿出来，紧紧抓着，站起来靠在巨石上休息。血在我的脸上流淌，散发出一股温暖，但雨水几乎立刻就冲淡了它。我沿着小路滑下去，试图抓住点儿什么。

这是一场我无法逃脱的噩梦，我甚至想象着格雷厄姆就在我的身后，咧着嘴嘲笑我。然后，格雷厄姆变成了梅尔，监狱里有机玻璃后的梅尔，咧着嘴笑，露出血淋淋的牙齿，真是毛骨悚然。不过，当我终于喘不过气来时，又一道闪电掠过，我发现路上根本没有人。

只有我一个人。

我差不多来到山脊了。走到那片茂密的灌木丛时，有些声响让我停下脚步，我蹲了下来，凝视着树叶。我心跳得很快，但身体迟钝、疲倦，好像任何时候都可能打起瞌睡。我的失血量肯定比想象中要多，寒冷使我的身体更难活动，哆哆嗦嗦地颤抖着。我知道，我就要陷入虚假的暖意和昏睡的冲动了，我就快坚持不住了。时间不多了，我需要开走那辆越野车，拿到凯尔的外套，这对下山有帮助。无论如何，我都将不得不依靠约翰森夫妇的帮助。

越野车旁一闪而过的身影让我目瞪口呆。虽然头顶上的隆隆雷声仍然连绵不绝，但雨势在慢慢减小。倾盆大雨变小后，我看到一个不该出现的弧线撑在越野车的另一边，并被结实的发动机缸体掩护着。那是一个人头，那头太大了，不可能是凯尔的。再说，凯尔是往山上跑的，而不是山下。

是朗赛尔·格雷厄姆。他采取了经典的伏击捕食法。看着他，我想起梅尔文几年前在采访中用平静而随意的方式谈起他的犯罪过程。他蹲在汽车旁，等着年轻女性靠近，然后发起势不可挡的攻击。这个方法总能奏效。格雷厄姆是个铁杆儿粉，他绝对知道我前夫的习惯、行动和策略。但他不了解我。

我从梅尔文手中活了下来。我也会从这浑蛋手里活下来的。

我离上山的原路不远，我小心翼翼地绕着小山走，然后站定。我瞄准了目标，但是又犹豫了。寒冷让我的动作变得迟缓。头上的伤口让我犯迷糊。如果打不中怎么办？如果他刚好开枪打我怎么办？

不，他一直在追捕我，想抓住我，而不是仅仅解决我。他戴着夜视仪，本可以把我射成两半。他是想要抓住我。他喜欢玩游戏。

好啊，朗赛尔，就让我们来玩个游戏吧！

我绕着一棵树，一瘸一拐地慢慢走着，确保自己看上步履蹒跚，就像我实际感觉到的一样痛苦和不舒服。走到主道路的右侧时，我打起精神来，蹲下来抱着膝盖，让自己看起来气息奄奄、筋疲力尽。

地点选择正确。

我不用抬头看他的位置，只是喘着粗气等着。我试着站起来，但不是很努力，然后我假装跌倒在泥里。手枪在我身下，藏在我向前一滚就能遮住的地方。看起来我是在努力站起来。

我等待着时机。虽然在稳定而缓慢的淅沥雨声中，我听不见他的脚步声，但我感觉到了他，就像一个发热体出现在我意识边缘。他小心翼翼，徘徊在远处。我能透过睫毛隐约看见他，雨幕模糊了他的身影。他拿着猎枪，徘徊着向前，一点点、一点点地靠近我。

然后，他停在那里。

我看到他泥泞的靴子鞋头和沾满泥巴的牛仔裤腿。他的枪管没有瞄准我，而是瞄准我们之间的地面。他依旧能杀了我，抬起枪口开枪不过是个小小的动作，但他享受现在这样，他喜欢看到我失败示弱的样子。

"蠢货，愚蠢的女人，"他告诉我，"他说过你会因为孩子而陷入困境。"格雷厄姆加重了音量，声音变得冷酷，"抬起你那没用的屁股，我带你去见你的孩子们。"

我脑海里胡乱冒出一个想法：不知道格雷厄姆的妻子身在何方。我对这个男人抚养出来的儿子感到无比的同情。但这一切都转瞬即逝，因为接下来我就感觉到那把手枪冰冷而坚硬的枪管。**武器**。

我不能死在这里。

我不能。

我不再移动，让自己看起来很虚弱，摇摇晃晃，对他绝对服从。我移动右手，抬起自己的膝盖。我在站起来时顺利平静地举起了枪。

在我开枪前他就意识到了自己的错误。

我的枪法很精确。我没有朝头部或是要害处射击，而是瞄准了格雷厄姆右肩的神经丛。他和我一样惯用右手。

威力十足的子弹正好射在我瞄准的地方。我几乎可以看到它撞击在肉体上产生摧枯拉朽般的毁灭。这会毁掉他的肩膀，切断神经、打碎骨头。伤口不会像电影电视中展现的那样干净、简单，他的肩膀再也无法恢复了。也就是说，如果我发挥正常，他那条胳膊会被永远地废掉。

我做到了。

格雷厄姆的叫声短促而尖锐。他踉踉跄跄地往后退，试图举起猎枪，惊讶于我摧毁了要举起枪所必需的神经和肌肉。枪掉下来了，他盲目地用手去够，却再也不能捡起那把枪了。他受伤了，伤势严重。电影电视上关于肩部伤口的描述中，只有一点是正确的：伤口不是致命的。

总之不会立刻死掉。

我转了个身。我现在感到暖和了，冷静放松，就像我在靶场感觉到的那样。直到我拿走猎枪前，格雷厄姆都在试图捡起它，他冲我露出怪异且疲惫的笑。"你这个婊子，"他说，"你应该很好对付的。"

"是吉娜·罗亚很好对付，"我说，"告诉我他们在哪里。"

"去你的。"

"我放过了你的儿子，我本来可以杀了他的。"

过了一会儿，我看到他的表情有所变化，虽然只是抽搐，但是真实无误的变化。

"如果你说出我的孩子在哪里，我会让你活下去，我没打算杀了你。"

"去你的，他们不是你的孩子，是他的孩子。他想要回他们，他需要他们。这不关你的事，吉娜。"

"好。"我说，我向右走了一步，他也谨慎地朝同一个方向走了一步，一直在我面前。我向右走了一步又一步，直到我背对着山脊，他背对小路。"我们这样很难解决问题。"

他完全没有意识到我会走上前去推他。他因震惊而变得笨手笨脚，反应迟缓。要是他没受伤，我可能就不会成功了；但由于他的伤，我达到了想要的效果。格雷厄姆踉踉跄跄地往后退，他尖叫着。他伸出脚来，可他的体重又把他向后坠，我看到了刚才差点儿刺中我的那根锋利的树杈从他肝脏的位置刺出来，血淋淋的。这不是直接的致命伤，不过非常严重。他挣扎着，折断了树枝，摔倒在泥里。他试图抓住树枝把它拔出来，可惜断枝太短了，用手根本抓不住，况且他的右手也无法正常使用。

"天啊！天啊！"他开始感到绝望，提高了音量。现在雨几乎停了。他在泥里痛苦地挣扎着，用手按着那被血浸透的恐怖、尖锐的伤口，我蹲下来把枪指在他头上。

"告诉我我的孩子在哪里，我就帮你。否则，我就把你丢在这儿。这片林子里有黑熊、美洲狮和野猪，它们用不了多久就能找到你。"我手臂现在伤得太严重了，就像火烧一样痛。尽管如此，我还是得强装镇定，因为我必须如此。现在但凡表现出一丁点儿的脆弱，都会导致致命的后果。

他的脸变得极其苍白，在夜幕中发亮。我从他的口袋里掏出越野车钥匙，顺便拿走了一把猎刀，还找到了他的手机。手机需要用拇指指纹解锁，我拿起他抖得厉害的右手。他一直企图躲避，前两次解锁都没有成功，但最后还是解开了。

"最后一次机会，"我拿起猎枪说，"告诉我他们在哪里，我就放你一条生路。"

他张了张嘴，我以为他会告诉我。但他突然害怕起来，不堪一击。他没有说话就又闭上了嘴，只是看着我。是什么让他如此害怕？我？不可能。是梅尔文！

"梅尔才不关心你是死是活，"我出于同情才告诉他，"告诉我，我可以救你。"

我看得出他崩溃的那一刻，他幻想破灭的那一刻。关于他处境的残酷真相真真切切地打击到了他。梅尔文·罗亚不会来救他，没有人会来救他。如果我把他留在这里，他就会失血而死，然后他会被野兽撕裂。或者，不幸的话，这两件事发生的顺序会反过来。大自然是残酷的。当然，如果必要的话，我也是残酷的。

"那里有一间小屋，"他告诉我，"在山上。是我祖父的屋子。他们就在那里，"他舔了舔苍白的嘴唇，"我儿子在那里看守他们。"

"你这个狗娘养的东西！他们都还只是**孩子**啊！"

他没有回答。愤怒和疲倦席卷而来，我只想赶紧完事。我转过身，穿过黏糊糊的泥沼朝越野车走去。他试图站起来，但带着肩伤和被刺穿的肝脏，他哪里也去不了。寒冷可以减缓失血，使他暂时活下去。我爬上越野车，边启动车子，边翻他的通讯录，寻找凯姿·克莱蒙特的号码。突然，我的目光停在以"A"开头的名单上，因为我认得最上面的那个名字。这名字不常见，除了在圣经上，我以前从来没见过它。

阿布萨隆。

我被这彻头彻尾的欺骗沉重打击到了。这场游戏。阿布萨隆，我所认为的忠实的盟友，竟是残害我的恶魔。阿布萨隆拿了我的钱，帮我伪造了新的身份。无论我跑到哪里，他都可以随时找到我，或者把我引到任何他想要我去的地方。

这解释了我们的调查为什么一直方向错误。朗赛尔·格雷厄姆的家人世世代代在这里生活。他在静湖的房子是传家宝。我和凯姿立刻就把他从名单上划了出去，认为他不是犯罪嫌疑人。**该死**。我甚至给阿布萨隆发了名单让他调查。他一定觉得很可笑。他从来没有帮过我，从头到尾都在帮梅尔文。他把我当棋子一样玩弄于股掌之中，陷害我，击败我。他把我放在梅尔文那脑残粉的附近。

我不得不闭上眼睛，遏制住内心喷涌而出的愤怒。我继续翻查，找到凯姿的电话号码，拨了出去。电话只响了两声就接通了。

凯姿在车里。在她出声前，我听到了引擎的噪声。"朗赛尔？朗赛尔，我都知道了。你得放那个女人走，好吗？告诉我你在哪儿。朗赛尔，听我说，我们还有机会改正错误，我们必须这么做。说话。"

我一直担心她是对方的共谋，尽管她刻意掩饰，我还是能听出她紧绷的声音中的愤怒。她想让他停止行动。她在设法救我。

"是我，"我说，"我是格温。"

"上帝啊！"

我听到一片混乱的声音，好像手机差点儿要掉了。还有另一个声音，是男人的，但我听不清他在说什么。

"上帝啊，格温，你在哪里？你到底在哪里？"

"在格雷厄姆家的山脊上。我们需要一辆救护车，"我告诉她，"他中枪了，身上还有刺伤。我需要警察。格雷厄姆说我的孩子们在他爷爷的小屋里。你知道在哪里吗？"

我整个人都抖得厉害，连牙齿也在抖。越野车的发动机已经加热了一点儿，发出的噪声是如此动听。我把凯尔的外套扯过来盖在肩膀上。左臂还是火辣辣地痛，但是在顶灯的光中看着它时，我发现这些弹丸的深度不足以造成真正的伤害。可头上的伤口令我感到恶心、虚弱和头晕。出血并未停止。我伸出手，感受到一股股温暖的、被水稀释的血液从头皮顶部的伤口中流出。我摸索着，试图找块布压住它，差点儿听不清凯姿的回答。不，不是凯姿，是山姆。他们在同一辆车里。

"格温，你还好吗？格温？"

"我很好，"我撒谎说，"我的孩子们和格雷厄姆的儿子们都在那个小屋里。我不知道他们有没有武器，但是……"

"你别担心。我们现在就来找你。"

"格雷厄姆需要一辆救护车。"

"去他的格雷厄姆，"他的声音中带着压抑，"你怎么样了？"

血已经染红了我压在伤口上的布。"我可能需要缝几针。山姆？"

"我在。"

"求求你了，请帮我救救孩子们。"

"他们会没事的。我们会去救他们。你就待在那儿，别挂电话。凯姿已经确定了小屋的位置。我们现在就来找你。一切都会好起来的。"

凯姿在开车了。我知道她的车技，她开车会用警察般的技巧，狂野但沉稳，速度飞快。我看着后视镜，发现警察巡逻车的车头灯突然转向，飞驰在主干道。我看到他们在约翰森家的小路处转了弯。

山姆还在说话，但我很累了。我把手机搁在腿上，靠在玻璃窗上，太阳穴不停地跳，头痛欲裂。我不再颤抖了。

我心里暗暗想：**救救我的孩子们**。

在一切变得非常非常模糊之前，我都只有这一个念头。

第十四章

"格温？我的天啊！"我睁开眼睛。山姆蹲在我旁边，他看起来……表情怪异。他转过身说，"快给我急救箱！"凯姿就在他身后，她把一个红色大袋子扔在他旁边。山姆打开顶部的尼龙搭扣，在里面翻找着。

"你在干什么？"我问他。我已经神志不清，但疼痛停止了，打一个小小的盹儿竟有如此神奇的恢复功效，"我没事。"

"不，你有事。别说话，"他拿起一块厚厚的绷带，紧紧地压在我头上，我感受到了疼痛重新袭来，"你能帮我压住它吗？等一下。"他把我的手按在绑带上，我尽量照他说的做，他拿出更多的绷带，把所有的地方都包扎妥帖，"你流了多少血？"

"很多，"我说，"我没事。小屋在哪里？"

"你不能去小屋。"我摸索着要找我的枪，但他毫不费力地把枪拿走了，一下子就清空枪膛，卸下弹夹，然后把零件扔到越野车的后座上，"除了医院，你哪儿都不能去。你要做一下头部 X 光检查。我不太清楚颅内的具体情况。你可能是凹陷性骨折。"

"我不在乎，我要去，"我迟疑了一会儿，现在从越野车上下去似乎会很费力，"你收到我的短信了吗？"

他疑惑地看着我，"什么时候的？"

"没事了。"格雷厄姆在这方面很厉害。他肯定在短信发送成功之前就把我的手机弄坏了。"你是怎么发现他是坏人的？"

"他没有出现在搜寻现场。"山姆正忙着用手电筒检查我的眼睛，既烦人又痛苦，我试着把他赶走。"凯姿做了些调查。发现每次绑架发生的时候他都休了一整天的假，然后在他处理尸体时再休一天假。凯姿已经怀疑他一段时间了。当我们发现他从警察局把你带走时……"

"谢谢。"

我说。他绷紧了脸，怒气冲冲。"还好我们及时赶到救了你。"

我抓住了他那只仍在检查我脖子有没有受伤的手。我们看着彼此几秒钟，然后他点了点头，继续检查。凯姿去查看格雷厄姆了，然后回来拿急救箱。没过多久，我就看到了救护车闪烁的信号灯，是从车道开过来的，越过越野车，一直开到小路尽头。在车头灯光中，我看到凯姿在看守格雷厄姆。

"你知道小屋在哪里吗？"我问山姆。他发现我左臂中了枪。"拜托你，我要知道它在哪里。我没事，山姆，别管这些伤口了。"

"你有事。"

"山姆！"

他叹了口气，往后坐好，两手放在大腿上。"要走很长时间的路，你不适合上山。"

"我告诉过你，我很好。你看。"我强迫自己振作精神，然后走下越野车。我镇定下来，伸出手来，手没有抖，"看？"他把我拉进怀里，我有点儿震惊。但他的怀抱很舒服，很有安全感。我错信了所有不该信的人，却赶走了身边的好人，而这一切都源于我错误的自我认识。

"你一点儿也不好，但我知道你不得不这么做，"他说，"我知道，即便我不在，你也会这么做的。"

"是的，我会，"我告诉他，"把枪还给我吧。"

他不情愿。但他吻了吻我绷带下的额头，检查了一下绷带是否牢靠，接着闪到后面，把剩下的子弹放进枪膛，再把枪递给我。我迅速把它放进口袋。医护人员忙着救朗赛尔·格雷厄姆，凯姿把他交给医护人员后，便回到我们身边。她穿着制服，外面套着厚厚的外套，枪系在髋关节处。她越过我们走向巡逻车，打开后备厢，取出两件防弹衣，把一件从头上套进去，另一件递给山姆。山姆想帮我穿上。当我表示反对时，他摇了摇头，斩钉截铁地说："不行，穿上。"我不再抗拒。他和凯姿从巡逻车上拿了猎枪，她有一个补给包，里面有长长的子弹带。我敢打赌，里面还塞满了生存用品和弹药。

凯姿回去找医护人员说了几句话，然后拿出手机打电话。回到我们身边时，她说："普雷斯特带着后援来了，但所有搜索队和我们会合的话，需要一段时间。"

"他让我们继续前进吗？"山姆问。

她皱起眉头，"该死的，他说不，说要等着。你想等吗？"

他摇了摇头。

我说："该怎么走？"

山姆说得对，我不适合上山，但不重要。山姆一直在密切关注我，而我无法遏制越来越严重的晕眩感。羽绒服下的防弹衣压得我喘不过气来。太热了，我现在大汗淋漓。为了继续上山，我的身体已经超负荷运转了。凯姿就像美洲狮一样，步伐稳妥而矫健，带着我们走上小径，不是我之前走的那条，而是我滑落滚下来的那条。我们经过我撞到头的那块岩石，她的手电筒照在一摊湿漉漉的血上。那是我的血。她什么都没说。山姆也没说话，但我们往上走的时候他跟得更紧了。

小径向西北方延伸，蜿蜒而上。闪电停了，雨也停了，一股风吹过树林，头顶上的松树摇曳着。我下意识往后看，生怕朗赛尔·格雷厄姆爬上来。**格雷厄姆在医院里。如果他幸运的话，医生能治好他受**

到重创的肝脏。但这并不能妨碍我想起那令我惊骇的场景。恍惚之间，我突然看到他了。我开始产生幻觉。我听到有人在哭。是兰妮，我听到我女儿的哭声。我火急火燎，转向山姆。我差点儿就要问出口了：**你听到了吗**？但我知道他没有。我要失控了。

半小时后，我们从稀薄的树林中钻了出来。在岩石山脊的悬崖上坐落着一间小屋。从高处几乎看不见。这是一所老旧的房子，得事先知道这里有这么间屋子才能找得到。虽然修缮过，但还是能看得出是旧式的乡村建筑。凯姿用她蓝白色灯光的手电筒照着它。"凯尔和李·格雷厄姆！现在就出来！我是克莱蒙特警官！"她用威严的声音喊，就像老师训斥学生。我觉得如果我在上学的年纪就会乖乖照办。

一扇装有窗帘的窗户边上有动静，然后门开了一条缝，一个男孩喊道："我爸爸在哪里？"

凯姿向前走了一步，让我们两人退后。"李？李，你认识我的。你爸爸没事。他在去医院的路上。你出来。我把枪收起来了，你出来吧。"

格雷厄姆的小儿子溜了出来。他的外套太大了，脸色苍白，看起来很害怕。他急匆匆地说："我也不想的，以前不想，现在也不想！"

"你不想，亲爱的，你不想。你到这儿来。"凯姿让他走上前来。他走到她跟前时，凯姿向山姆做了个手势。山姆走上前去，拉着男孩儿的胳膊肘，把他拖到了我站的地方。李张开嘴反抗。我把一只手放在他的肩膀上，蹲下看着他的眼睛。

"我的孩子在里面吗？"我问他。

他点了点头。"不是我的错，我告诉过凯尔不该这么做。但……"

"但你不能对你爸爸说'不'。"我看到他满脸痛苦，我知道他有多迷惘无助。我想拥抱他。可我没这么做。我告诉他，"我明白。会没事的。你就待在这里。坐下，别动。"

凯姿走得离小屋更近了。"凯尔！凯尔，出来。你听得见吗？"

我转向李，他现在缩成一团，没有看着小屋或任何人。"李，你哥哥有武器吗？"

"他有一支步枪，"他说，"不要伤害他！他只是照爸爸说的做！"

我觉得不会那么简单。我不知道凯尔有没有帮他父亲做过别的事。他看起来很老成、帅气，可以在绑架前分散年轻女人的注意力。我想象着他走到蛋糕店停车场的那个女孩儿跟前，把她带上他爸爸的越野车。这让我一阵抽搐，如此强烈，就像犯恶心一样。

我告诉凯姿，凯尔有一支步枪，她冷冷地点点头。她已经从枪套里拔出枪来，说："叫山姆到后面去。我不想让凯尔有别的出路。你和这男孩待在这里。"

山姆已经去了。他绕着小屋，在小屋和岩石面之间走动。我希望后面没有熟睡的蛇，或其他更糟糕的东西。他没回来，所以我想那儿应该有一扇门。我猜他隐藏好了。我告诉凯姿："我要进去。"

"不，格温，你不能进去！"她伸出手。

但我已经径直向门口走去了。窗帘在动——凯尔在看着我。理论上一颗步枪的子弹会不会穿透这件防弹背心？在这个射程内也许有可能，取决于口径和子弹。我从口袋里拿出枪，扣住扳机。我试着敲门，却发现门是开着的。在弟弟出来后，凯尔没想过要把门锁起来。

里面很黑，一张粗糙的桌子上只有一支忽明忽暗的蜡烛。微弱的、飘忽不定的灯光映着凯尔。他坐在靠近窗户的床上，拿步枪瞄准了我。屋子里没有别人。**一个人都没有。**这是个陷阱。我转身大喊，躲出门外，凯尔的子弹差一点儿就射中我了。我朝凯姿走去。在她身后，我看到李已经离开了树旁，正以完美的射击姿势站好，从口袋里掏出一把枪。**我没有搜他的身，因为他还是个孩子。**他用枪指着凯姿的背。

"李！"我尖叫，举起枪来，"不要！"

他吓了一跳，射歪了，只歪了一点点。子弹打碎了小屋的窗户，凯姿立刻蹲下，迅速转过身来。她用骇人的声音连声大喊："**丢掉枪!赶紧丢掉枪!**"李被吓到了，抽搐地扔下了枪。我又转身向小屋走去，因为携带武器的凯尔还在里面。**我的孩子们在哪里，上帝，求你了……**

凯尔把门打开，用步枪对准我的脸。我有足够的时间开枪，但我没有。我不能这么做。他还是个孩子。他是个年轻茁壮、心理扭曲的孩子。**我做不到**。这时，山姆从后面控制住他，把他脸按到泥里。步枪滑走了，凯尔挣扎着、尖叫着，想去拿枪。凯姿把手铐铐在李的手腕上，逼李坐下，又拿出一个手铐，朝山姆吹出刺耳的口哨声，并把手铐丢过去。山姆接住手铐铐住凯尔，把凯尔拉起来，强迫他面对墙跪下。

胸中激荡着的恐惧令我喘不过气来。不是因为差点儿中枪，也不是因为凯尔和李的疯狂。

我的孩子们一定在这里。**他们一定在这里。**

我跑回小屋。它很小，几乎不足以容纳一张床、一张小桌子和一张厚厚的羊毛地毯，后门敞开……我把地毯踢走，发现一扇地板门。我从桌子上拿起蜡烛，拉起地板门上的手柄，湿冷的空气溜了出来，火焰不稳定地摇摆着。我多么希望手上拿的是凯姿那个光亮的手电筒。这时我发现有个木质梯子。我沿着梯子走了下去。

我几乎没有注意到手臂的疼痛，我仍然感到恶心头晕，但这并不重要，一点儿都不重要，重要的是我在这地下找到什么。

我找到的是地狱。

噩梦重现。

当我从梯子上转过身的时候，面前有一个带有绞车附件的金属支架。悬垂在上面的粗电缆绕成了一个圈。

一个绞索。和梅尔文车库里的一样。

不仅仅是这样，我还认得右边的工具架，里面装满了零件：钻头、虎头钳……我认得那个红色工具箱，它们构成了流水线的工作台。我认出了摆在梯子后面的小钉板，上面挂满了锯子、刀子、螺丝刀、锤子。旁边有一个托盘装着医疗设备，另一个托盘装着猎人用来剥皮的工具。最后，我的目光落在一个完美的细节上：地毯。梅尔文在受害者身下放过同样风格的地毯，这是酷刑室里不协调的中产阶级的小细节。

格雷厄姆重造了梅尔文的屠宰间。强迫症一般，重视每个细节。

这地方熟悉的气味让我头晕目眩，和威奇托市的车库里一样：带有腐肉和旧血、金属的臭味。就在这里，在这个地方。一模一样。

我再也无法忍受了。我尖叫，尖叫着孩子们的名字，我的心碎了，情绪崩溃了，只想一死了之。格雷厄姆本来就不想让他们活命。他只想让我看看这个。我还拿着枪，在这个思维无比清晰的时刻，我想到我死在这里该多么完美，就像吉娜·罗亚一样憔悴地死去。我再次感受同样的恐怖，感受到失去一切的滋味。

直到我听到儿子的声音——"妈妈？"

是低语，却像喊叫一样响亮。我扔下枪，像着了火一样，在地板上、地毯上、绞车周围乱跑。绞车，就在绞车的后面，我看到铁栅被插进了假墙里，被挂锁锁住。我跌跌撞撞地回到工具板前，用很大的力气从上面扯下一把铁锹。我翻找着东西，弄得嘎吱作响，然后跑回门口，把叉子塞在铁扣和拉钩下面，木头碎片掉了出来，铁扣掉了。

我用铁锹撬开门。我看到了康纳，看到了兰妮。他们还活着，还活着。他们冲向我的那一刻，所有力量都撞在我身上。我跪在地上，紧紧抱着他们，仿佛他们会消失一样。天啊，太美好了。疼痛减轻了，烧灼的伤口也不痛了，血也不流了。凯姿和山姆找到我时，我仍然在地板上来回摇晃着我的孩子。他们都喘不过气来了，看得出来，他们做好了最坏的打算。我看着山姆的脸想道：天啊，他看到了他妹妹遇难的地方。对他来说，走过绞车来到我们身边有多艰难。但我们还活着。

我们都活着。

第十五章

在我们家发现的血是凯尔的，是兰妮的杰作。

"我听到他们在打架。"再次呼吸到外面夜晚清新的空气时，她告诉我。凯尔和李·格雷厄姆都被戴上了手铐，凯姿把他们固定在小屋墙上的钩子上。我无法想象这是做什么用的，我不想去想。"我抓起刀子，走进去割了他一刀。我是说凯尔。如果他该死的爸爸没有和他在一起，我会把他制服的。我像你教我们的那样躲到避难室，但他知道密码。对不起妈妈。我让你失望了……"兰妮说。

"不，是我干的，"康纳的声音很低，几乎被风吹走了，"密码在我的手机里。我应该告诉你的。你本可以改密码的。"

现在一切都明朗了。康纳的电话被格雷厄姆的孩子拿走了。我记得格雷厄姆把电话送回来的那天晚上，我儿子脸上犹豫的神情。康纳几乎就要告诉我那些重要的事情了，但他不想让我生气，因为我一遍又一遍地告诉他不要把密码记下来。

我不能让他以为这是他的错。永远不能。

"不，宝贝，"我告诉他，吻了吻他的额头，"没关系。我真为你们俩骄傲。你们还活着。现在这才是最重要的，好吗？我们还活着。"

凯姿从她的救生包里拿出紧急救生毯，我把孩子们裹起来，以保存他们的体温。他们擦伤了，他们在战斗中被打了一顿。我问他们想不想告诉我在小屋里发生了什么，兰妮说什么都没发生，康纳则什么都没说。

我不知道我的女儿是不是在骗我。

我们坐在空地上。穿着诺顿警察局制服的后援队终于来了，我看到哈维尔·埃斯帕扎也在那里。他向我点点头，我也点了点头。我怀疑过他。我不该这样的。

普雷斯特警长自己爬了上来，他仍穿着在这种泥泞中永远没法保持干净的制服，但他还穿上了一件沉重的厚呢上衣。他立刻来到我们身边，我在他脸上看到了前所未有的表情。

是尊重。

"我欠你一个道歉，普罗克特女士，"他说，"他们还好吗？"

"时间会告诉你的，"我说，"我想他们会好的。"我也不知道，但我得相信孩子们。这也许很难。他们会有各种心理问题。我无法想象朗赛尔·格雷厄姆跟他们说了他们父亲的什么事，那些话让我的两个孩子至今对我保持沉默。

普雷斯特点了点头，叹了口气。看来他不想去地下室，但我想他见过更糟的场面。"凯姿说你有格雷厄姆的手机，我需要它作为证据，还有其他你拿走的东西。"

"大部分东西都落在他的越野车里了，"我说，"枪是我的。"我不想节外生枝，已经把它从地下室的地板上取了回来，"这儿。"我从口袋里掏出电话。

屏幕打开了，我不小心按了按钮，但也只看到锁屏界面。没有格雷厄姆的指纹或密码，我无法解锁。不过，出现在屏幕上的短信让我震惊。

是阿布萨隆发来的，上面说，他想知道最新消息。

我把它拿给普雷斯特看。他看起来一点儿也不惊讶，问："阿布萨隆是谁？"

我告诉他黑客线人的事，阿布萨隆是表面帮助我但在背地里出卖我的"盟友"。我还告诉他，不知道怎么才能找到阿布萨隆。我拿起手机说："该我问你了。你觉得阿布萨隆在说谁？"

普雷斯特从口袋里拿出一个证物袋，我把手机放了进去。他在回答前把它封了起来，然后说："我想你可以猜到。"

我也不想说那个名字。就像魔鬼的名字一样，我害怕说了之后他就会出现。

普雷斯特把脸拉了下来，我不喜欢他一直试探和意味深长地盯着我，好像他在判断我听了他的话以后还能不能坚持住。

因此，我告诉他："你有话就告诉我。"我不再害怕任何东西了。我的孩子们和我在一起。我们是安全的。朗赛尔·格雷厄姆哪儿也去不了。除非他的精神失常是遗传的，不然他的儿子们没救了。

普雷斯特示意让我去一边谈。我不想放开兰妮和康纳，但还是走到旁边，站在能看到他们的位置。他不想让孩子们听到。

但我已经毫不畏惧。

"埃尔多拉多发生了有预谋、有组织的越狱。一共十七名囚犯逃离监狱，其中九人已经被拘留。但是……"

他甚至不用说出来，我已经猜到了。是福不是祸，是祸躲不过。他要告诉我的是——"但是梅尔文·罗亚逃出来了。"我补充道。

他没有看我。我不知道我的感受，或者他在我脸上看到的表情。我只知道一件事——

我不再害怕梅尔了。

我要杀了他。

不管怎么说，在我们两人之间，这场噩梦从哪里开始，就从哪里结束。

我们的家。

附　记

　　一如既往地，这本书的写作离不开我的丈夫 R. 凯特·康拉德的支持；离不开我出色的助手兼明智的读者——萨拉·魏斯－辛普森的帮助；离不开了不起的编辑蒂芙妮·马丁和利兹·皮尔森的刻苦工作。我还要向我的朋友凯利以及其他读者表示诚挚的感谢。请继续鼓励和支持我。

　　每写一本书时，我都会选择不同的音乐，以度过紧张的写作过程。《静湖：漫长的觉醒》提供了一个有趣的机会，帮助我寻找最佳状态，来推动这个紧张故事的发展。我希望你也一样，享受美好的音乐体验。但请记住：盗版会伤害音乐家，音乐聚合服务并不能帮助他们维持生计。直接购买歌曲或专辑才是表达喜爱的最好方式，并能帮助艺术家创作新的作品。

- 《我不在乎了》地狱骇客

  I Don't Care Anymore Hellyeah

- 《浪子的民谣》林肯·达拉谟

  Ballad of a Prodigal Son Lincoln Durham

- 《战旗》低传真之星

  Battleflag Lo Fidelity Allstars

- 《你要我怎样（拉菲蒂混音）》重乐队

  How You Like Me Now（*Raffertie Remix*） The Heavy

- 《黑蜜》三倍乐团

  Black Honey Thrice

- 《波本街》杰夫·图伊

    Bourbon Street Jeff Tuohy
- 《玻璃纸》萨拉·杰克逊－霍尔曼

    Cellophane Sara Jackson-Holman
- 《兜风》乔·波纳马沙

    Drive Joe Bonamassa
- 《伪装》巴士底乐团

    Fake It Bastille
- 《异教徒》二十一名飞行员

    Heathens Twenty One Pilots
- 《双重人格》五指死拳

    Jekyll and Hyde Five Finger Death Punch
- 《情人终结》生日屠杀

    Lovers End The Birthday Massacre
- 《毒品实验室贴纸》七马乐队

    Meth Lab Zoso Sticker 7Horse
- 《坏名声》琼·杰特

    Bad Reputation Joan Jett
- 《和平》金属启示录

    Peace Apocalyptica
- 《把他们送走》巴士底乐团

    Send Them Off ! Bastille
- 《堕落的爱》玛丽莲·曼森

    Tainted Love Marilyn Manson
- 《全部都带走》流行恶魔乐队

    Take It All Pop Evil